思忆流芳

吴家荣 著

北京师范大学出版集团
BEIJING NORMAL UNIVERSITY PUBLISHING GROUP
安徽大学出版社

图书在版编目(CIP)数据

思忆流芳/吴家荣著. —合肥:安徽大学出版社,2018.7
ISBN 978-7-5664-1681-0

Ⅰ. ①思… Ⅱ. ①吴… Ⅲ. ①随笔—作品集—中国—当代 Ⅳ. ①I267.1

中国版本图书馆 CIP 数据核字(2018)第 175865 号

思忆流芳

吴家荣 著

出版发行: 北京师范大学出版集团
安 徽 大 学 出 版 社
(安徽省合肥市肥西路 3 号 邮编 230039)
www.bnupg.com.cn
www.ahupress.com.cn

印　　刷: 安徽省人民印刷有限公司
经　　销: 全国新华书店
开　　本: 170mm×240mm
印　　张: 15.25
字　　数: 235 千字
版　　次: 2018 年 7 月第 1 版
印　　次: 2018 年 7 月第 1 次印刷
定　　价: 45.00 元

ISBN 978-7-5664-1681-0

策划编辑: 姜　萍
责任编辑: 马晓波　杨　帆
责任印制: 陈　如
装帧设计: 李军
美术编辑: 李军

青春旋律
八四届全體畢業生敬獻

目录

代序：

谈谈我的科研之旅

我先后在安徽师范大学文学院、安徽大学文学院任教三十余年。三十余年来我发表学术论文160余篇，出版著作十几种。无论是著作还是论文，都显得庞杂。就著作而言，我出版过《道教文化》《小说史话》《元曲》，主编过《中国传统文化精粹丛书》《桐城派文学理论研究系列》等有关传统文化的书；我也出版过《新时期比较文学的垦拓与建构》《穿越比较文学的世纪空间》《刘献彪与新时期比较文学》《中西叙事精神之比较》及正拟出版《20世纪比较诗学视域下的中国艺术精神研究》，主编过《比较文学新编》《比较文学经典导读》等比较文学方面的著作与教材；我还出版过《大学美学》《美学与美育》《阿英传论》《中国化文论的历史进程》《新时期文学思潮史论》《20世纪末中国文学颓废主义思潮》《文学思潮25年》等书，参与主编了《阿英全集》13卷等一系列中国现代文学作家、思潮方面的著作。由此我也成了全国三个一级学会的理事：中国文艺理论学会理事、中国中外文艺理论学会理事、中国比较文学学会理事。

当然，上述著作不少与人合写，而且我的论文与著作大都非精品。现在检点一下，不过十多篇论文与四部著作尚可一观。就论文而言，我较为满意的是：1.《论早期中国共产党人的文学观及其形成》，刊于1990年第3期《学术界》，1990年第8期《新华文摘》全文转载，标题上封面目录；2.《"左联"与胡秋原的论争及其历史反思》，刊于1992年第4期《社会科学战线》；3.《论陈梦家的诗美追求》，刊于1994年第6期《江海学刊》；4.《论阿英的"红楼梦"研究》，刊于1994年第4期《红楼梦学刊》；5.《魔幻现实主义与寻根文学之比较》，刊于1997年第3期《外国文学研究》；6.《论阿英的民间艺术研究》，刊于1997年第3期《文艺研究》；7.《论阿英现象》，刊于2001年第4期《东方丛刊》；8.《文学批评标准新论》，刊于2001年第5辑《马克思主义美学研究》；9.《消费主义与颓废主义文学思潮》，刊于2005年第1期《文艺理论与批评》；10.《中西古代美育之比较》，刊于2011年第2期《美与时代》；11.《中国古代叙事文学贡献之我见》，刊于2013年第4期《学术界》；12.《新历史主义理论影响下的大陆文学创作》，刊于2017年第3期《中国文学研究》；13.《"互联网＋文学"的艺术特征及评价标准》，刊于2017年第1期《湖南人文科技学院学报》等。就著作而言，主要是：1.《阿英传论》，安徽教育出版社2009年修订版；2.《中西叙事精神之比较》（合著），安徽大学出版社2011年出版；3.《文学思潮25年》，安徽文艺出版社2013年出版；4.《20世纪比较诗学视域下的中国艺术精神研究》（合著）（国家社科项目结项成果）即将由安徽文艺出版社出版。除了上述个人成绩，尤为欣慰的是，我带领安徽大学文学院文艺学同仁冲刺省重点学科，终于在2006年使安徽大学文艺学获批为安徽省高校重点学科，我成为文艺学省重点学科首届带头人。接着，我又带领学科同仁冲刺博士点，2008年安徽大学文艺学获批为博士点学科，我因年龄偏大，未能成为博导。

几十年来的科研之旅，我的体会有以下几点：

一、面广才能开掘深

刚开始踏上科研之旅时，我像没头苍蝇似的，到处乱窜，摸不着方向。由于人微言轻，出书不易，所以只要出版社有选题，我就不知天高地厚地立马应下。《道教文化》《小说史话》《元曲》等书就是这样啃下来的，好在那时我研究生刚毕业，年轻、身体好、精力旺；当时青年教师也不像今天这样功利，并非一切都围绕评职称转。这期间，我还参与我老师主编的一些文学词典，如严云绶老师主编的《中华艺术文化辞典》、孙文光老师主编的《中国近代文学大辞典》等。为了撰写以上工具书的词条，我翻阅了大量相关图书。我做的一切，就是基于一个目的：逼自己多读书，提高自己的科研能力。总之，这一切作为使我初步打下了一定的学术基础，提高了我的语言表达能力，为我后来开展跨文化研究、跨学科研究创造了条件。

如果说这是一种为出版社牵着鼻子，被动地拓宽自己知识面的做法，那么，另一种做法则是我主动求学，来开阔自己的学术视野。我先后两次去名校进修，一次是1982年春，我到上海参加教育部委托华东师范大学中文系主办的"文艺理论进修班"。该班由徐中玉先生、钱谷融先生负责，黄世瑜老师任班主任。给我们上课的都是名噪一时的大师，除徐中玉先生、钱谷融先生外，还有潘旭澜教授、陈谦予教授以及翻译家草璎先生等一些上海的著名作家、诗人，由此引起我对当代文学思潮的关注。在这里，我还开始接触到"比较文学"这一新学科，听了一些中外学者关于比较文学的讲座；也在这里，我结识了当今文论界成绩卓著、享誉全国的大家姚文放先生、冯毓云女士等。另一次是1991年，复旦大学受教育部委托，由蒋孔阳先生领衔，开办了全国性的"文艺学美学博士课程骨干教师进修班"。在这个班上，上课最多的是朱立元教授，还有吴中杰教授、应必诚教授以及王振复教授、陈思和教授等。蒋孔阳教授很忙，只给我们做了两次学术讲座，他的报告深入浅出、形象生动，理论含量足，给我们很大的启迪。

正是在名校名师的熏陶下，我的学业大有长进。拓宽了我的知识面，开阔了我的学术视野。我深信面广才能开掘深。

二、教学相长促科研

高校老师的首要任务是站稳讲台。大学教学不像中学那样照本宣科。中学教学围着高考指挥棒转，上课内容不得偏离全国统一教材，老师教学必以教学参考书作底本，围绕教学大纲开展教学活动，老师个人创造空间并不大，仅仅只在教学方法上体现出个人的教学特点。大学教师则不同，教材可以自编，内容可以增删，尤其是选修课教材，完全根据教师个人的研究所长、研究心得与学生共同谋而后定。因为大学教学更注重培养学生的创新能力、科研意识。因而，师生互动更易激发老师的科研灵感，老师可以在互动中发现问题，受到启发，完善讲稿，几轮选修课讲下来，就是一本学术专著或独具特色的教材。我刚留在安徽师范大学中文系任教时，系里号召青年教师每人准备开设一门选修课，选修课最好能贴近当前的理论热点问题和创作问题。我正热衷于新时期的文学创作和理论争鸣，也发了几篇相关文章，便自告奋勇报了"新时期文学思潮研究"的选修课，几年教下来，便有了《新时期文学思潮史论》著作。1995年我调入安徽大学中文系任教，当时，教育部已将"比较文学"纳入大学文科的必修课行列，安徽大学中文系尚缺比较文学课教师，我又承担了"比较文学"的教学任务。这时我发现，安徽省尚没有自编的比较文学教材，用的都是外省教材。这些教材有的理论过于深奥；有的名为教材，实为论著，章节之间缺少必要的联系。我在教学中根据学生的需要，结合大量的作品例子，将深奥的理论用平实的语言要言不烦地讲出，体例尽可能做到层层推进、步步深入，力求完整全面，因而很受学生欢迎。这就使我萌生了出版安徽省第一部"比较文学"教材的想法，这一想法很快得到安徽省教育厅高教处的支持。教育厅下文正式成立"安徽省高校比较文学教材编写组"，我为主编。我将在教学中发现的问题、学生们的疑难之处，贯穿于教材的编写大纲中。全书分上下两篇，上篇为"原理篇"，下篇为"比较篇"。内容力求条分缕析，深入浅出。概念讲清楚，道理说明白，事例要具体，文字要畅达。历时两年，这部40余万字的《比较文学新编》，由安徽省教育出版社于2004年出版，填补了我省这一教材的空白。教材出版后反响很好，外省也有不少高校采用此教材。后来，《比较文学新编》被评为省级规划教材，我讲授的"比较文学"课也被评为校精品课程。2002年我校外语学院与文学院共同申报成"比较文学"硕士点，我担任比较文学硕士点导师。我给比较文学的硕士生开设"比较文学经典导读"课，在此基础上，我又于2008年出版了《比较文学经典导读》一书。2000年，我校哲学系岳介先教授要我加盟美学硕士点，带美学硕士研究生，我在给美学硕士研究生上课的基础上，又先后出版了《大学美学》《美学与美育》两书。所以，在高等学校，教学与科研是相辅相成、相得益彰的。好的大学教师可以通过教学发现理论问题，开展科研活动；科研水平提高了，又使教学更具创新性，更有学术含量。

三、循序渐进可持续

大学老师从事科研，切忌心态浮躁，更不能跟风跑。有些人为评职称搞科研，盯着评职称的条件写论文。职称评上了，科研也就结束了。这样的科研往往东一榔头西一棒子，必然缺少可持续发展。我们从事科研活动，要有自己的方向，瞄准目标，锲而不舍地跟进，方能在某一领域有自己独树一帜的成就。

如上所说，我开始踏上科研之路时，或为扩大学术视野、或为练笔、或为遵命、或为赚钱，也写了一些杂乱之文，出版了一些雁过不留声的作品。但今天回过头来看，我的科研主线是明确的。我有专属自己的一块不大的科研自留地，虽然经营得不太成功。

20世纪80年代初，电脑尚未普及。科研方向的选择必得量体裁衣，根据所处地域条件、自身所长，方能事半功倍。安徽师范大学是地处江南一隅的小城高校，当时信息不很发达，我不可能跟处于发达地区高大上的名校争科研资源。我只能因地制宜，发掘得天独厚的家乡学术资源开展学术活动。当然，这类科研活动必须富有潜力，并尽可能与申报社科项目、与教学结合。

20世纪80年代初，我的学术主攻方向为20世纪中国文艺学与文学批评，阿英研究始终处于这一主攻方向的领先地位。这是因为阿英是芜湖人，芜湖美丽的镜湖畔有一间“阿英藏书陈列室”，内有阿英子女遵阿英遗愿捐赠给家乡芜湖的一万多册书及一些珍贵的字画图片。由于我掌握的是第一手资料，很快，我先后在《文艺研究》《东方丛刊》《文艺理论与批评》《红楼梦学刊》《中国现代文学研究丛刊》《明清小说研究》《江淮论坛》《安徽大学学报》《书品》等刊物发表阿英研究论文十多篇。1998年底，安徽教育出版社决定出版《阿英全集》，让我担任主编之一。我接触到更多的相关资料，在这基础上，我先后申报了两个安徽省社科规划项目：“安徽文化名人阿英研究”及“皖籍现代文论家研究”。2002年《阿英传论》一书在安徽教育出版社出版，该书加印两次，并于2009年修订再版，为国内第一本阿英传论。2003年，四百余万言、十二卷(后又增一附卷)的《阿英全集》由安徽教育出版社出版。至此，我基本结束了第一阶段的学术冲刺。

1995年我调入安徽大学中文系任教后，出书条件因经费充足而大有改观。我将“20世纪中国文艺学与文学批评研究”的主攻方向，集中到文学思潮研究上来，而尤其关注当时研究较少的、且有重大现实意义的新时期文学思潮史研究。我首先把在安徽师范大学中文系开设的选修课“新时期文学思潮研究”讲义充实整理后，于1998年在安徽大学出版社出版了《新时期文学思潮史论》。接着，我又与安徽大学中文系张器友教授合作，在2001年共同成功申报了国家社科规划项目“新时期文学中的颓废主义思潮研究”，该项目2005年结项，2006年我们出版了《20世纪末中国文学颓废主义思潮》一书。我还先后独著并出版了《中国化文论的历史进程》《文学思潮25年》两书。特别是《文学思潮25年》，这本28万字的著作，系统地梳理了从1976年至2000年整个新时期文学理论与文学创作的演变历程，总结这一时期文学思潮的发展规律，探究文学勃兴的社会根源，评价各种理论观点的优劣得失，是一本倾注我很多心血的著作。随着这些书的陆续出版，我的科研历程的第二次冲击波大体告一段落。

我开始将我的科研方向调整为中外文学的比较上。我的科研之路就是这样，由国内单个作家的研究发展到文学思潮的研究，又从国内文学思潮的研究进一步拓展到中外文学的比较研究。这种可持续发展，一方面是受我科研的内在机制推动所致，我自觉意识到只有在世界文学的格局中，审视中国文学的发展状况，才能真正了解中国文学伟大与渺小的所在，才能洞悉影响中国文学更快发展的深层次原因，这对于更新我们的思维观念、打破僵化的文学理论体系、繁荣文学创作有着重要价值；另一方面，此时的我既给安徽大学文学院本科生开设“比较文学”必修课，又给安徽大学外语学院比较文学研究生讲授“比较文学理论专题研究”及“中西美学比较”的专业课。而且我正主持国家社科规划项目“20世纪比较诗学视域下的中国艺术精神研究”，这就逼使我不得不把主要精力投放在这一领域。2011年，我出版了《中西叙事精神之比较》。2016年初，我的国家社科规划项目“20世纪比较诗学视域下的中国艺术精神研究”顺利结项，结项成果即将由安徽文艺出版社出版。

我的美学研究也是这样滚动发展的。美学研究的文章，我大多刊发在《美与时代》杂志上。拿美育研究来说，我首先高度肯定美育的价值。我在《美育，也是一种爱的教育》（刊于《美与时代》2004年8月下）一文中认定美育应为德智体美四育之首，因为美育是德、智、体各类教育的精髓，美育的精神体现于各类教育之中，而且，美育的目标是提升人的精神品位，缩短人的“人化”进程，造就身心全面发展的现代化新人，其重要性当在各类教育之上。接着我从三个方面着重论述美育的性质就是爱的教育。在另一篇文章《美育：寓教育与游戏》（刊于《美与时代》2007年3月下）中，我又揭示出美育的具体手段与措施。我还于2011年2月下的《美与时代》中发表了《中西古代美育之比较》一文，指出中西古代美育在其目的、理念及其措施方法上都有着明显差异。讨论了差异产生的原因。并结论道：“中西方古代审美教育内涵的区别虽在社会进步的长河中逐渐趋向同一，但源头的差异毕竟给中西方后代的审美教育在理念、目的、手段上都有不小的影响。形成各自审美教育的民族特色，这也是毋庸置疑的。”美育研究就是这样，从强调美育的重要性到论述美育的手段措施再到中西美育的比较，层层递进，滚动发展。

四、板凳甘坐十年冷

记得我刚考入安徽师范大学中文系读文艺学硕士研究生时，导师祖保泉先生即将范文澜先生撰写的对联转送给我们："板凳甘坐十年冷，文章不写一字空。"

"板凳甘坐十年冷"，我的理解有两点：一是力戒虚名，要沉下心来读书，不写那些赶浪头、花样翻新而自己又没认真研究过的东西。读研期间，导师们压根反对我们发论文，只叫我们多读书、多思考、多写读书笔记、多参加学术讨论。我们偶尔发了点文章根本不敢告诉老师。不像现在，读研期间至少得在公开刊物上发表两篇论文（还要署在读学校名），否则拿不到学位。现在想起来，那时老师的要求是对的。做学问切忌心浮气躁，那些应时文章，也许能产生一时的轰动效应，但终究经不起时间的筛选。二是力戒浮利，要抵拒金钱的诱惑，要有献身于学术的精神。"君子固穷"，就是要守得住贫困，耐得住寂寞。不要身在高校，心恋权势，羡慕富商。我从不涉足经商活动，也基本不在外校兼课（虽然课酬颇丰），更不热衷于办各类培训班，最多只去给本科院校的学生作学术报告。我相信：只有心无旁骛，才能在做学问中享受到无穷的乐趣。

（《美与时代》2017 年第 5 期）

今古人物追思

忆恩师蒋孔阳先生

我虽不是蒋孔阳先生登堂入室的硕士、博士弟子，但却与蒋先生有一段短暂却难以忘怀的师生情。

蒋孔阳先生是我硕士论文答辩委员会主席。1986 年，安徽师范大学中文系文艺学第一届硕士研究生毕业。那时研究生比现在的博士生还要稀缺，这一届文艺学硕士生只有胡晓明与我两人(胡晓明现在是华东师范大学图书馆馆长、中文系终生教授，中国古代文学理论学会会长)，而我们的硕士导师却有祖保泉、方可畏、严云绶、周成昭等四位教授。学校领导对我们的论文答辩非常重视，指示要请名师主持。听说蒋先生要来主持我们的论文答辩，我们是既高兴又紧张，读研期间我就读过他的不少论著，像《德国古典美学》《美和美的创造》等。现在能亲聆教诲，真一大幸事。紧张则是怕名师要求太严，不易通过。谁料蒋先生却是那么平易近人，他对我们的论文给予较高评价的同时，中肯地指出了其中的不足，让我们获益匪浅。

1991 年，复旦大学受教育部委托，由蒋孔阳先生领衔，开办全国性的“文艺学美学博士课程骨干教师进修班”，我又一次来到蒋先生身边。这个班有来自全国 30 多所高校中 30 多名从事美学、文艺学教学的老师，都是慕蒋先生大名而来。但上课最多的是朱立元教授，还有吴中杰教授、应必诚教授以及王振复教授、陈思和教授等。蒋孔阳先生很忙，只给我们做了两次学术报告，他的报告深入浅出、形象生动，理论含量足。他在谈美感与生理快感的区别时，最爱举四川人吃辣椒之事，给人印象很深。还有一次，他陪苏联美学家莫·卡冈教授给我们作学术报告，蒋先生的点评要言不烦，十分精到，同学们后来都交口称赞。

由于蒋先生是主持我论文答辩的老师，加之，我来复旦时，蒋先生的大舅子、时在安徽师范大学中文系任教的濮之琦老师又着我持信问候，我自然比其他同学更易接近蒋先生。只要蒋先生有时间，我就在下午四点左右，来到他住的平房中聆听教诲。他待人和蔼可亲，丝毫没有大师的架子，学术问题他从来是诲人不倦。蒋先生还十分谦虚，对李泽厚的学术创新多有褒扬，当我尊他为上海学术界领衔专家时，他马上说上海名人不少，首推王元化先生。当时，蒋先生生活很俭朴，住的是平房，家具、电器很一般，出门也无专车，他笑着说他爱人濮先生(时为上海政协常委)有车就行了。我很为这样一位享誉国内外的著名美学大师的清贫生活唏嘘慨叹。来的次数多了，有时他让我去邮局替他寄信、取稿费，对我十分亲切。离开复旦后，我回安徽师范大学任教，由于我主业为文学理论，当时主攻方向为现代文学批评，加之我成绩平平，想蒋先生太忙，常外出讲学，不敢多打扰，便与蒋先生联系少了。直到1995年8月，我转请王振复教授向他求书，没想到他还记得我，签名题赠了我一本《美学新论》。我内心既激动又愧疚......

他常说自己与安徽有缘，他可为半个安徽人。他爱人濮先生是安徽芜湖人，他的一个女儿也曾在安徽下放、工作过。1981年，他主编的《现代世界短篇小说选》(1—4集)便由安徽人民出版社出版，《蒋孔阳全集》五卷最后也由安徽教育出版社于2005年出齐。

光阴速速，斯人已去，值此复旦大学纪念蒋先生诞辰九十周年之际，我谨向先生深深三鞠躬。愿先生的精神与学术永泽后人。

先生生于1923年，逝于1999年。

(《美与时代》2014年第2期)

祖保泉先生的治学之道

祖保泉先生，1921 年 6 月出生，安徽巢县人（现合肥市巢湖市）。2013 年 10 月 1 日病逝于芜湖。先生 1947 年夏毕业于四川大学文学院中文系，曾任安徽师范大学中文系教授、系主任、文艺学硕士生导师，中国古代文学理论学会顾问，中国《文心雕龙》学会常务理事，安徽古籍丛书编审委员会副主任委员。有《祖保泉文选》五卷行世。

先生潜心于中国古代文学理论研究，功底深厚，亦有识力。所著《司空图诗品解说》《司空图的诗歌理论》《文心雕龙选析》《文心雕龙解说》等，皆以见解新颖、论析透辟而受学人尊重。1964 年，《司空图诗品解说》一书问世不久，香港商务印书馆即翻印此书向海外发行（改书名为《司空图诗品注释及译文》），海外华裔学者中研究中国文学理论的，在著作中即一再引用他的说法。北京大学张少康教授撰文评介说："祖保泉的《司空图诗品解说》是一本比较好的注释本。这本书除了有自己的研究成果与心得之外，它的注释力求简明、准确、通俗，又有比较严格的反映原著本意的译文……对于《诗品》是以老庄思想为指导的这个关键问题抓得很准，所以在注释和翻译时就有了一条主线，也就为打开《诗品》的迷宫找到了一把钥匙。"[①]这本书，在安徽、香港两地先后印了 5 版，产生了广泛影响。1985 年，《文心雕龙选析》一书由安徽教育出版社出版，这是他十多年教学成果的结晶。书中，自成体系的宏观论述、鞭辟入里的独到见解，立即引起学术界注视与好评。1993 年 5 月，

① 季羡林主编：《中外文学书目答问》，北京：中国青年出版社，1990 年，第 954—955 页。

70万言的《文心雕龙解说》又由安徽教育出版社推出。全书分前言、原文、注释、解说及附录五个部分。注释不避疑难而又力求简明；解说则将每篇主旨加以论析，多则万言，少则5000字。50篇解说，新意迭出，集中阅读，自可见著者对《文心雕龙》的系统看法。由于先生孜孜不倦的努力，安徽师范大学"龙学"研究成绩斐然，祖先生的授课情况也被摄入"龙学研究在中国"的录像带中，并在《文心雕龙》国际研讨会上播放。

先生治学之道，约有以下几点特色：

一、博而反约

先生数十年来在卷帙浩繁的古籍精华中穷源溯流、爬梳钩沉，知识面极为广博。他常说："识不广、学不博，难免作贻笑大方之论。"先生的文字学、训诂学造诣很深，这对他研究古文论得益匪浅。如他在《文心雕龙解说》一书中，为了论证《指瑕》篇中的"赏际奇至""抚扣酬即"不是两个句子，而是八个单词，便闭门读书80天，以《说文》《尔雅》中用字规范，查阅存留下来的晋宋诗文，终于作出了令人信服的解释；为了诠解《定势》篇"乘利而为制"中的"制"字，他翻阅甲骨文、大篆诸书，直到俞樾的《儿笘录》才求得合理而通俗的说明。

先生教授古文论，然对古代作家作品也十分熟悉，故而讲课时旁征博引，挥洒自如，把枯燥的理论课讲得十分精彩。他谆谆告诫研究生，无论是教学还是写文章，切忌"空空道人"的习气。要实而不空，须有大量作品在胸。他自己身体力行，案头必备《全唐诗》《全宋词》《唐宋八大家文钞》等书，时常翻阅，偶有构想，往往也成佳作。他写的《论龚定庵词的艺术特色》《试论况周颐的词》《〈张孝祥词校笺〉读后》等文发表后，多被转引。

二、精而求新

读祖先生书，常有茅塞顿开、淋漓酣畅之感。先生自谦："一生所著不多，但求新耳。"正因先生读书博而能约，故而文章常能精而求新，道人所未道。以对司空图《二十四诗品》研究而言，司空图论诗，以玄学思想为指导，用诗的形式表现风格意境，诗句扑朔迷离、含蓄多蕴，后人颇难把握。注家常犯牵强之病，祖先生力排众议，首倡二十四诗品为二十四种风格论，并对

《二十四诗品》在文论史上的地位作了正确评价。他指出，司空图《二十四诗品》所表现的基本思想是玄远超然的虚无论，然其对诗歌风格论的贡献不可抹杀。司空图论诗风格"不主一格"，强调"俱道适往""着手成春"，没有彼此抑扬之分，比较通达。且品评诗的风格比较细致，适应当时诗歌发展的要求，甚为可取。司空图重视风格的独创，并强调诗人的主观思想在形成风格中的重要作用，实在很有见地。同时，司空图主张诗歌创作要"思与境偕"，以期造成"意外之象、景外之景、味外之味"的艺术效果，确为至言。先生此书一出，学界深以为是。其精彩之论，多为学人转引。美籍华裔学者刘若愚在《中国的文学理论》一书中三次引用该书的释句；新加坡学者王润华、郑子瑜也在其论文、著作中多次摘引，足见其影响之广。

至于对体大思精的《文心雕龙》的注释分析，更见先生功力之深厚。龙学为显学，历来论家颇多。先生的《文心雕龙解说》，就每篇提出主要问题加以论析，见解独到。如对"文之枢纽"部分，他提出"禀经制式"与"变通适会"是贯穿全书的根本观点。对"论文叙笔"部分，他特别重视每篇的"敷理以举统"，注意论析每种文体的写作要领。对"剖情析采"中自《神思》至《总术》部分，他认为《风骨》乃是论"壮丽"之美的风格论；《通变》乃是"会通""适变"的缩语，这与"通指继承""变指革新"不是同等的概念；《定势》乃是就文体的相对独立性而提出的要求，它与《体性》共同地阐明文学风格形成的内在因素与外在因素。《总术》强调文术的重要性，有宣告创作论到此结束的标界作用。对"剖情析采"中自《时序》至《程器》五篇，他认为皆就文学批评鉴赏角度立论：文情、文体、文辞之变必与时世、季节、作家才性、作家修养有关，与明乎鉴赏准则有关。总之，"解说"力求说出自己的心得体会。祖先生的《文心雕龙选析》，则择其重要难解之文二十篇，或考释文字，或纠偏勘误，或析其义理。他的《〈文心雕龙·指瑕〉疑难句试解》，对历代研讨者缺而不论的疑难句作出了令人信服的解释。该文被收入《文心同雕集》，编者在"后记"中称此文"考证周详，功底深厚"。他的《"风骨"臆札》，释"风"为"文思刚健充实、爽朗遒劲、激动人心"，"骨"即"选义按部、考辞就班"，被香港学者陈耀南在《〈文心〉"风骨"群说辨疑》一文中列为一家之言，甚为称道。詹瑛《文心雕龙义证》一书在论述"事类"篇时，三处引用祖先生《事类谈屑》文中的阐释。祖先生一再指出："写文章就要解决问题。自己无独立见解而去凑热闹，那是浪费时间；研究中遇到难点而不去攻坚，那是懦夫懒汉；有见解而下笔，解决的问题不管大小，都称得上是贡献。”同时，他还不断开拓新的研究领域。司空图《二十四诗品》的研究是如此，王国维词的研究也是这样。1981年出版的第一辑《词学》，编者在“后记”中特地提到：“安徽师大中文系的祖保泉同志对王国维的词首先进行了评论。”先生这种勇于探索、敢于求新的精神实为可贵。

三、教研相长

教学、科研对于教师是一身二任。先生认为，身为大学教师，只讲授、不研究，无法提高教学质量。先生所有专著，在公开出版前，都是油印教材。《文心雕龙》研究成果就是多年教学的产物。先生1979年为中文系高年级学生开设《文心雕龙》选修课。为了备课，他翻阅了大量资料。从文字注释到全书结构、主旨，从句的翻译到篇的义理阐释，都仔细推敲，认真思索，力求深入浅出、分析精当。并不断结合教学中发现的新问题、产生的新感触，反复修改、充实讲稿。十多年下来，他从本科生讲到进修生、研究生，讲稿也就成了《文心雕龙选析》《文心雕龙解说》两部著作。后来，他又给高年级学生开设“《历代词选》讲”选修课。讲了几年，他又将讲稿整理为14万字的《历代词选笺》一书。该书从唐敦煌词起至毛泽东《沁园春·雪》止，收录历代词家110人的330首词，一一剖析其思想艺术特色及在词史上的地位。论断允当，较多新意。由于先生严谨扎实的教学与科研，1989年，获国家级“《文心雕龙》教学、教材建设”项目优秀成果奖；1992年，又获得“有突出贡献专家”称号。

四、耐住寂寞

先生文品人品，堪称楷模，一向鄙弃风流人物。常谓：“做大学问，当耐得住寂寞。”所谓耐住寂寞，一是不写那些赶浪头、花样翻新而自己又没认真研究过的东西。应时文章，也许能产生一时的轰动效应，但终究经不起时间的筛选。虽然先生注意吸收学术界出现的新成果、新思想，并将它们运用到科研中，然而他始终立足于古代文论的研究，从不写自己不熟悉的东西。他将范文澜先生撰写的对联转送给研究生：“板凳甘坐十年冷，文章不写一字空。”耐得住寂寞的第二点含义是要抵拒金钱的诱惑，要有献身于学术的精神。他以“甘于寂寞”自励，也勉励其他教师“风物长宜放眼量”。在他的言传身教下，系里大部分中青年教师埋头于教学科研，卓而有成。

（《古典文学知识》1993 年第 5 期，后略作修改，
收于人民出版社 2009 年 10 月出版的《风清骨峻》一书）

以出世精神做入世事业

——王明居教授的美学之路

（著名美学家、模糊美学创建人，安徽师范大学文学院教授王明居先生于2014年12月因病逝世，谨以此旧文纪念之）

王明居教授，1930年出生于安徽天长。天长是美学人才辈出之地。已故美学家吕荧生于此，当今在美学界十分活跃的中青年才俊朱志荣、陶礼天等也都生于斯。

王明居教授于1957年毕业于北京师范大学，因高于当今文艺理论界泰斗童庆炳先生两届，每次两人开会相见，童先生都尊称他为“学兄”。他曾在哈尔滨师范学院（今哈尔滨师范大学）任教2年，后因乡情难舍，请调回安徽，一直就任于安徽师范大学中文系至退休。我们曾问他：“后悔回安徽吗？”因为无论他留在北京师范大学，还是执教于哈尔滨师范大学，都早已是博导，地位更显赫了。他笑答：“安徽人当为家乡教育做贡献，我于心无憾。”

王明居教授，中等身材，瘦削干练，十分精神，尤其是炯炯有神的双目闪现睿智之光，给人亲切、慈祥之感。

王明居教授在安徽师范大学颇受学生敬重，大家尊称他为“王明老”。他不仅学问好，而且为人谦和，是我在安徽师范大学仰慕的导师之一。他未直接为我授过课，但我常去他那间不大却窗明几净的书房请教学术问题。他那诲人不倦的品质、广博厚实的学养、侃侃而谈的风采，给我留下难以忘怀的印象。

与先生处得久了，深为先生“高调做事、低调做人”的高风亮节感染。

王明居教授一生著作甚丰，与人合作的著作不算，独撰的学术专著达十数本之多，发表论文150余篇。要知道，那时电脑还没普及，王明老也不用电脑。这么多著作,都是他一笔一画、呕心沥血爬格而成,多么惊人的毅力,多么执着严谨的治学精神,多么感人的情怀。他的不少著作,都因有着不同凡响的见解而享誉学界。

1991 年,王明老的《模糊艺术论》在安徽教育出版社出版。不久,我在四川大学主办的刊物《中外文化与文论》上,看到季羡林教授与钱中文教授的对话录,他们在谈到目前文艺理论新学科时,特地提到《模糊艺术论》一书,给予很高评价。我欣喜万分,忙复印下来,送给王明老。以后又有多家刊物评论并转引该书。然而,这本影响很大、具有开创意义的著作,在某次评奖中,却名落孙山。据评委万绳楠教授说:"这哪是评奖?三天时间评,每人怎么能看完手中的五六本书?"现在不少评奖确实滥,评委就是那么几个人,隔届评委互评,再就不离关系,看评奖人的官位。为什么不能先送到外省盲评呢?王明老虽有不快,但也只是一笑了之,并未将此事放在心上,仍继续着他的教学与科研。后来,该书获 1992 年华东地区(六省一市)优秀教育图书一等奖,总算还了他一个公道。接着,王明老又于 1992 年在中国文联出版公司出版了《模糊美学》,这本书再一次激起了强烈的学术反响。1997 年,季羡林先生在给陈惇、孙景尧、谢天振主编的《比较文学》一书写的序中说:"特别值得一提的是 80 年代才出世的模糊美学,更与比较文学有紧密相连的关系,谈比较中西文论而不顾模糊美学的存在,那是绝对行不通的。我对模糊美学并无精湛研究,外国著作一本还没有读过。我现在正在读王明居教授的《模糊美学》,觉得颇有收获。"1995 年 11 月在深圳召开了"国际美学、美育会议",会上,谈论最多的话题就是模糊美学,不少学者高度评价了王明居教授这本新意迭出的大作。认为该书出版,使中国大陆涌现出一个全新的美学派别,这就是模糊美学。对模糊美学素有研究的周长才博士在会上发言中指出:"到目前为止,我认为对模糊美学贡献最大的是王明居先生。他 1989 年在第 5 期《文艺研究》上发表《优美与模糊》,1990 年第 3 期上又发表了《崇高与模糊》以及后来的《审美中的模糊思维》等文,同时在《文艺理论研究》等杂志上也发表了研究模糊美学的文章。1991 年,他出版了《模糊艺术论》一书,这是他研究模糊艺术的一个总结。王先生有关模糊美学的思想主要体现在他 1992 年出版的《模糊美学》中,书中讨论了模糊美学与哲学、美学,以及模糊数学、耗散结构论的关系,对美和美感的不确定性进行了系统的分析,同时对模糊美学的各种范畴及其与传统美学的关系进行了辩证的说明。"[1]我之所以引用了周长才博士的长篇大论,也是为了说明王明老这本书的思想穿透力及其对推动大陆美学研究的贡献。遗憾的是王明老此时已退休,困于经费而不能到会对这一美学新构想作精彩阐述;更遗憾的是王明老这部书虽在学界引起轰动效应,却在安徽仅评上安徽省高等学校人文社会科学研究优秀成果三等奖。王明老淡然处之,他是个不重名分、只会默默耕耘的学者。当我们为他颇感意难平时,他平静地笑着说:"不必计较名次,学界有反响就好,毕竟我做了对美学研究有意义的事。"记得他第一次独著的美学著作《通俗美学》于1985年在安徽教育出版社出版时,有人戏称他为"通俗美学家",其中隐有贬低之意,他也不生气。何曾想到,就是这部点燃民众美学激情的书,却一版再版,印数达四万册,并先后于1987年在北京获全国优秀畅销书奖,1988年在承德获全国首届优秀教育图书二等奖。这本深入浅出、文辞优美的《通俗美学》,在新时期美学热中大受欢迎,对美学走向大众、走向社会产生了很大的影响力,几与朱光潜先生在新中国成立前写的《谈美书简》有着异曲同工的作用。

王明居先生常对我们说:"美学切不可成为玄学,美学家不能单纯地坐而论道,美学的生命在于它对社会生活的影响力,在于它对一代代审美风尚的理论总结,在于它对文学史上美学现象的剖析以及文学创作的美学归纳。"正是抱着这样的研究理念,他选择唐代美学作为个案,进行持之以恒的探索,取得了令人瞩目的成就。他先后出版了《唐诗风格美新探》(中国文联出版公司1987年版)、《唐诗风格论》(安徽大学出版社2001年版)、《唐代美学》(安徽大学出版社2005年版)等。他之所以选择唐代,就是因为他认为:"唐诗,是中国诗史上不可企及的高峰,也是世界诗史上不可企及的高峰,它为唐代美学提供了极其丰富的研究对象。"[2]同时,唐代所处时期相当于西方中世纪早期。"如果说,漫漫长夜中世纪,教会独赏上帝之音,棒杀艺术、美学的话,那么,有唐一代,便是诗歌之声动天地、美的花朵开满园了"。[3] 而

---

① 周长才:《模糊美学在中国》,载《外国文学研究》1996年第1期。

② 王明居:《唐代美学简论》,载《安徽师范大学学报》2001年第3期。

③ 王明居:《唐代美学简论》,载《安徽师范大学学报》2001年第3期。

且,“唐代美学具有中国古典美学传统的特色,具有中国作风和中国气派,它富于感性经验的特征。”[①]正因为如此,解剖唐代美学,就能把握中国传统美学的神韵,了解中国美学与西方美学不同的特质,揭示中国美学对世界美学的特殊贡献。

当社会上一些别有用心的人,把《周易》当作占卜算卦、风水迷信之书忽悠百姓、谋取暴利时,王明老怀着为纯洁中国传统文化的拳拳之心,决心拨乱反正。他结合给研究生的讲课,写出了《扣寂寞而求音——〈周易符号美学〉》(安徽大学出版社 1999 年版)一书。正本清源,还《周易》这部承载着中国人智慧的杰作,本真的文化学意义及其美学价值。

当大陆的地域文化研究方兴未艾,徽学研究受到学界重视时,他又怀着发掘乡土文化资源的热情,不顾 70 多岁的高龄,在儿子王木林的陪同下,自费跑遍了徽州的山山水水,回来后动笔写出了 28 万字图文并茂的《徽派建筑艺术》一书。该书于 2000 年在安徽科学技术出版社出版后,反响极好。他在该书中对徽州古建筑的风格、特色及其体现出的文化底蕴作了精彩的美学分析,不仅对建筑美学,也对旅游美学有着极大的贡献。

王明居教授在美学园地辛勤耕耘了半个世纪。他一生无他嗜好,所有精力、心血都倾注于他热爱的美学事业,著作颇丰、成就卓绝,然而他始终低调做人,从不炫耀自己,看淡各种身外名利,默默地将自己丰厚的美学学养奉献给祖国、家乡、社会。

(《美与时代》2010 年第 7 期)

① 王明居:《唐代美学》,合肥:安徽大学出版社,2005 年,第 6 页。

“文革”中的阿英

史无前例的“文化大革命”是一场骇人听闻的摧残文化、迫害知识分子、打击革命老干部的暴力行为，是人类文明史上的空前浩劫。那些知识越多、文化情结越深、对革命贡献越大的人，受到的伤害也就越重。阿英自是在劫难逃。

1966 年夏，江青伙同林彪抛出了《部队文艺工作座谈会纪要》，把新中国成立 17 年来的文艺界说成“黑线专政”，并将文艺黑线追溯到 30 年代。很快，周扬、夏衍、阳翰笙、田汉被打成反革命的“四条汉子”，阿英也被作为文艺黑线的重要人物拖出来挂牌批斗。没完没了的检查虽折磨人，却让阿英觉得有时间很好地反省历史、总结过去，未必是坏事。他想趁此机会尽可能地将现代文艺史上的一些大事梳理一番，好让后人能全面了解淹没已久的事实真相。然而，阿英低估了这场“文化大革命”的严酷性。不久，更大的灾难接踵而至，几乎使这位饱经风霜的老人目瞪口呆。

1967 年 2 月 2 日夜 12 点，江青，这位“文革”中炙手可热的人物在接见电影界的造反派时，诬陷阿英是“叛徒”。事由仅是 1935 年春，法国巡捕房抓阿英未果，便将阿英的父亲、妻子及四个孩子抓走。后来阿英的妻、子被释放，年近 70 的老父却被引渡到国民党上海警备司令部关押。阿英救父心切，多方托人帮忙，并给国民党上海市委宣传部的要人潘公展写了一封信，说明他父亲没有参加过政治活动。仅此而已，况且这事他早已向组织上反映过。当日下半夜，一辆满载着红卫兵的大卡车，驶到阿英的住处，在一片“造反有理”“打倒叛徒阿英”的口号声中，阿英被五花大绑地带走了，一顿拳打脚踢之后，被关进文联的一间阴暗潮湿的地下室里。接着，江青又信口雌黄地将阿英为顾问的电影《诗人杜甫》说成反党反社会主义的毒草，说影片暴露了叛徒阿英的阴暗心理。不久，阿英的历史剧《洪宣娇》被批判为“用指桑骂槐的手法进行反共反人民的罪恶活动的反动文艺作品”，《李闯王》被批判为“借古讽今攻击人民军队的大毒草”。阿英在1962年发表的《关于〈老残游记〉》，也被人重新捡起，上纲上线为“别有用心地攻击三面红旗”。阿英的莫须有的罪名由“文艺黑线的重要人物”“叛徒”，又增加了“反党分子”一项。没日没夜的批斗，不容申辩的痛苦，阿英心力交瘁了。他的老伴受到株连，被迫退职；子女作为可以教育好的对象被赶出京城。最让阿英受刺激的是，他几十年节衣缩食、耗费巨大心血与财力搜求的近10万册书与珍贵字画文物被陈伯达以“审查”的名义洗劫一空，康生更是将不少珍品据为己有。当阿英闻知他丰厚的藏书被几辆大卡车运走时流泪了。如此一连串巨大的打击，使阿英的身心彻底地垮了。1969年，阿英得了中风，全身瘫痪，话也说不清。凭着阿英惊人的毅力以及亲友的悉心照料，八九个月后，阿英的身体竟又奇迹般地康复了。

阿英身体稍有好转，便想看书、写作。然而，曾经坐拥书城的阿英现在要看《水浒传》，还得托人向吴晓铃先生求借。他多次对别人说，他还有三件事没完成，这就是编“中东事件文学集”“中国外交史文学集”以及“佚亡碑帖集”。前二集基本编妥，只待书归还，就能整理核实出版。中苏边界发生争端，他写信给中央，说他的藏书中能找到足够证据，证明珍宝岛是我国领土。他多次不无惋惜地对儿子钱厚祥说：“珍宝岛是我国领土，这是早就有据可查的。在我收藏的书中，可以找到这方面的有力证据，拿来驳斥侵略者是很有力的。可惜材料都已被抄走，想写也写不成。”[①]身处困境的阿英，首先挂记的是国家大事，系念的是党的事业，显示了革命战士不计个人得失的坦荡胸怀以及祖国利益至上的高贵品质。

1975年，邓小平同志主持中央工作，开始落实党的干部政策。阿英头上莫须有的罪名基本得到洗刷，但历史结论还留有两点尾巴：一是追随周扬执行修正主义文艺黑线；二是给潘公展写信是丧失立场的严重政治错误。在“四人帮”仍然大权在握的情况下，作出这样的结论已属不易。不久，阿英恢

---

① 钱瓔、钱小惠：《镜湖水——钱杏邨纪传》，太原：山西人民出版社，1999年，第127页。

复了组织生活，文化部还给他落实了新居。正当他以老骥伏枥的雄心，继续为党工作时，可怕的病魔缠住了他。1975 年秋，阿英在连续不断的咳嗽中再度被送进医院，确诊为肺癌晚期。几个月的化疗后，阿英又顽强地挺立起来。1976 年，他被劫夺的书大部分退还。当拉书的大卡车缓缓地驶到他的住处时，阿英万分激动。尽管身体十分虚弱，可他每天一人躲在房间里，默默地整理书，累了，靠在床头或坐在沙发上，深情地凝视着满屋的书，有时半夜里仍在翻看这些失而复得的书。这是阿英晚年最大的精神寄托，生活的唯一乐趣。这年夏天，唐山大地震爆发，北京也小震频频，阿英在亲友的劝说下，由女儿钱小云陪同来到上海的儿子钱厚祥家。阿英自 1941 年底孤岛沦陷撤离上海，一别已届 35 年。踏上熟悉的故土，回忆往昔的战斗，想想今日的处境，老人不禁感慨万端、悲喜交集。上海的故旧老友听说阿英来了，纷纷前来看望，这些“文艺黑线的头面人物”相聚一堂，畅吐心曲，尽情地发泄对“四人帮”倒行逆施的愤慨，十分快慰。阿英在上海住了一个多月，身体恢复得很快，他还饶有兴趣地游了一趟苏州。然而，阿英始终记挂着未完成的工作，思念着失而复得的书，再也住不下去了。返回北京后，他做的第一件事就是整理钱毅的日记。

钱毅是阿英的长子。阿英共有三子二女，最钟爱的便是钱毅。阿英在 1937 年 8 月 27 日的《救亡日报》上写的《祝福孩子们》一文中，深情地写道：叫做庆(即钱毅)的一个，平时的趣味中心是书，虽然还只有 13 岁，他只手经营的一个小图书馆，收藏的图书竟有 3000 多册，编目整理，也井井有条。钱毅在戏剧表演上极有才华。他主演过《高尔基童年》《牛郎织女传》等戏，特别是他在《海国英雄》中扮演郑成功的儿子郑经，颇受观众赞许。抗战时期，钱毅协助阿英主编大型杂志《新知识》等，以后又调到盐阜大众报社任编辑，解放战争开始任报社副主编。1946 年底，国民党军队进犯苏北，钱毅主动要求去淮安地区报道人民的抗敌斗争。1947 年 2 月 28 日夜，钱毅随联防队宿营时，被国民党军队包围俘获，次日凌晨在石塘镇外英勇就义，年仅 23 岁。钱毅在艰苦的战争环境里，发表了不少文章，也写有很多日记，这些日记不仅记载着钱毅个人的战斗、工作和生活，也记载了苏北盐阜地区军民英勇抗战和开展解放战争的珍贵史料。阿英整理钱毅的日记，既是对爱子刻骨铭心的怀念，也是对盐阜革命业绩的礼赞。阿英忍着巨大的病痛，历时数月，终将钱毅留下的90多万字日记整理完毕，并与钱毅先前发表的文章汇成《钱毅的书》，于1980年由三联书店出版。

1977年4月8日，阿英病情恶化，住进了首都医院，不幸于6月17日逝世。这位为党的事业奋斗了一生，成绩卓著的老兵平静地走完了他77年的人生旅途。所幸的是他看到了残酷迫害他的"四人帮"的覆灭，看到了他所挚爱的人民再度沉浸在喜悦之中。

6月28日，阿英的追悼会在北京举行。虽说整个追悼会低调处理，但它毕竟是粉碎"四人帮"后，党为大师级的作家、艺术家举行的第一个追悼会。参加追悼会的约500人，包括党、政、军各方面的人士以及文艺战线上与阿英共事多年的老同事、老朋友：郭沫若、茅盾、胡愈之、何长工、张爱萍、齐燕铭、叶圣陶、方毅等。追悼会后，阿英的骨灰安放在八宝山烈士公墓。当时极"左"思潮远没肃清，因而对阿英一生的功绩评价很低。讣告和悼词中只称他为"文学戏剧工作者"，新华社也只播发了100来字的消息，标题是《阿英同志追悼会在京举行》。阿英生前不少故旧好友或因没有平反、或迫于压力未能参加追悼会。阿英的子女们为使阿英的功绩有个恰如其分的评价，多方奔波，进行了有理有据的力争。同年12月，中央组织部重新给阿英作了政治结论，把所谓"追随周扬执行修正主义文艺黑线及给潘公展写信是丧失立场的严重政治错误"的不实之词，全部推倒。阿英作为一个无畏的战士、伟大的作家、优秀的学者，将在中国现代史上千秋永存！

阿英逝世后10年，长女钱瓔、次子钱小惠、三子钱厚祥，遵照其父生前的遗愿，将阿英收藏的1.2万余册珍贵图书及文物捐赠给家乡芜湖。阿英的骨灰盒，也从北京八宝山烈士公墓迁到美丽的镜湖湖畔。1987年6月17日，芜湖市举行纪念阿英逝世10周年的活动，并为建在镜湖湖畔的"阿英藏书陈列室"和塑有阿英头像浮雕的汉白玉纪念基石举行了揭幕式。"阿英藏书陈列室"七个大字为陈云亲笔题写，阿英头像基石上的"文心雕龙"四字则是李一氓所题。阿英从此与故乡的土地、故乡的人民长相依、不分离。

"笔阵纵横五十年，书香文采留人间；高谊难忘并肩日，艺旗共举创新天！"阳翰笙专为纪念阿英逝世10周年写的诗句，生动地概括了阿英战斗的一生，辉煌的业绩。

（《江淮文史》2002年第1期）

才高八斗、命运多舛的曹植

曹植，字子建，魏武帝曹操之子。生于汉献帝初平三年(192)，卒于魏明帝太和六年(232)。曹植一生，以曹操之死为界，可分为反差较大的两个阶段。前期，他过的是膏粱锦绣的贵公子的豪华生活；后期，他实际上已沦为处处受监视、行动不自由的特殊囚徒。

一

曹植自幼敏慧好学。其父曹操是著名的政治家、军事家、文学家，他的身边不仅聚集着众多的文臣武将，也围拢着不少名重一时的骚人墨客。曹操留守的邺城成了当时名驰遐迩的文人荟萃之地。曹植在这样的社会、家庭环境的熏陶下，加上自己的天赋与勤奋，很早就有才名而受时人推崇。曹植十余岁能诵读诗、论及辞赋十万言，并写得一手文采斐然的好文章。对于他的如此才情，曹操开始也不相信，怀疑曹植的文章是请人代作，总想找个机会当面考考他。建安十五年(210)冬，邺城铜雀台落成，曹操觉得机会到了，便以突然袭击的办法，通知几个儿子来到台上，各写一赋盛赞铜雀台。曹植握笔，略加思索，便一挥而就。然后恭敬地将《登台赋》双手呈给曹操。曹操览毕大喜，细细吟哦着赋中诗句："见天府之广开兮，观圣德之所营。建高殿之嵯峨兮，浮双阙乎太清。立冲天之华观兮，连飞阁乎西城。临漳川之长流兮，望众园之滋荣。"不禁叹赏不已。当然，他不便当面过于夸奖，只点点头，淡淡说了句："此赋可观。"当时，曹植只有十九岁。十九岁便有如此才华，曹操不由得心里一动，考虑自己今后是否该将继承权交给曹植。曹操爱才如渴，何况是自己的亲生儿子呢！不料，曹操的这一思虑，竟导致曹植后半生的颠离困苦。曹植的同父同母哥哥曹丕虽也有文才,但显然不及曹植,此时他尚未完稿,听父亲夸曹植的赋“可观”,不禁妒火中烧……

曹操自从动了立嗣的念头后,便开始有意识地给曹丕、曹植一系列实际锻炼的机会,同时也想进一步考察他们兄弟二人在治理国家方面,谁更有才能。建安十六年(211),曹植被封为平原侯。这一年曹操亲率大军到潼关攻打马超、韩遂的军队。曹丕留守后方,曹植随父出征。

建安十九年(214),曹植二十三岁,被改封为临淄侯。临淄在平原郡的东边,靠近大海,有渔盐之利,比平原郡富足。临淄更是个古老的都城,一度人口稠密。但即便如此,几经战火焚劫,这里也百业凋敝,户口大减,不复有往昔的繁华。曹植在封地常常微服出访,看到人民饥寒交迫的凄惨景象,悲从心来。一次出访回府,曹植感触特深,心情久久不能平静,不禁奋然抽出毛笔,急速地在素笺上写下乐府诗《泰山梁甫行》:“八方各异气,千里殊风雨。剧哉边海民,寄身于草野。妻子象禽兽,行止依林阻。柴门何萧条,狐兔翔我宇。”写毕,掷笔长叹。他暗下决心,要一展才智,安邦平天下,使百姓得以安居乐业。曹植在临淄没住多久,又被曹操召回邺城。原来曹操将率领大军讨伐孙权,要曹植留守邺城。邺城乃曹操发祥之地,是他休养生息的大本营。今令曹植留守邺城,足见曹操对曹植的信赖与期望。曹操临行前,语重心长地对曹植说:“我二十三岁任顿丘县令,执法严明,不阿权贵,虽屡被贬职也不悔。现在你也二十三岁了,应当努力去干一番大事业。”曹植听后,十分激动。送别父亲回府,深感肩上责任重大,默对案卷诗书,百感交集,挥笔写下《东征赋》:“登城隅之飞观兮,望六师之所营。幡旗转而心异兮,舟楫动而伤情。顾身微而任显兮,愧责重而命轻。……”曹植在邺城于公务之余,广交文友,诗酒唱和,热闹非凡。正如他在《公宴》诗中所写:“公子敬爱客,终宴不知疲。清夜游西园,飞盖相追随。”这一段日子,他确实过得很舒心。

建安二十年(215),曹植二十四岁,又随父西征张鲁。出散关(属今陕西宝鸡市)至河池(今甘肃徽县),大败张鲁后,曹操班师回京,于建安二十一年(216)晋爵为魏王。立哪个儿子为魏王太子,这问题更显得迫在眉睫了。然而,正是在这个关键时刻,曹植由于公子哥儿的任性所为,失掉了曹操的宠爱。

公道地说，作为贵公子的曹植，身上的纨绔气是不多的。曹植为人谦和，礼贤下士，在和文人交往中，也很少摆公子架子。曹植与名士邯郸淳一见如故，喜不自禁，全不虚伪做作，而是推诚相待。酒席摆上后，他与邯郸淳促膝长谈，从历代帝王将相的评说谈到古今文章大家的优劣，从用武行兵的谋略谈到安邦治国的大政。无所不谈，相见恨晚。这事一时被传为佳话。曹植也获得当时不少文人的好感与拥戴，而且曹植生性恬淡、不事奢华，全没有公子哥儿的派头。但有时，曹植也任性而为。一次，曹操离邺城外出，曹植在一个随从的怂恿下，竟私开王宫的大门——司马门，乘车到只允许王公本人行走的"驰道"上跑了一圈。曹操闻知，大为震怒，立即杀了他的随从，并迁怒于曹植，深责他蔑视法度，辜负了自己的信任。曹操历来执法极严，曹植明知这点，竟敢以身试法。在曹操看来，曹植简直是不把他这个父亲放在眼里。这确使曹操伤透了心。从此，尽管曹植多次认错，一再请求宽恕，然而，曹操对他的信任毕竟大不如前了。

曹植还有一个弱点，就是贪杯误事。建安二十四年(219)，曹仁为关羽所败，曹操任命曹植为南中郎将，行征虏将军，率领大军前去解围。临行前，曹操派人去叫曹植，欲吩咐军机要事。不想，曹植喝得酩酊大醉，不能前来。曹操大失所望，他暗自思忖：领兵出征乃头等大事，而曹植出征前还如此纵酒无度，全不以军情为重克制自己，将来一旦继位，岂不要贪杯误国。于是，当即下令收回成命，取消了曹植的南中郎将军职，不让他率兵出征了。

曹操更为不能容忍的是，他发觉曹植竟与一些人串通一气，弄虚作假，欺骗自己。曹植的好友杨修、丁仪、丁廙等人，很赏识曹植文武双全的才华，极盼他能定为太子，以继大业。于是常常为曹植出谋划策，博取魏王欢心。曹植每次应召，他们往往揣度曹操心事，预先设计一些方案，教曹植应对。这本为关心曹植，不想却弄巧成拙，害了曹植。一次，曹操的问题尚未讲完，曹植便急不可耐地作了回答。曹操大起疑心，一再追问何以知道必提出这样的问题，曹植不敢隐瞒，只得供出杨修。曹操心里很是不悦，深怪曹植品行不端，竟矫情迎上。曹操三思之下，终于在建安二十二年(217)，正式立曹丕为太子。太子名位虽定，但曹操还在犹豫，不断试试曹丕、曹植二人的才情、胆识。一次，曹操命曹丕、曹植同时走出邺城的一个城门。事先，他命令守门者不得放行。曹丕到了城门，见守门人奉令闭门，便转回去了。曹植则斩兵夺门而出。曹操先是为曹植的果敢精神高兴，待知道这原来又是杨修所教，曹操顿时大感失望。曹操痛心地认为，曹植本无经邦治国的胆略、才情，一切均为他人操纵，且小小年纪，就如此不诚实，将来终难成大业。至此，曹操悉心稳定太子曹丕的名位，并借故杀了杨修。曹丕终于成了夺嗣的获胜者。其实，曹操哪里知道，貌似忠厚的曹丕更是工于心计。曹丕同样拉拢了大批党羽，为他造舆论、出计谋，同样玩弄权术，骗取信任，只是手段更巧妙、更隐晦罢了。

二

建安二十五年(220)正月二十三日，魏王曹操病卒于洛阳，终年六十六岁。曹丕继了王位。同年十月，曹丕代汉称帝，国号魏，自称魏文帝，改年号为黄初元年(220)，追称先父曹操为魏武帝。从此以后，曹植的境遇就急转直下，步入危境。

魏文帝曹丕由于政治威望和才干远逊于曹操，因而对士族豪强姑息退让、一味迁就，而对在争嗣中失败的曹植诸兄弟则滥施淫威、严加迫害。曹丕当上皇帝办的第一件事就是铲除异己。他先杀了为曹植争嗣出谋划策的丁仪、丁廙兄弟及其全家，接着又杀了在争位中偏袒曹植的大臣孔桂、杨俊等人。这样滥杀无辜的目的，一是削去曹植膀臂，二是对曹植造成直接威胁。果不其然，曹植十分惶恐，整日忧心忡忡。他一想到自己今后的命运便不寒而栗，随时有大祸临头之感。然而，他也毫无办法。眼睁睁地望着自己的好友被杀而不能救，他该有多大的怨愤与痛苦啊！好在他还有一支笔，他只能用这支笔寄托自己对朋友的哀思、表达无处诉说的怨愤、解脱噬咬自己心灵的痛苦。夜深人静，曹植满面忧戚，对着摇曳的灯光，写下一首为后人广为传诵的五言诗《野田黄雀行》："高树多悲风，海水扬其波。利剑不在掌，结友何须多？不见篱间雀，见鹞自投罗。罗家得雀喜，少年见雀悲。拔剑捎罗网，黄雀得飞飞。飞飞摩苍天，来下谢少年。"肺腑衷肠，令人不堪卒读。诗中用风波喻环境的险恶，利剑喻权势，黄雀喻遇难的朋友。少年捎罗救雀，表达了曹植多么希望自己能解救朋友于危难之中啊！然而想象中可以做到的事，现实中却办不到。满腹忧愤难以言说，真是别有一番滋味在心头。

曹丕杀了丁仪兄弟等人犹不解恨，还想找借口杀曹植。《世说新语》记载，曹丕一日对曹植说："天下皆说你文思敏捷，出口成诗，我想你大概不会欺世盗名吧。今限你七步成诗，不成则休怪我手下无情。"曹植无奈，七步赋诗云："煮豆持作羹，漉菽以为汁。萁在釜下燃，豆在釜中泣。本自同根生，相煎何太急！"曹丕听罢，也心感惨然，终致不忍下手。即使这事未必是真，但可想见曹植当时的处境确实是如履薄冰、十分艰难的。兄弟争位、骨肉相残，这在中国历史上是极其残酷黑暗的一幕。

曹丕怕兄弟们联合起来对他的统治不利，便借分封的名义，把曹植及其他兄弟全部撵到封地上去。在封地上，曹丕不仅派了"监国使者"直接监视他们的一言一行，还给诸兄弟定下了十分苛刻的戒令：不准他们互相往来串联、不准他们随便外出访亲会友，兄弟们应召进京和返回封地也不准两人同行。黄初四年(223)，曹植与诸王来京师会立秋节气后，返回封地。他素与异母弟白马王曹彪要好，曹彪也是位诗人，两人诗酒唱和，最为投机。自从曹丕称帝后，兄弟俩各守封地，极少见面。此次机会难得，曹植极想与曹彪同路东归，叙叙旧情。不想竟遭曹植的监国使者灌均的严词拒绝，两兄弟被生生拆散。曹植不敢反抗，只得写下一首缠绵悱恻的《赠白马王彪》的诗，赠予曹彪，饮泣道别。由此可见，曹植等兄弟虽名为王侯，却连起码的人身自由也没有，简直成了被软禁的囚犯。

黄初二年(221)，曹植到临淄"就国"没几个月，曹丕安插在曹植身边的监国使者灌均就打小报告，诬告曹植喝醉酒辱骂、威胁使者。使者是曹丕派去的，辱骂使者便是犯上。曹丕闻言大怒，也不调查真伪，就召集群臣讨论治罪方案。那些专看曹丕眼色行事的奸佞之臣，深谙曹丕用心，就投其所好地主张处以极刑，至少也要把曹植废为百姓。在曹丕、曹植的生母卞太后的极力反对下，曹丕才不得不下诏"舍而不诛"。不过还是把曹植由较为富庶的临淄，贬爵到穷苦的安乡(今河北省晋州市东)，不久又改封为鄄城侯。鄄城(今河南濮县东)更是个闭塞贫困的小城，曹植在这里常常免不了缺吃少穿。

曹植在封地上处处受监视，动辄得咎，什么事也做不成，大小事都要请示京师。曹操死后半年，曹植想在封地上祭祀父王，上奏章《请祭先王表》请示魏文帝，并"乞请水瓜五枚，白柰二十枚"作祭品，谁想竟遭到一顿斥责：

“庶子不得祭宗庙。”

曹植独居封地，寂寞难耐。昔日的诗友或改换门庭、投靠权势者，或惧于曹丕淫威、裹足不敢前来。曹植难逢知己，忧愤无以排遣。月下灯前，所对唯妻子，拔剑心茫然。往日豪情，早已荡然无存，连做人的乐趣也全然失掉。寄情于诗酒、流连于荒野，成了他的唯一嗜好。这段时间，他陆续写了六首脍炙人口的《杂诗》。诗中表明自己的志向：“闲居非吾志，甘心赴国忧。”然而，“时俗薄朱颜，谁为发皓齿?”无路请缨。空有才智、难以施展。“烈士多悲心，小人偷自闲!”严峻的现实终于使得曹植对一切都心灰意懒了。曹操在世时，曹植曾是那样风流倜傥、壮志凌云，而现在困居弹丸之地，处处受人掣肘，这对曹植来说，该是怎样一种残酷的精神折磨啊！每年，只有在诸侯藩王进京朝见的时候，他才难得出来走动走动。黄初三年(222)，曹植到洛阳向魏文帝朝贺，受到冷遇，心中十分苦闷。返鄄城途经洛水，望着烟波浩渺的河水，突然忆起美丽的女神宓妃的传说。洛神是那样的美丽、善良而又多情，想想自己孤居独处，无人挂心，不禁牵动情思，感慨万千。晚上，回到寓所，他按捺不住汹涌的心潮，挥笔写下了千古绝唱《洛神赋》。洛神举止文静、体态娴雅，仙姿玉质宛如图画。她对曹植含情脉脉、顾盼生辉，非常同情曹植的不幸境遇。然而囿于人神有别的戒律，他们不得不洒泪分离。“恨人神之道殊兮，怨盛年之莫当。抗罗袂以掩涕兮，泪流襟之浪浪。悼良会之永绝兮，哀一逝而异乡。”这饱蘸深情的怨愤，这撕心裂肺的哭喊，不正是曹植久被压抑的愤懑心声的倾诉吗?

曹植不仅政治上受压抑、精神上遭折磨，经济上也十分困顿。他被曹丕以莫须有的罪名强令迁徙三次。每迁一次，封邑减少，条件更差。他在《迁都赋序》中曾自叙迁徙之苦：“居实三迁。连遇瘠土，衣食不继。”曹操生前，曹植被封为临淄侯，那里土地肥沃，又有渔盐之利，食邑达万户，条件是最好的了。曹操一死，黄初二年(221)，曹植即被削邑减户，贬为安乡侯，后又迁封为鄄城侯。鄄城闭塞而又荒芜，百姓衣食无着，曹植在这样的封地上，生活来源也就可想而知了。他领着奴仆，经营农田，总算得一温饱。黄初四年(223)，他又一次被迫离别自己亲手营建、初具规模的家园，转迁到条件更为险恶的雍丘(今河南杞县)，这里更是荒瘠，没有桑园，地势低凹，易受水灾。老百姓衣食无着，灾荒年甚至易子而食，苦不堪言。曹植来到这里，也常常为吃穿发愁。经济上的困窘,使得曹植顾不了脸面,不得不向朝廷上《乞田表》,要求自己能得到一部分土地经营,以摆脱入不敷出的困境。曹植在这不毛之地的雍丘一待就是五年,直到曹丕死后,魏明帝即位,在卞太后的直接干预下,他才于太和三年(229)被转迁到条件较好的东阿(今山东省聊城市东南部),生活才得到改善。

黄初七年(226),年仅四十岁的魏文帝曹丕死于洛阳。曹植的侄儿曹叡即位,是为魏明帝,改年号为太和。曹植对新皇帝寄予希望,满以为自己可怜的处境将大为改观,甚至认为建功立业的时候到了。极盼能以自己的才干报效国家的曹植便一而再、再而三地上书陈情,希望能有用武之地。可是曹叡只知声色犬马,根本无心治国,对皇叔曹植同样猜忌不信任。曹植的一封封上书统统付之东流,没有一点效果。随着时间的推移,曹植心头刚刚透出的一点希望之火又被窒息了。不得自由的人生,难以言说的痛苦,使他只得寄情于笔墨,他写了一篇《鹞雀赋》:“鹞欲取雀。雀自言:‘雀微贱,身体些小,肌肉瘠瘦,所得盖少。君欲相啖,实不足饱。’”这个被鹞捕获、苦苦哀求生还的小雀正是作者悲苦境遇的写照。在这种风霜刀剑严相逼的环境中,曹植终日郁郁寡欢,忧愤成疾,于太和六年(232)二月,一病不起,延至十一月,终于默默含恨地离开了人间,终年仅四十一岁。曹植死后,魏明帝念他后半世谨慎行事,不起异心,赐谥曰“思”。并特开恩,将往昔监国使者奏告的种种莫须有罪名予以撤销。由于曹植生前最后以陈四县被封为陈王,后人多称他为陈思王。

曹植一生,正如曹叡诏书所言:“克己慎行”,“自少至终,篇籍不离于手”。他一生勤于笔耕,著作甚丰。计有赋四卷、诗一卷、乐府一卷、文四卷。清人丁晏的《曹集铨评》十卷,收得最为详尽。曹植前半生的征战生涯,后半世的困苦经历终于成就了他的旷世文才。曹植的诗文辞义慷慨、文采富艳、彪炳生辉,万世永垂。如果说,争嗣失败,对于政治家的曹植是一个致命的打击,那么对于文学家的曹植未尝不是一件幸事。“文章千古在,光焰万丈长”。曹植终于以他万世常新的文章成就了他在文坛上的不朽功业。

(《文史知识》1991 年第 8 期)

古代文论偶得

“比、兴”与中国艺术精神

最早提出“比、兴”概念的是《周礼·春官》:“太师教六诗:曰风、曰赋、曰比、曰兴、曰雅、曰颂。”《诗大序》称“六诗”为“六义”:“《诗》有六义焉:一曰风、二曰赋、三曰比、四曰兴、五曰雅、六曰颂。”自此,诸家蜂起,对比、兴的诠释莫衷一是。然其中最具代表性并多为后人接受的观点是刘勰和朱熹所言。刘勰在《文心雕龙》中称:“比者,附也;兴者,起也。……比则畜愤以斥言,兴则环譬以托讽。”朱熹则说:“比者,以彼物比此物也。”“兴者,先言他物以引起所咏之词也。”又曰:“赋则直陈其事,比则取物为比,兴则托物兴词。”这就是说,比即为打比方,也就是形象的比喻;兴则为起兴,由一事物咏吟联想过渡到他事物,从而使诗具有一唱三叹、回环复沓、含蓄深婉之美。以后历代注家大体不出其要,都将比兴局限为一种艺术表现手法而加以界定。为什么中国诗歌特别注重比兴手法的运用?比兴手法与中国人的艺术精神、思维特点及对诗歌的理解究竟有什么联系?只有弄清楚这些问题,比兴的实质内涵才可迎刃而解。

长期以来,比兴一直被视为“诗学之正源,法度之准则”,并在诗、赋、词和绘画等艺术中广泛使用,深为读者喜闻乐见。这其中必然体现有中华民族特有的艺术精神。这种艺术精神以愚见主要表现在以下几点:

一、天人合一思想的衍化

与西方不同,古代中国,大自然不是作为人的敌对力量外在于人,而是作为亲和力量与人息息相通。西方早期商业经济中,贸易是最重要的经济活动。贸易活动必得远涉重洋、翻山越岭。途中,多有巨蟒怪兽、鲸鳌礁石。

人们随时可能遇到飞来横祸、灭顶之灾……可怕的自然界，似乎处处都在与人作对。荷马史诗《奥德赛》，就真实地再现了自然对人的威胁。而中国的农业社会，人们长期固定生活在某块土地上，很少迁徙和流动，日出而作，日入而息。大自然是“一叶且或迎意，虫声有足引心”。这里没有海上的冒险、神怪的威吓，有的只是人间的天伦之乐，人与大自然的和谐交融。儒家如《周易·乾传》讲：“与天地合其德”，《系辞传·上》：“天地之大德曰生”，“是故天生万物，圣人则之；天地变化，圣人效之”。道家《老子》二十五章讲：“人法地，地法天，天法道，道法自然。”《庄子·齐物论》：“天地与我并生，万物与我为一。”天人合一的思想，就使中国文化黎明时期的哲人：“仰则观象于天，俯则观法于地，观鸟兽之文与地之宜，近取诸身，远取诸物，于是始作八卦，以通神明之德，以类万物之情。”从而创造出人文文化的典范。于是，天人合一的思想通过文化经典的教育，成为世世代代诗人的集体意识，启发着他们用比兴之法，作情景交融之诗。诗人“登山则情满于山，观海则意溢于海”。这不仅是由于“物色之动，心亦摇焉”，大自然对人心有直接感发作用，而且也是由于“诗人感物，联类不穷”，大自然的气象万千与人心的情态万方之间，有种种切合关系，诗人“情以物迁”，故“山林之皋壤，实文思之奥府”。事实上，“观古今胜语，多非补假，皆由直寻”。中国诗人在艺术上直造情景交融，与中国哲人在哲学上直证天人合一，不仅是相通的，而且是互补的。所以比兴至极处，便是以艺术途径直证天下本体不二。

二、在思维特点上，中国人重知性的直感把握，不重理性的细致分析，也是造成比兴手法盛行的又一原因

西方商业性社会在向外拓展中，必须探求如何征服自然界。这种尖锐的天人对立造成了西方外向性的心态，人们最关心的是外在世界的构成、时间与空间、物质的形式、事物的比例等外在东西。中国农业型社会的天人合一观则造成了中国人内向性的心态，人们最关心的是自身内在的东西，外在的事物作为人的感情的投射物或人的性格的象征物而存在。外向的西方人爱智，以探求大自然的奥秘为乐；内向的中国人尚贤，以“太上立德”为人生的最高目标。

中国古人重仁求德，因而对大自然的客观构成兴趣不大，而强调“吾日三省吾身”，向内思辨，寻求自我的良心善性。内向性的心态，反映在文艺上必然注重内在的气质、神韵，化为“充实之谓美”，认为美是内在的神气而不是外在的形体。所谓“气韵生动”“传神阿堵”“以意为主，以文传意”“外枯而中膏”“略形貌而取神骨”，都与这种内向心态密切相关。而西方人的外向性心态，反映在文艺上必然注重外在形象的摹仿，认为美就是真实地、惟妙惟肖地摹仿自然，像镜子似的反映自然，注重外在形式的比例、对称、和谐，认为美在形式的和谐。这种外向性的“思物”，又形成了西方人注重逻辑关系的分析性的思维方式。而中国古人注重内向性的“思我”，必然使中国古人忽略对客观世界构成规律、对事物的时间与空间、原因与结果、形式与内容等范畴的深思。这极大地窒息了中国古代的逻辑分析式思维，而关注“仁义”“天理良心”的内在反省，则培养了中国古人直觉的感悟式的思维方式，它用不着分析得丝丝入扣，用不着时间和空间的精确限定、原因和结果的反复寻求，而只追求在直观中的感悟。这与比兴的特点之一在于审美体验的初级直觉，在于对外在事物的整体把握是合拍一致的。这也就造成了“比德”说的盛行。

三、中国是诗的国度，诗歌讲究蕴藉含蓄、传神写意的特点，也促成比兴手法的广泛运用

诗是一种偏重抒情言志的文学样式。中国的诗歌十分发达、繁荣，成为封建士大夫吟咏情性的主要工具。这种历来重表现文学而轻再现文学的风气，必然要求诗人重在抒发他对现实生活的感受、认识和理解。诗无需诗人细致入微地摹写客观事物、生活场景，而是倾吐现实生活在诗人内心激起的情绪波动，并将这种内心郁积的情感通过一定的艺术媒介物化为形象。它让读者感受的不是形象本身，而是形象所负载的情感内涵。在本质上，诗歌又是一种想象的艺术，它只能通过以外物写情志，以景语写情语的方式来塑造诗歌形象，舍此，诗人内心激越的情感波涛便无法引起真正的想象，因而也就不可能构成艺术形象。想象只有在形象的世界中才能展翅高飞，为了激发想象、借景抒怀，“比兴”自然必不可少。同时，中国诗贵含蓄而忌直说，它要通过客观物象所组成的形象画面来使人体味到诗人隐微的深情，使情与物有机统一，给人“含不尽之意于言外”的美感享受。这种不确定的、多义的、能调动读者的再创造，激起人的某种情感的艺术形象就是“意境”。意境正是中国历代诗人在诗歌创作中锲而不舍追求的目标，也是诗歌创作的极致。对意境的刻意追求，为使诗产生“含蓄蕴藉”的美学效果，也就必然形成文学创作中广泛运用比兴手法这一显著的民族特色。

由以上可知，“比兴”，不仅仅是文学创作的一种表现手法，更是一种具有民族特色的艺术精神。这种艺术精神植根于中国特色的文化土壤，显示了中国文人与西方文人迥异的思维模式、文化心态，造成了创作中很具特色的艺术追求，进而形成了中国传统的创作特点、审美情趣。“比兴”在世界艺术宝库中，自有其极高的价值、不灭的光彩。

（《学语文》1995 年第 1 期）

古代文论重视作家主体修养之浅见

对创作主体自身修养的重视，构成了我国古代文论的另一重要特色。从孔子的“有德有言”、孟子的“以意逆志”、王充的“胸襟”、刘勰的“才气学习”，一直到李贽的“童心”、袁枚的“性灵”、叶燮的“才胆识力”、王国维的“真性情”，强调主体修养的论述，像一条红线，纵贯两千年古代文论的始终。形成这一特色的原因，鄙以为大致有以下三点因素：

首先是表现文学的性质使然

我国是诗歌与散文的国度，表现文学十分发达。由这类文学总结而产生的理论就是抒情言志说。中国的美学思想很少说文艺是生活的摹仿、反映，而主张“诗言志”，强调文艺要“吟咏情性”。基于文艺的言志、抒情、写意的特征，作品所表现的作者的情性、志趣是否高雅、纯洁，就成为作品能否感人、有否价值的重要因素。作家在生活中“感物而动”，这才下笔为文。但作家的心胸并非空谷，并非仅仅被动地接受外物的影响，而是“蓄志以储宝”。这样，作家感什么物、有什么感，不能不与他的胸襟、抱负关系密切。同样的事物，有人见之动情，有人熟视无睹；同登黄鹤楼，有人感极而悲、有人喜气洋洋。所以，钟嵘论李陵的作品“文多凄怆，怨者之流”，原因是“陵，名家子，有殊才，生命不谐，声颓身丧”。钟嵘发人深省地问道：“使陵不遭辛苦，其文亦何能至此?”宋朝诗论家张戒也说：“诗文字画，大抵从胸臆出。子美笃于忠义，深于经术，故其诗雄而正；李太白喜任侠、喜神仙，故其诗豪而逸；退之文章侍从，故其诗文有廊庙气。”元朝傅若金也指出：“诗源于德性，发于才情，心声不同有如其面，故法度可学，而神意不可学。”优秀作品是作家“为情造文”的产物。作家感情境界的高下，必然影响作品的优劣，而作家性格气质的不同，也就导致作品风格的相异。因此，作家只有加强自身的修养，培育高风亮节的品性，才会有高雅作品的问世。

其次，对作家自身修养的重视，还与中国传统的以善为美的美学思想密切相关

中国古典美学偏重于美与善的结合。孔子以“尽善”又“尽美”的《韶》乐作为乐舞的典范，荀子讲“美善相乐”之道，《诗大序》称：诗“发乎情，止乎礼义”。总之，把情感与伦理道德结合起来，以道德规范指导情感的宣泄，是我国古典美学的一个传统的原则。儒家重视音乐(乃至整个文学艺术)“其感人深”的特点，是因为“其移风易俗易”，“可以善民心”，可以“厚人伦，美教化”。晚唐以降，随着写意倾向的发展，则日益把诗画作为抒情表意、陶心养性、提高人们道德情操和精神境界的手段。而要实现文学的这一使命，创作必然要“奋至德之光，动四气之和，以著万物之理”。这里的理，既指客观事物的普遍规律，又指伦理道德的准则。“乐通伦理”，即“情见而义立，乐终而德尊”。情和理，乐和道，密不可分。由于“缀文者情动而辞发，观文者披文以入情”，故作家抒发情感是否有道德的风范，实乃作品实现感化人心作用的第一要著。文品出于人品，有一等胸襟，方能写出一等诗文。徐增在《而庵诗话》中指出“人高诗亦高，人俗诗亦俗”。也正如梁启超所言：“诗人只有将自己肚子里一团优美的情愫养足了，再用美妙的技巧把它表现出来，这才不辱没了文学。”对文学劝善惩恶功能的重视，强调美与善的结合，必然要求作家加强自身修养，以求得纯正的品性、廓大的胸次。诚如清代王昱所说：“学画者先贵立品。立品之人，笔墨外自有一种正大光明之概。否则，画虽可观，却有一种不正之气隐映毫端”，这样的作品也就难以起到“成孝敬”“厚人伦”的感化教育作用。

最后，品评人物的风气也影响到对作家修养的强调

品评人物到魏晋成一高峰，以后绵延逾千年而不衰。西晋初，有一传说：潘岳姿容秀美，他一出行，妇女儿童就把水果掷到他车上；左思长得丑陋，他出行时，人们都往他车上抛瓦砾。《世说新语》记载关于人物美品评的事例更多。如讲东汉末李膺在舟中，人们望之如神仙中人；郭林宗遇雨，巾折一角，人们便争相仿效，戴起折角巾。《世说新语》(容止篇)说王衍“神姿高彻，如瑶林玉树”。《世说新语》(赏誉篇)说裴楷：“见裴叔则，如玉山上行，光映照人”等。当然这种对人物的品评还停留在人的外表相貌上，这与当时强调艺术的形似、画境是一致的。到了六朝，佛学东渐，并与道玄合流，逐步把艺术引向空灵、追求神似。乃至唐宋，禅门崛起，儒道佛进一步结合，“画境”更向“化境”转化，终于形成了中国艺术独重“神韵”的民族特点。人物品评也就由过去的重外形美转而重气质、才情美。虽然起始，不少人把人品高下和社会地位相联系，甚至看成二而一的东西，但越往后，绝大多数人是把人品和人的道德修养、文化素质联系在一起的。陶渊明不为五斗米折腰的浩然正气被誉为一等胸襟，备受历代文人仰慕。李白、杜甫的诗，后人必不能学，原因在于后人难有李白、杜甫之襟怀。由于人品高，更多地体现于“忠信笃敬”，故“非忠信笃敬、植立根本，则枝叶不附”。倘作者“外慕纷华”“驰逐声利”“与世迎合”“志气堕下”，就难有上乘之作。由此可见，对人物评价已逐渐由外形转到人的气质内涵，这种崇尚人物品评的风气势必影响到评价作品与作者的自身修养上。古代文论一直把“知人论世”作为文学批评的一条重要原则。所谓“知人”即是评价作品要顾及作者的人品，由此也就造成对作家主体修养的重视。此外，诗画一理，古代画论对人品的重视与古代文论重视作家修养，也是相互影响、相得益彰的。

我国古代文论论及作家主体修养的逻辑起点是“诗言志”，而志是感于物的结果。因此，主体修养论的基石一开始即被奠定在唯物主义的基地上。虽时有唯心之论，但终不占主流、不成气候。刘勰谈主体修养在“才、气、学、习”四个方面。他虽把天赋的才、气强调到突出地位，但也重视后天的学习，认为“学业在勤，功庸弗怠”“八体屡迁，功以学成”。而叶燮的“才胆识力”论，则明确把“识”看成决定其他三者的第一位因素，更重视个人经历、学习对主体修养的意义。许多论家论及锤炼人品的途径，也都认识到读书、实践对扩大胸襟、改善气质的作用。元朝黄子久说：“不读万卷书，不知道理之渊源；不行万里路，不知天地之广大。”明李月华认为：“吾曹学问，当一意以充拓心胸为主”，而欲求“胸次廓彻”，除“忠信笃敬”外，还必须多读书、多穷理。他指出苏轼的诗画作品所以能达到极高的境界，就在于“子瞻雄才大略，终日读书，终日说道，论天下事”。可见，中国古代文论对作家修养的论述基本是科学而正确的。应当说，古代作家修养论是一份极可宝贵的精神遗产，它对于我们今天的作家自觉在革命实践与理论学习中，加速世界观的改造，以期创造出无愧于时代的伟大作品，确有着深刻的现实意义。

（《学语文》1993 年第 1 期）

刘勰、叶燮论作家修养之异同

我国古代不少作家、文论家很早就注意到作家修养对创作的重大影响。然而对这问题在理论上阐述得较有深度的论家，当推刘勰与叶燮。

刘勰在《文心雕龙》这部体大思精的文论专著中，较早系统地论及了作家的思想修养、艺术修养。时隔12个世纪，叶燮又在《原诗》一书中，作了进一步阐述。虽他论及的几个方面大体不出刘勰的范围，但他所论却具有鲜明的唯物主义特色，因而有着不同凡响的深度。

“有德者必有言”。这是儒家对作家思想修养的传统看法，对此，刘勰、叶燮并无歧意。他们都把作家的思想道德修养看作影响创作的首要问题。刘勰提出“程器”，叶燮倡言“胸襟”。

所谓“程器”，就是衡量作家是否具有高尚的道德品质和卓绝的见识。刘勰从作家“治国平天下”的责任出发，指出“摛文必在纬军国，负重必在任栋梁”。因此，作家只有“蓄素以弸中，散采以彪外”，德才兼备，文章才能质文并重。他认为“文以行立，行以文传”，作家的品行不正，吐露作家心机的作品不可能情真意切，也就难以产生峻夺人魄的艺术效果。基于这样的认识，刘勰评价作家很重视对他们品德的考察。他认为：“气以实志，志以定言，吐纳英华，莫非情性。”刘向为人质朴，因此作品旨趣明晰，材料详实，而司马相如傲慢狂放，作品也就文义放诞，语言夸谩。作品水平的高低明显受到作家操行品德的影响。正所谓“《风》、《雅》之兴，志思蓄愤，而吟咏情性，以讽其上，此为情而造文也”。故《诗经》的作品“要约而写真”。而“诸子之徒，心非郁陶，苟驰夸饰，鬻声钓世，此为文而造情也”，所以他们的作品“淫丽而烦滥”。

叶燮同样把作家有无远大的志向抱负看作创作的基础。他说:“有是胸襟以为基,而后可以为诗文。不然,虽日诵万言,咏千首,浮响肤辞,不从中出,如剪彩之花,根蒂既无,生意自绝,何异乎凭虚而作室也。”这就是说,对于一个诗人来说,其成就大小首先取决于他的思想志向的高低。“志高则其言洁,志大则其辞弘,志远则其旨永”。叶燮评论诗人也同样重视人品的考察,认为:“诗是心声,不可违心而出,亦不能违心而出。功名之士,决不能为泉石淡泊之音;轻浮之子,必不能为敦庞大雅之响。”并说:“诗之亡也,又亡于好利。夫诗之盛也,敦实学以崇虚名;其衰也,媒虚名以网厚实。”他评价六朝诗家,首推陶潜,其诗品之高在于陶潜“胸次浩然,吐弃人间一切”。而后人学陶诗俱不成功,原因是他们“不能有陶之胸次故也”。

然而,对于作家的艺术修养,二人的见解不尽相同。首先,刘勰强调“才气学习”,叶燮则标榜“才胆识力”。

何谓才气学习?刘勰指出:一个作家“才有庸隽,气有刚柔,学有浅深,习有雅郑,并情性所铄,陶染所凝,是以笔区云谲、文苑波诡者矣”。才,即作家的天资才能,是先天禀赋,所谓“才力居中,肇自血气”。气,则与曹丕的“气之清浊有体”,“虽父兄不能以移子弟”之说一脉相承,指的是作家的个性气质,也是先天所致。学,是作家的后天努力,主要是书本知识的学习。习,则是作家的阅历及客观环境对作家的影响。“才气学习”是作家艺术功力的必备条件,缺一不可。然而这四个方面的作用不是均等的。刘勰常常把天赋的才、气强调到突出的地位,认为“才为盟主,学为辅佐,主佐合法,文采必霸。才学褊狭,虽美少功”。虽然他有时也强调后天学习的重要,“学业在勤,功庸弗怠”,“八体屡迁,功以学成”,但他始终觉得虽然“文章由学”,而毕竟“能在天资”。而且他把诗的“声含宫商”,竟也认为是“肇自血气”。并在对一些作家的评价上,总不自觉地打上天才论的烙印。因为贾生俊发,“故文洁而体清”。而公干气褊,“故言壮而情骇”。由此可见,刘勰唯心主义文艺观在作家艺术修养的论述中,流露得较为显著。

而叶燮于“才胆识力”的倡导中,分明闪烁着唯物主义的光彩。他说:“大凡人无才,则心思不出;无胆,则笔墨畏缩;无识,则不能取舍;无力,则不能自成一家。”

才胆识力,叶燮认为胆、识是后天的,是作家通过对客观事物的“理,事,情"的"精研推求"获得的。"识"是作家书本知识与实践知识的总括。"胆"即作家的创作气魄及胆略,它来自作家对客观事物和艺术规律的深刻把握,因此也是后天无疑。而对"才"的说明,最能鲜明地表现出叶燮唯物主义的思想特色。叶燮虽也说过"才受于天",但这无非指出人的天赋不同而已。他认为所谓才,首先是准确地判断客观事物的才能,即"至理存焉,万事准焉,深情托焉,是谓之有才"。这样的才能,不靠上帝与天生,只能来源于"识"。"才外观而识内蕴,识为体而才为用"。这就与唯心主义天才观划清了界限。而"力"则是自成一家的表现,"各奋其力",表现自己的独创。

在才胆识力中,叶燮明确指出"识"是决定其他三者的第一位因素。这一点,《原诗》中不乏精辟的论述:"要在先之以识","人惟中藏无识,则理事情铺于前,而浑然茫然,是非可否,妍媸黑白,悉眩惑而不能辨,文章之能事,实始乎此"。"惟有识则是非明,是非明则取舍定",不但"不随世人脚跟,并亦不随古人脚跟",从而"随我之所能而发定之……如至文以立极"。且"识"直接影响"胆","识明则胆张","识"不明则"笔墨畏缩","不能自由"。而只有有胆有识,"才"才能得到真正发挥,"纵其心思氤氲磅礴,上下纵横,凡六合以内外,皆不得而囿之"。"才"得到充分发挥,就必然表现出自成一家的"力"。

对比刘勰的"能在天资",看看叶燮的"要在先之以识",不能不由衷钦佩叶燮的唯物主义美学观是何等鲜明、何等突出!

其次,论及作家创作前的准备,刘勰、叶燮二人也有明显的差距。

刘勰认为作家创作出好作品,"务在博见",即要博览群书,主要是儒家经典著作。他特别强调读书要经过慎重选择,特别是在入学之初,更要"学慎始习",否则"器成彩定,难可翻易"。只有自始至终认真学习儒家经典,才能收到"斫梓染丝,功在初化"的效果。因此,作家创作前的准备,在刘勰看来,主要是"积学以储宝,酌理以富才,研阅以穷照,驯致以绎辞"。这里,无论是积学、酌理,还是研阅、驯致,都带着佛教徒坐禅入化、苦心求道的意味。刘勰正是鼓吹走一条闭门苦读、躬身自省的创作道路,强调从书本到书本的求知,而对实践知识的掌握远远重视不够。

叶燮不否认书本知识的重要,但他认为,作家在掌握了一定的写作技术后,对客观现实深入充分地研究和了解,则是文学创作的更为重要的条件。

他提出了著名的"格物说"。叶燮的格物说,不同于朱熹的唯心主义格物说,而是有唯物论的体现。他的"格物"就是对客观事物的认识和体验。他说:"故吾告善学诗者,必先从事于'格物',而以识充其才,则质具而骨立。"这里的"物",不仅是自然景物,更包括社会生活、政治斗争。而"格物",不仅是对客观事物的一般掌握,更是对客观事物规律的把握和本质的揭示,即专"征自然之理"。他在《原诗》中一再强调格物的重要,要作者"会于心,格于物","观物于博"。并不惜抬出圣人来说明格物意义的重大。"圣人之道,自格物始"。从而把作者的亲身阅历及对客观事物理、事、情的把握提高到创作的首要地位。并从这一坚实的唯物主义观点出发,对那些一味追求格律声调的形式主义创作倾向、那些以僵硬不变的"德"来绳墨一切的做法,给予了致命的打击:"诗家之规则不一端,而曰体格、曰声调,恒为先务,论诗者可谓总持门也。……然而此数者,其实皆诗之文也,非诗之质也,可以相诗之皮也,非可以相诗之骨也。"在对形式主义颓风的批判上,叶燮远比刘勰入骨三分。

由上可见,对于作家修养问题的论述,刘叶二人的差距,显见是因他们唯物世界观与唯心世界观的不同所致。《原诗》唯物主义作家修养论在中国文论史上自有其光辉一页,理应受到更多的重视与推崇。

(《学语文》1987 年第 6 期)

由“得意忘言”谈起

《庄子·外物》中说：“筌者所以在鱼，得鱼而忘筌；蹄者所以在兔，得兔而忘蹄；言者所以在意，得意而忘言。”对于庄子的“得意忘言”说，有些人结合他的“灭文章、散五采”的言论，竟误认为写文章无须在语言上多下功夫，只要意义明了就成。其实，庄子的“得意忘言”说，非但没有否定语言表情达意的积极作用，相反的，却在充分认识语言重要性的基础上，提出了一条很高的锤炼语言的标准：必须提炼“得意之言”，使读者沉醉于语言所达的“意”中，而忘掉语言本身的存在。

相传三国时名画家曹不兴为孙权画屏风，不意将一滴墨水落在画幅上，正当众人惋惜、惊恐之际，他却灵机一动，就势将墨滴画成一只苍蝇，逼真传神。孙权见了竟用袖去拂。这确实是“但见苍蝇、不睹颜料”了。颜料完成了表现苍蝇的任务，使人见了苍蝇而忘记了颜料的存在。罗丹说：“最纯粹的杰作是这样的：不表现什么的形式，线条和色彩再也找不到了，一切都融化为思想与灵魂。”这个故事正说明了这个道理。然而要得到“得意忘言”的艺术效果，语言磨炼不能不说是第一要著。

为使语言很好地表情达意，古人作过种种探索。一是繁采丽句、铺陈夸饰。“俪采百字之偶，争价一句之奇，情必极貌以写物，辞必穷力而追新”。不管内容需要不需要，一味堆砌华丽辞藻，结果，适得其反。因为“联辞结采，将欲明理”，而“翠纶桂饵，反所以失鱼”。使用语言的目的在于传达内心情意，满篇尽是华词丽句，美是美了，却让人读后感到茫然。语言失去了表情达意的作用，再“美”也没有意义了。另一则是崇险猎奇、追求语言的瘦硬趣异。放着朴实明了的语言不用，拼命搜求古词怪句，刻意求工、标新立异，使得文章佶屈聱牙，谁也不懂。纵然是“二句三年得，一吟双泪流”，也不能产生“不隔”的艺术境界。

当然，古人在提炼语言、运用语言方面也有许多成功的经验。钟嵘说：“观古今胜语，多非补假，皆由直寻。”由钟嵘的“直寻”，发展到徐渭的“本色”，再到王国维的“语语如在目前”，这确实是锤炼语言的健康之路。这种“直寻”“本色”“不隔”的观点，强调语言的朴实，他们似乎侧重于要求“文从字顺”“陈言务去”。但更注重的却是语言的出自胸臆、浑然天成。如“三杯两盏淡酒，怎敌他晚来风急”。尽是寻常话，然妙处却在不工自工，毫无匠人气息。李渔说：“妙在水到渠成、天机自露”，王国维说：“其辞脱口而出，无矫揉妆束之态”，说的都是同理。

更有甚者，提倡语言要有意在言外的“含蓄美”，强调“不着一字，尽得风流”，这就更为珍贵了。“红杏枝头春意闹”，着一“闹”字，境界全出。确实，“闹”字用得十分传神。如果换用“浓”“美”“好”字，全句立刻黯然失色。虽说“闹”也是寻常字，但用在此处，却使全句都活了。诗句仿佛在我们眼前展现了一幅生机盎然的融融春景图，它调动了读者丰富的想象，给人意味无穷的魅力，确实收到“得意忘言”的艺术效果。杜甫的“窗含西岭千秋雪，门泊东吴万里船”，也将人带到壮阔的自然怀抱中去：远山群峰，积雪皑皑，江水浩瀚，百舸争流。从而忘掉了语言的存在，唯有水阔天空之感，同样达到“得意忘言”的境地。这些诗句，语言并不华丽，也不奇特。然而，它们富有形象感，构成了一幅幅流动的画面。这些画面组合在一起，便油然产生出一种含虚蓄实的意境美，并调动起读者丰富的想象，进而深刻地体会到诗句所要表达的深远含义，充分显示了语言夺人情魄的表现力与感染力。

所以，我们决不能低估语言在艺术表现与艺术欣赏中的作用。由此推而广之，我们也决不能忽视形式美的艺术价值。刘熙载说：“圣人之情见乎辞，为作《易》言也。作者情生文，斯读者文生情，《易》教之神，神以此也。”圣人之情必须通过语言才能表达出来。读者文生情，也必须借助语言的功力。因此，我们不能一味强调语言对内容的依附作用，而忽视了语言的能动性，忽视了形式对内容的反作用。其实，人们欣赏任何一件艺术品，首先接触的是其形式：或线条、或动作、或语言。形式不美，人们往往弃之不顾，再好的内容也无法为读者接受，艺术品也就失去其自身的意义。更何况艺术形式本身就具有审美价值，它能使人悦目赏心，从而为作者的创造才华深深折服。读者只有首先为形式美深深吸引，而后进入角色，“谈欢则字与笑并，言戚则声共泣偕”。目为之迷荡，心为之震颤，完全忘掉了形式的存在，艺术品的美学价值才能得以充分发挥。姚鼐说：“神理气味者，文之精也；格律声色者，文之粗也。然苟舍其粗则精者亦胡以寓焉？学者之于古人，必始而遇其粗，中而遇其精，终则御其精者而遗其粗者。”这大概可以说是对庄子的“得意忘言”的最好注解吧！

我们应该在锤炼语言上狠下功夫，做到“语不惊人死不休”，以期拿出最好最美的文学珍品供人们欣赏、享受。

（《学语文》1986 年第 1 期）

刘熙载的“意在笔先”析

刘熙载在《艺概》中说：“古人意在笔先，故得举止闲暇，后人意在笔后，故至手忙脚乱。”

对于刘的这一“意在笔先”说，历来争论有二。

其一是对“意”的理解。“意”指“意念”抑或指“意象”？

不少人认为“意”指“意象”。“意在笔先”最早出现在我国古代画论中。王羲之在《题卫夫人笔阵图后》中就曾说过，唐人张彦远在《历代名画记·论顾陆张吴用笔》中也曾提及。说的都是绘画，其含义与“成竹在胸”并无二致。诚如沈德潜所说：“写竹者必有成竹在胸，谓意在笔先，然后着墨也。”古代画论中的“意在笔先”，大多是说画家于动笔之始，对所描绘的客观事物应能通观全貌作整体把握，并熟记于心。即所谓“闭目如在目前，放笔如在笔底”。这样，奋笔挥毫，方能尽万物之态，摄写出事物的神髓。反之，节节为之，叶叶累之，必致画幅杂乱无章。据此，有些人便推断出刘熙载的“意在笔先”之“意”，也为“意象”。

其实，刘熙载的“意”，非指“意象”，实指“意念”或“意旨”。刘熙载论文贵意，“意”在《艺概》一书中频频出现，其含义是确定的。何谓“意”呢？多举几处他引用“意”及谈及“意”的词句，我想，其“意”之义自然清楚。

刘熙载说：“太史公文，悲世之意多，愤世之意少，是以立身常在高处。”显然，“意”作“意象”无法讲通。只能释“意”为作者的创作意图、作品的主题思想。刘熙载先引庄子语说：“语之所贵者，意也，意有所随。意之所随者，不可以言传也，而世因贵言传书。”他自己接着发挥说：“是知意之所随者乎？”强调的是写作必须以立意为贵，即要重视作者的创作意图，突出作品的中心思想。立意高，作品的思想境界高，文章自然“充实不可以已”。这与刘熙载一贯重视作者的志向和道德修养，强调“诗品出于人品”，实是一脉相承。刘熙载更引《文赋》句：“意司契而为匠。”并说：“文之宜尚意明矣，推而上之，圣人‘书不尽言，言不尽意’正以意之无穷也。”也是说明作者的创作意图、作品的中心思想各各有别。好的文章必要主题明确、立意深刻。“意”为文之枢纽，作品应围绕“意”谋篇布局，取舍剪裁。显然，“意”为“意象”，也是解释不通的。

其实，一般来讲，古代文论中的“意”与古代画论中的“意在笔先”的“意”是有区别的。文论中的“意”多指作者的创作意图、作品的中心思想。儒家始祖孔子就说过：“圣人立象以尽意，设卦以尽情伪。”并说：“六艺于治一也。……诗以达意。”南朝范晔在《狱中与诸甥侄书》中也说：“常谓情志所托，当以意为主，以文传意。以意为主，则其旨必见；以文传意，则其词不流。”王夫之在《姜斋诗话》中说得更透彻：“无论诗歌与长行文字，俱以意为主。意犹帅也，无帅之兵，谓之乌合。”“有意之词，虽重亦轻，词皆意也。”由此观之，“意”在作品中具有举足轻重的作用，是文章的核心与灵魂。它，役使文字，结构篇章，直接决定作品的价值。诚如杜牧所说：“意全胜者，辞愈朴而文愈高；意不胜者，辞愈华而文愈鄙。”显然，“意”释为“意象”是说不通的，“意象”根本无法担当起这样的重任。

可知，刘熙载的“意在笔先”与古代画论中的这一术语同字而异义，强调的是作文之始立意的重要。

争论二，“意”既作“意念”解，那么，刘熙载的“意在笔先”究竟是唯心主义的创作论，还是唯物主义的创作论呢？

“意在笔先”似乎是强调创作要从作者的意念出发，这好像与黑格尔的“艺术是理念的演绎”如出一辙。大有“主题先行”之嫌。这种看法，也失之偏颇。

刘熙载论文贵意，同时更强调“文以识为主”。他说：“文以识为主，认题立意，非识之高卓精审，无以中要。才学识三长，识为尤重，岂独作史然耶？”

高卓精审的“识”来自何处？他的回答是：“东坡论少陵，‘诗外尚有事’，盖诗外无事者，诗匠也。诗而匠，则诗亦焉能有哉！”这就是说，要写出真正的好诗，就必须在诗外的“事”上下功夫。刘熙载坚持的正是一种可贵的唯物主义创作论。为了写出“确凿不可磨灭”的好文章，刘熙载深刻地提出了作家要深入闾阎，了解百姓疾苦的见解。他说：“代匹夫匹妇语最难，盖饥寒劳困之苦，虽告人，人且不知，知之，必物我无间者也。杜少陵、元次山、白香山，不但“身入闾阎，目击其事，直与疾病之在身者无异”。刘熙载独具慧眼地洞悉出杜甫、元结、白居易，之所以能创作出情真意切的千古之作，正是“身入闾阎，目击其事，直与疾病之在身者无异”的结果。这无疑强调了作家深入底层生活、了解人民疾苦对创作的重要意义。因为只有这样，才是“发愤著书”“为情造文”，作品才有动人心魄的力量，方能起到“补察时政”“泄导人情”的作用。刘熙载在一百多年前，能有如此卓绝的唯物主义见识确为难能可贵。由此可见，不顾事实，硬把刘熙载推入唯心主义创作论提倡者的行列，实属荒唐。

其实，刘熙载“意在笔先”的“笔”是下笔为文。它的正确理解应是：从生活中提炼主题，再动笔写作。这与从概念出发，图解理念的“主题先行”论，有着本质区别。

“主题先行”论，完全否定生活是创作的源泉，反对从生活中提炼主题，而是让文学图解概念，把文学变成阐经释义的教条。

而“意在笔先”，说的是作者立意先于写作而后于生活。这是符合创作规律的。我们通常所说的创作大致包括三个阶段，即素材积累、作品构思、艺术表现。主题在题材提炼时就已形成，到提笔写作，自然有明确主题了。这主题是在生活实践中获得的。诚如刘熙载所说：“认题立意”来自“识之高卓精审”。即作品的主题不是产生于主观的理念、路线，而是“从作者的经验中产生，由生活暗示给他的一种思想”。作家由于“身入闾阎，目击其事”，产生了创作冲动，于是在一定世界观指导下，深刻认识其本质意义，逐渐形成一种明确的思想，即“意”——作品的主题。然后围绕主题，谋篇布局，选辞炼字，敷衍成章。这样的作品，读之令人回肠荡气，确实具有峻夺人魄的感人力量。而从概念出发的作品，只能成为“时代精神单纯的传声筒”。文章必然流于模式化、概念化而了无真情实感。刘熙载说：“诗可数年不作，不可一作不真。”作品要有真情真意，非演绎理念所能达到。我们反对主题先行，反对从概念出发进行创作，但决不反对，也从来没有反对过先从生活中提炼、确定主题再进行写作。

刘熙载的“意在笔先”，是深得创作之味的唯物主义创作原则，在我国古代文论史上自有其不可磨灭的价值。

（《学语文》1987 年第 2 期）

苏轼画论的启迪

苏东坡集诗人、画家于一身，长期的艺术实践使他领悟到：诗、画这两种不同的艺术种类，在创作与鉴赏上实有不少相通之处。他在《东坡志林》中说："味摩诘之诗，诗中有画；观摩诘之画，画中有诗。"其实，"诗画本一律"，诗画这两种艺术式样，不但可以相互结合、相映生辉，这两种创作理论更可以互为补充、相互启迪。在这方面，苏东坡无疑是有卓越建树的。他的不少论画的诗文，在一定程度上丰富了文学创作理论的内涵，并给人以深刻的启迪。

首先，苏东坡明确提出"画以适吾意"的观点。作画要表现作者自己的内心感受。这样，"意之所到，则笔力曲折无不尽意"。画出的画，方能"充满郁勃而见于外"。文学创作不也同此理吗？有感而发的文章与无病呻吟的文章，其艺术感染力大相径庭，根由正在于此。

其次，他论画重神似，轻视徒有形似而不能传神的作品。

苏东坡有一首很有名的诗，前四句是："论画与形似，见与儿童邻；赋诗即此诗，定知非诗人。"他指出，士人与画工作画的区别在于：前者重神似，而后者重形似。"观士人画，如阅天下马，取其意气所到。乃若画工，往往只取鞭策、皮毛、槽枥、刍秣，无一点俊发"。并很有见地地说："画马不独画马皮，画出三马腹中事。"这就说到了文学创作上现实主义与自然主义两种创作方法的区别。鲁迅也曾说过：画人物"倘若画了全副的头发，即使细致逼真，也毫无意思"。鲁迅提倡"画眼睛""勾灵魂"的创作方法，正与苏东坡的"取其意气所到"如出一辙。自然主义地临摹生活，不运用典型化的手法揭示生活的本质，作品无疑是缺乏生命力的。

而具有神似的艺术形象，由于是典型化的产物，其传神之形，往往蕴含着作者的情思，寄托着作者的理想。因此，形象不仅气韵生动、光彩照人，而且取类也小，称物也大。突破了形象本身的局限，传达出远为丰富深远的思想情致，在文学创作上就能造成“言近旨远”“言有尽而意无穷”的艺术效果。

神似说，还进一步涉及生活真实与艺术真实的问题。亚里士多德说得好：“诗人的职责不在于描述已发生的事，而在于描述可能发生的事，即按可然律或必然律可能发生的事。”因为，事实有时也可能是不真实的。它缺乏必然性，不能反映出事物的本质。苏东坡在创作实践中，深刻认识到这点。他十分赞赏顾恺之画裴楷像时，在裴楷颊上加三毫的做法，尽管裴楷原本颊上无毛，苏东坡认为，这加上去的三毫竟能使人觉得“精采殊胜”。因为他把握住了人物的神情风采，生动地传达出人物的内心世界。而这，决非仅仅着力于外貌的酷肖所能得来。苏东坡独具慧眼地看出，艺术的真实就在于作者如何用神来之笔，写出事物的神髓实质，而不必拘泥于枝枝叶叶的描摹。

苏东坡重视神似，并不是不要细节的真实，一味凭着作家的主观臆想，随心所欲地乱涂乱抹。其实他重视的是在形似基础上的神似，这样的神似完全离不开细节的真实。所以他大力提倡“师法自然”，正是他重视细节真实的佐证。他在《次韵子由书李伯时所藏韩幹马》一诗中，肯定韩幹画马以内厩之马为师的学习态度：“君不见韩生自言无所学，厩马万匹皆吾师。”苏东坡认为，若缺乏起码的细节真实，把常形画错或画成了四不像，就完全丧失了艺术效果。他批评黄荃画飞鸟画成颈足皆展，戴嵩画斗牛画成掉尾而斗，简直是一大笑话。他在《石氏画苑记》中，更是明确地说道：“所贵于画者，为其似也，似犹可贵，况其真乎！”所以苏东坡要求的决不是失去形似的神似，而是在重常形的基础上更强调重常理，即画人要“得其人之天”，“得其意思所在”。正如巴尔扎克所说：“一方面小说在细节上不是真实的话，它就毫无足取了”；另一方面，一位大画家应该“多给我们它的神，少给我们它的形”。苏东坡不是要作家离开实际的观察，凭空刻画，而是在实际观察的基础上，抓住事物的本质，更概括、更集中地表现它，力求反映出生活的真髓而不是呆板地记录生活。

再次，苏东坡对创作过程的论述，也不乏真知灼见。谈到创作准备，他十分重视画家深入生活的情况。认为画家只有“神与万物交”，熟悉自己的描写对象，并在生活中获得生活感受，形成创作冲动，这样作的画才会有极强的艺术生命力。他深刻地指出：文与可画竹，之所以“无穷出清新”，完全在于“其身与竹化”。

苏东坡还十分重视创作技巧的掌握。他说：“有道有艺。有道而不艺，则物虽形于心，不形于手。”没有高超的绘画技艺，尽管客观景象烂熟于心，也无法得心应手地将它传神地再现于纸上。因此，苏东坡十分强调画家必得勤学苦练绘画技艺。他说：“心识其所以然，而不能然者，内外不一。心手不相应，不学之过也。”他指出石仓舒的书法之所以能“兴来一挥百纸尽，骏马倏忽踏九州”，乃是经历了“堆墙败笔如山丘”的艰苦磨炼。吴道子绘画之所以“觉来落笔不经意，神妙独到秋毫颠”，也在于他具有“游刃余地，运斤成风”的高超技艺。

值得注意的是，苏东坡不仅认识到灵感在创作中的意义，而且唯物地阐释了这一现象，他指出灵感来时，“如兔起鹘落，少纵则逝矣”。他描述孙知微作画：“营度经年，终不肯下笔。一日仓皇入寺，索笔甚急。奋袂如风，须臾而成。作输泻驰蹙之势，汹汹欲崩屋也。”指出灵感是作者在实践生活中“营度经年”，反复思虑的结果。作者于“执笔熟视”中，由于生活中某一点的触发，突然打开了素材储备的闸门，顷刻间获得极有价值的启示，于是索笔甚急，一挥而就。这无疑是对灵感这一近乎怪诞而不可理喻的现象作了较为科学、极有意义的阐释。

在继承与创新的问题上，苏东坡持论也较为进步。他反对画家因循守旧、模仿剽窃，而要求“不古不今，自出新意”。

苏东坡并不反对师法古人，也不反对讲究法度。他曾说过：“知者创物，能者述焉，非一人而成也。”他也不赞成“略其分齐、舍其度数”，而“一以意造”的创作态度。但他更强调创新的可贵。他得意于自己的书法，正在于“吾书虽不甚佳，然自出新意，不践古人，是一快也”。他高度评价吴道子的画：“出新意于法度之中，寄妙理于豪放之外”，更是集中地反映了他对继承与创新问题的看法。即一方面画家要掌握一定的技巧、遵循一定的法度；另一方面又要不拘泥于规律的束缚，而能有所创造，得出新意。所谓“法度之中，能有新意；豪放之外，能有妙理”，即是提倡既法古而又能变古。

文学创作所贵者也正在于创新。刘勰倡“通变”，认为“变则其久，通则不乏”。肖子显在《南齐书》中疾呼：“若无新变，不能代雄。”陆机要“谢朝华于已披，启夕秀于未振”。这些，都与苏东坡画论之言异辞而同理。

苏东坡在词创作上，锐意革新，力排旧习，终开豪放派词风，自成一家。正是他在画论中强调“不古不今，自出新意”这一理论的伟大实践。

苏东坡的画论涉及文艺创作的各个方面，有一定的理论深度，有较高的学术价值。同时，他的画论本身也是字字珠玑的美文，读来别有意趣而毫不令人生厌。苏东坡从不作脱离实际的空洞说教，决不写枯燥乏味的长篇大论。他的画论往往从一画、一事的点滴感受谈起，在轻松自如的趣笔妙语中阐述了深刻的道理。篇幅大多不长，然耐人回味，发人深省。

（《学语文》1986 年第 6 期）

“不着一字,尽得风流”辨

司空图在《二十四诗品》中提出“不着一字,尽得风流”的美学思想,可谓深得创作之旨。

不着一字,何能尽得风流?其实,这是特定条件下的审美要求。刘熙载在《艺概》中说:“词之妙,莫妙于不言言之,非不言也,寄言也。”即将不言之言寄予他物的摹写中。中国古典画论,强调“虚实相生”的意境美正同此说。这种虚是实中虚,它赖于实而生辉。譬如屋室的门窗,只能因了四壁的存在而有价值。文学创作中的不着一字离不开上下文的精雕细刻。

鲁迅在《为了忘却的记念》一文中,写了柔石迂阔的性格,纯朴的心灵;写了柔石的被捕及他从狱中送出的两封信;写了自己对柔石的挂念,然后笔锋一转,突然写到柔石的被杀。接着仅写了“原来如此”四个字,留下六个虚点“……”。

愤怒而至于无话可说,这愤怒该有多大的力量啊!这六个虚点给读者留下了驰骋想象的无限空间。鲁迅的一腔激愤尽在这不言之中,它比大段的咒骂、泣诉,更能催人泪下,激人义愤。当然,这里的虚点若没有前面大段娓娓动情的铺叙也是难以奏效的。

所以,杰出的艺术家总是善于在工笔细描中恰到好处地留下虚空,留下让读者想象的余地,以期收到“无声胜有声”的艺术效果。当然,这“空白”所留待给读者的想象,决非漫无边际的胡思乱想,读者“填空”的答案必然受制于作者实写的形象,是已写形象的合乎逻辑的发展。正由于读者的想象是在已写形象的诱发引导下展开,因而想象的结果必然与作者预期的审美意象不期暗合。对此司空图自己也在《二十四诗品》中作了进一步阐释,这就是“语不涉难，已不堪忧”。作品虽然没有出现痛苦的字眼，读者已经感到忧愁难遣了。之所以会有这种现象出现，无疑是作者早就在文中造成了痛苦忧愁的蓄势，读者读到这里，思绪难止，必然会顺着作者安排好的思路被牵到特定的意境中去，因此也就一定会感到忧而不会感到喜了。这里我们还可以借用“超以象外，得其环中”这句话来作进一步注解。所谓“超以象外”，就是让读者在作品所描绘的形象之外，凭借联想与想象，浮现出其未写的情状，领略其含蕴的旨趣，从而产生“得其环中”，即作者预想的审美效果。所以从某种意义上来讲，这“不着一字”的空白，仍是有景有象的，只不过它是“景外之景”“象外之象”。当然，要达到“得其环中”的效果，这“超以象外”的“象”，一定是作者“浅深聚散，万取一收”，典型化的产物，是作者经过精笔细描，从而生趣盎然，具有高度艺术性，即“生气远出、不着死灰”的形象。

然而，这“不着一字”的虚空，又何能胜于实写而“尽得风流”呢？

生命的美在于运动，美的价值在于对自己生命力的肯定。读者在欣赏优秀作品时，由于那些富有启发性的艺术形象，调动了读者的联想与想象，使读者通过积极的思维活动来想象作者未曾描写的情境，不断加深对形象的认识。于是在这一过程中，读者深深感受到自己的无限创造的能动性，看到了自己的欣赏实践逐步获得了积极的肯定，从而产生了快感。正如马克思指出的那样，人们之所以在客观现象上感到美，在于从它们身上表现了人们的能动创造，美是人的本质力量的肯定，一览无余的作品无法激起读者的再创造欲，而只有含意不尽的形象，才能唤起读者的价值感，给人以充分发挥生命力的余地。于是伴随着洋溢的生命活力，欣然而起一种蓬勃的快感。这便是“尽得风流”的奥妙之一。

另一方面，任何作品客观效果的充分显现，必得作者与读者共同发挥能动作用。作品的创作，可以说是由作者与读者共同完成的。每个作家都希望自己的作品能产生积极的影响，而这影响的大小在一定程度上又依赖于读者对这部书的“注意”程度。要使读者对作品保持稳定性的注意，必须让读者在欣赏过程中有着感受、思考、联想、想象等心理活动的积极运转。唐代大画家阎立本到荆州观赏张僧繇旧迹，“留宿其下，十余日不能去”。这里面除了观赏者主观努力，不能否认作品有着令人思索、玩味的余地而使人神往。因此，大凡意境深远的作品都具有甜橄榄的魅力，观者在细细品味之中，随着对作品认识的加深，作品也就产生了更为深广的潜移默化的影响。

此外，“不着一字”的“风流”美与古代诗论中倡言的“含蓄”美，也有点区别。虽然司空图本人将“不着一字，尽得风流”，放在“含蓄”风格栏内作为对“含蓄”风格的解释。但我认为“不着一字”只能附于广义的“含蓄”风格的范畴，而与传统狭义的“含蓄”美不尽全然一致。或者也可以说是司空图对传统“含蓄”一词内涵的开拓。“含蓄”美与“不着一字”都忌文意的直露而强调意的蕴藉，但含蓄美往往与比兴相连，“不着一字”却常常与“空白”相关。汉代《毛诗序》提出：“主文而谲谏”，是对“含蓄”一词较早总结的界说。这就是要求臣子善于通过委婉、隐约的言词来劝谏人君。先秦不少散文往往采用寓言的形式说明道理，正是“含蓄”手法的运用。以后，“含蓄”美主要被用来作为对诗词“比兴寄托”的要求。如唐朝朱庆馀的《近试上张水部》一诗：“洞房昨夜停红烛，待晓堂前拜舅姑。妆罢低声问夫婿，画眉深浅入时无？”诗里没有留下丝毫的空白，完全是直叙白描，但却以打比方的手法，流露出自己考前的紧张心情，暗示张籍：自己的文章能否得到考官的满意。而“不着一字”，却往往在工描的“形似”中留下大段的审美距离——空白，让读者发挥想象的余地来获得“神似”的艺术效果。如杜甫的名句：“窗含西岭千秋雪，门泊东吴万里船。”一个“含”字，一个“泊”字，顿使读者的眼界突破窄小门窗的限制，大有水阔天空之感，从而耐人品味，意趣无穷。“不着一字”主要是运用我国古代绘画艺术中“空中点染，抟虚成实”的手法，使文学作品集有和中国画面同样的意境结构。画山水只占画面一角，其余空白尽由读者去想象，从而产生小画面大天地的深远意境。

（《艺谭》1985 年第 4 期）

文心一瓣随想

民俗美的魅力

文学是人学。文学作品无不以塑造栩栩如生的人物形象、揭示鲜明独特的人物性格为其追求目标。而现实中的人都是一定民俗中的人，人们的思想言行都有着独特的风俗印记，体现出一定地区、一定历史时期特有的民俗特点。这就决定了现实主义作品在刻画人物性格的同时，必然会真实地反映出一定地区的民俗风情、一定历史时期的民俗心态。而民俗风情、民俗心理的精到描写，反过来又有助于揭示人物性格、推动情节发展，并使作品充满民族特色，洋溢着生机盎然的人生情趣。

民俗美的魅力为许多大作家所重视。在雨果、巴尔扎克、托尔斯泰、高尔基、曹雪芹、鲁迅、老舍、沈从文等作家的笔下，那一幅幅色彩斑斓的民俗美景图，或使读者步入一个新的天地而欣喜若狂、感慨万千；或因似曾熟识而拍案叫绝，勾起无限眷恋的情怀。

《红楼梦》可以说是一部中国民俗大全。书中婚丧嫁娶、居所陈设、节令祭祀、交往礼仪、饮食服饰、民间信仰乃至禁忌避讳等民俗现象的描写触目皆是。作家正是把这些多彩的民俗现象化成了艺术的血肉，这部书才堪称我们民族的杰作。读着这样的书，便会油然唤起我们对历史悠久的文明古国的自豪感，勾起我们对熟知的种种古老传说的温馨回忆，也使我们对民族的文化心态有着透辟的了解。可以说，优秀作品的民族性离不开民俗风情的描写、民俗心态的揭示。民俗，随着民族的形成而形成，并且历代传承、相沿成习，它影响着人们的行为规范、举止礼仪乃至思维方式、心理定势。因而，越具有民俗味的作品也就越具有民族特色。鲁迅的小说以善于描写江浙一带农村小镇的风土人情著称。《风波》开头这样写道：

临河的土场上，太阳渐渐的收了他通黄的光线了。场边，靠河的乌桕树叶，干巴巴的才喘过气来，几个花脚蚊子在下面哼着飞舞。面河的农家的烟突里，逐渐减少了炊烟，女人和孩子们都在自己门口的土场上泼些水，放下小桌子和矮凳。人知道，这已经是晚饭的时候了。

老人男人坐在矮凳上，摇着大芭蕉扇闲谈，孩子飞也似的跑，或者蹲在乌桕树下赌玩石子。女人端出乌黑的蒸干菜和松花黄的米饭，热蓬蓬冒烟。河里驶过文人的酒船，文豪见了，大发诗兴，说："无思无虑，这真是田家乐啊！"

这是一幅多么绝妙的风俗画啊！作者对傍晚时刻农家的生活情景描绘得惟妙惟肖，让读者立刻感受到了汉民族生活习俗的独特性。

传神独到的民俗细节描写，往往还能画龙点睛地点明主题，使作品产生振聋发聩的社会影响。老舍笔下的《茶馆》，第三幕结束，三个孤苦贫困的老人，唱着令人心悸的挽歌，向空中抛撒拾来的纸钱。纸钱，俗称死者的买路钱。作家正是运用这一伤俗细节，既反映出旧社会的吃人本质，也表明了作者对旧社会彻底否定的决然态度。

精到的民俗描写，对于揭示人物性格和命运，更有着不可低估的意义。祥林嫂死了丈夫，就能被婆婆随意出卖；她死了第二个丈夫本可以守着儿子过活，可是儿子被狼叼走，大伯就有权收房子将她赶了出来。而死了两个丈夫的祥林嫂非但得不到别人的同情，反而被认为是不吉利的人，处处受到旁人的冷眼与歧视，致使她精神上极度困扰、沮丧，终于在祝福之夜，怀着无限的怨恨冻死在街头。落后、愚昧的封建民俗就是这样配合着残酷的封建压迫葬送了这个勤劳善良的农村妇女。祥林嫂以自己惨痛的一生控诉了封建礼教的凶残。她那种逆来顺受、想做奴隶而不得的悲惨命运，正是通过作家对野蛮风俗的传神描写，深刻地揭示了出来，催人泪下，感人肺腑。

人，制造了民俗，又无时不在民俗之中。人的行为方式、性格特点乃至思维定势都离不开民俗的约束。祥林嫂不惜用几年帮工挣来的血汗钱到土地庙捐个门槛，华老栓甘愿花大价钱买那根本不能治病的人血馒头，这就是明证。如果说，情节是人物行为的历史，性格是情节展开的依据，那么，对民俗现象的精到描绘，就能充分揭示情节发展的内在必然性，给读者强烈的真实感。

柔石的小说《二月》，主人公肖涧秋是个怀着热爱、极想有为的青年。他十分同情亡友孤儿寡母的不幸境遇，尽自己的力，用微薄的收入接济他们，将亡友的一对儿女视为己出，“爱着他们，留心着他们的未来”。这本是无可非议的美德。然而，芙蓉镇民们恪守着“男女授受不亲”的古老民风，相信“男女之大防”的心忌。可畏的人言，终于弄得肖君无法安身。在这真实而可怕的现实面前，肖涧秋奋发有为的热情受到沉重的一击。

巴金的《家》中，高老太爷宾天时，正逢觉新的妻子瑞珏临产。为了避免所谓“血光之灾”，长辈人竟强令觉新将产妇迁出公馆。按照当地风俗，产屋“一要出城，二要过桥”，致使瑞珏在城外一间潮湿阴冷的小屋中横遭惨死。这件事激化了高家两辈人的矛盾，导致了觉慧的愤然出走，也使一向唯诺听命的觉新萌发了反抗意识。

情节的推演铺陈就是这样因了民俗的内驱力，显得十分自然而令人信服。同时它也让人警觉、震惊：落后、愚昧的风俗是怎样的顽固与可怕。

鲁迅作品《离婚》中，七大人一声拖长了音的“啊——兮——”竟使一向敢说敢为的爱姑手足无措，神色不自觉地恭敬了起来；《风波》中的一句话“皇帝又坐了龙廷了”，也搅得偏僻的山村慌乱不安；阿Q那种讳疾忌医、自欺欺人的精神胜利法，可笑又可悲。这种种与民俗相关的文化心态的展示，使我们深刻地洞悉到民族劣根性的根深蒂固，激起我们与落后的传统意识决裂的紧迫感。

民俗是可以革鼎的，它并非一成不变的古董。不仅同一民族不同地区的民俗不一样，即便是同一地区不同时代的民俗也处于变动之中。《孔雀东南飞》中的焦仲卿妻被遣回后，非但没受歧视，反而媒人盈门，求婚人中不乏出身高贵者。这种汉代民俗到了明清，妇女则必须从一而终了。《儒林外史》中，秀才王玉群的女儿死了丈夫，王秀才便鼓励女儿死节，以光耀门楣。透过这种变化了的风俗描写，我们可以窥见各个时代民俗的风貌特征，了解社会风俗、世道人情的衍变轨迹，从而也就能大体把握影响民俗产生及发展的内、外在原因。这也可以说是民俗美的另一种价值与魅力吧！

（《学语文》1990年第6期）

谈创作过程中的情与理

作家创作过程中的心理活动极其丰富复杂,参与创作的心理因素也因之相当繁多,但最主要的当是思想与情感,其中思想因素包括认识、想象与评价。这就是中国古代文论很早就总结出的“情理”“情志”或“情思”的内涵。

从情感方面看,“诗缘情”是文学创作的重要特征。生活真实到艺术真实,客观事物到艺术形象,都是作家主观情感陶冶熔炼的结果。

作家仅仅有生活,并不能产生文学作品,必须有在生活中激发出来的情感。“情动于中而形于言”,正是情感的激荡才形成了作家的创作冲动。正如托尔斯泰所说:“真正的艺术产生的原因是那想表达日积月累的感情的内心要求。”没有感情或感情不真,作品的艺术性就要受到严重伤害。所以,“为文而造情”的作品往往令人感到乏味,不堪卒读。

在创作中,体裁的选用、主题的提炼、形象的塑造、情节的展开,乃至作品的修改润色,作家的主观情感血脉般融注于这一整个过程。小说《北方的河》中,两个主要人物经常变换位置,他们都以第一人称的角度审视对方,与对方交谈。作家的匠心在于这种形式的运用有利于主人公内心世界的揭示,从而真实地倾诉自己对社会生活的深沉感受。文学创作中的形象思维活动,更是始终伴随着作家强烈的情感活动。几乎没有一个作家不在作品成功的人物形象的创造上倾吐了自己炽烈的情感。曹雪芹写《红楼梦》常常伏案痛哭,以泪洗面。真正是“谈欢则字与笑并,言戚则声共泣偕”。至于情节的展开,高潮的形成,也都离不开作家主观情感的牵引。鲁迅对阿Q“哀其不幸、怒其不争”的情感,随着情节的发展,得到了淋漓尽致的表现。所以，刘勰说："吐纳英华，莫非情性。"

文学创作离不开作家的主观情感，但同时，它也离不开"理"的因素，离不开作家的认识能力、想象能力及对生活的理解、评价能力。

谁也不否认，文学创作中存在着非理性的东西。但起支配作用的，却是理性的活动。马克思在论述人与动物的区别时，指出人"是有意识的存在物"，"随时随地都能用内在固有的尺度来衡量对象"。文学创作不可能完全听任情感的泛滥，任凭下意识的摆布，它必然受制于作家在长期社会生活中培养起来的政治观点、伦理道德观点的约束和规范。

诚然，作家创作冲动的形成必先"动于情"，然而，有时奔放热烈的情感却不能立即转化为艺术。正如朱光潜先生所说："只有经过一段时间后，那些使人喜不胜喜、悲不胜悲的事件，才可能通过回忆与反省得到过滤，进入一支歌或一篇回忆录中。诗是在平静中回味到的情感。"作家必须对打动他感情的事物作理智的分析、深入的探索，深刻理解其中的含义，发现其中更带普遍性的东西，才能创作出不朽的作品。

作家进入具体创作过程之后，材料的取舍、矛盾的展开、主题的深化等，总是忽明忽暗地受着他的思想观点、认识能力即世界观的制约。特别是在塑造典型形象的过程中，作家更是把自己的感受能力与理解能力结合起来，对丰富的生活原型加以去粗取精、去伪存真、由此及彼、由表及里的改造制作，才得以成功。列宁指出："如果我们看到的是一位真正伟大的艺术家，那么他就一定会在自己的作品中至少反映出革命的某些本质方面。"要揭示生活的某些本质内容，缺乏对社会的深刻认识是不成的。

所以，在创作过程中，情与理交融并存、密不可分。它们是影响创作成败的重要因素。当然，二者关系中，思想处于主导地位，起支配作用。

人的情感导源于认识。感情是人们对与之发生关系的各种事物所引起的主观心理活动与体验，是一种社会化的精神活动。"世界上决没有无缘无故的爱，也没有无缘无故的恨"。人们的好恶感情都是一定社会内容在个人心理的积淀，都与个人经历、社会处境有着极大的关系。鲁迅说："贾府的焦大，也不爱林妹妹的。"某些事物，作家由于认识到或体验到与自己相似的处境、经历过的内容，往往特别为之动情。

同时，感情有优劣之分。作品中高尚或是低劣情感的产生，直接导源于作家对社会根本看法的相异。我们所以强调作家改造世界观的重要，正是看到了思想认识水平对感情的迸发具有巨大的诱导、催化作用，正是要让作者的个人情感，突破“小我”的限制，反映出群众的情绪，从而汇入浩荡的时代情感之中，成为时代的典型情感。

最后，思想的转变也必然会引起情感的变化。人们的感情不是凝固不变的，而是随着认识的深化、世界观的转变，或正向加强或逆向转化。

马雅可夫斯基早年思想保守，对革命认识不足，他的诗作往往吐露出不健康的情感。晚年世界观的转变，导致他创作出《列宁》《好！》这样一些充分表达无产阶级革命情感的优秀之作。

白居易由“意激言质”的讽喻诗一变而为士大夫怡然自得的闲适诗，也是他思想转变的结果。

以上我们强调思想对情感的制约作用，承认情感由认识而来，情感的健康与否一定程度上取决于思想水平的高低，情感的变化也往往是由世界观的改变或是认识的深化促成的。但另一方面，情感对思想的反作用也是不可低估的。

作家创作中的思想，不是从理论著作中搬来的，不是领导强制灌输的，也不是用抽象的概念推论来的，而是作家在生活中用情感去感受、用心去探索来的，是与作家创作中巨大的欢乐或痛苦一起诞生的，艺术家并不是先有某种思想目的再去创作，推动艺术家进入创作状态的，是被客观事物震动起来的感情。作家所表现的思想，不但交融着感情，而且要依靠感情而存在，通过感情的联系与冲突有力地表现思想。作品最忌赤裸裸地思想说教，作品中，“作家的观点越掩蔽越好”。同时，强烈的感情能推动作家积极主动、深入细致地认识客观对象，从而加深对事物的全面了解，使认识不断深化。作家如果对自己所要刻画、表现的事物毫无感情、冷淡麻木，这就必然妨碍他对该事物进行深入的了解、全面的考察，表现在作品中的客观对象也就必然苍白无力，缺乏丰满的血肉，甚至令人难以置信。所以，感情是推动思维积极活动的催化剂，是促进作家深入生活、了解事物，从而加深认识、深化思想的动力。而且，感情还具有纠正思想偏见的能动作用，它能帮助作家克服世界观中的片面性，对客观事物作出较正确的描述。作家在接触某种生活、某个事物之前，并非“胸中无藏”，心中毫无思想认识，而是对这种生活或事物有着大体模糊的看法。当然,这种看法未必正确,经过一段时间的实践,作家就会对该事物产生或喜或厌的感情,感情的变化就自然影响到现存的看法,从而纠正原先思想认识的片面性,重新得到对现实生活较为正确的评价。“巴尔扎克在政治上是一个正统派”,然而由于“他的全部同情都在注定要灭亡的那个阶级方面”,他的作品才具有进步而深刻的内容,才能为读者“提供一部法国‘社会’特别是巴黎‘上流社会’的卓越的现实主义历史”。

综上所述,作家在整个创作过程中,感情与思想是水乳交融的。感情是被作家充分理解了的感情,是包裹着思想的感情,而作家的创作思想,也同样既蕴含着理智,更充满了激情。情与理在创作中相互渗透、相互影响、相得益彰。一方面,进步的思想观点必须转化为对生活的深切感受,才能产生以情动人的作品;另一方面,作家丰富的情感又必须沿着理性的轨道,合乎逻辑地展开,作品也才能具有深刻的社会意义。缺少思想的创作,不能深刻地把握生活的本质,作品往往流于肤浅,缺乏历史的厚度,而缺少感情的创作,只能是理念的演绎、概念的图解,实际上是取消了文学创作。这就是情与理在创作中辩证统一的关系。

(《学语文》1988年第5期)

文学艺术的一切再现都是表现

再现与表现作为文学的两大分野，得到越来越多的人认可。不少同志还溯本探源，将二者的差异归于中西美学思想的历史影响，从而推论出，再现文学滥觞于亚里士多德的“摹仿说”，而《乐记》倡言的“物感说”则开了中国表现文学的先河。

其实，在艺术与现实的关系上，一切艺术莫非客观事物的主观把握。文学艺术的一切再现都是表现。摹仿现实或直抒胸臆都不过是艺术家表现心灵世界的不同方式罢了。当然，这种心灵世界是基于客观社会生活的情感效应。

黑格尔说过：艺术作品是把心灵性的东西表现于目可见耳可闻的直接的事物。因此，“艺术的目的是在内容和表现两方面都把日常的琐屑的东西抛开，通过心灵的活动，把自在自为的理性的东西从内在世界揭发出来，使它得到真实的外在形象，纯然外在的客观性不能揭示内容的完满的实体性，艺术家就不应致力于此”。这就是说，一切文学艺术都是为了表现作家的心灵世界。再现也是为了表现，否则，再现也就失去了意义。

从创作角度看，艺术活动的目的决不仅仅是为了成功地摹仿外物，以使艺术品成为现实的替代。

我们不否认社会生活是文学的源泉。艺术家的创作活动起于“情动于中”，而感情的迸发是“物使之然”。然而，无论是表现文学还是再现文学，其创作的最初诱因都出于表现情感、传达情感的欲求。这一点，许多文论家、作家都有精辟论述。高仲武说：“古之作者……因文以寄心。”托尔斯泰也说：“真正的艺术产生的原因是那想表达日积月累的感情的内心要求。”正由于此，所以只有“为情造文”的创作，才可能产生出感人至深的作品。再现文学作品中的核心内容并不是光怪陆离的现实生活，而是“传达艺术家自己体验到的‘审美感’，只有‘审美的感情’才是艺术的真正内容”。作品中描写的人和事都是作家心灵的产物，是一种被作家深切体验过的、浸透了感情与思想色彩的心灵现实。文学反映社会生活也是通过作家的审美情感、审美态度反映的。严格地说，它反映的正是作家对社会生活的情感体验。现实世界作为一个无与伦比的客观外在而存在，但作家从中选取的艺术素材都出于表现作家心灵的审美需求而呈现出多彩的形态、绰约的风姿。正如苏珊·朗格在《艺术问题》中所说：“艺术家的能力就是将表现性和情感意味移入到外部之中的能力。艺术家从现实生活中取得的一束鲜花、一片风景都被转化成一件浸透着艺术活动的想象物，这样一来，就使每一件普通的现实物都染上了一种创造物所应具有的意味，这就是自然的主观化，也正是这种主观化，才使得现实本身被转变成了生命和情感的符号。”

一切文学艺术都是为了表现作者的审美情感。诗是这样：“诗以道志。”文是这样：“文果载心。”戏曲是这样：“因情成梦，因梦成戏。”即便是绘画这样一种典型的再现艺术，其目的也是为了表现。张若虚说：“画乃心印。”米友仁说：“画之为说，亦心画也。”作品中再现的生活内容都是作为情感表现的载体而存在。

特定的时代环境酝酿了作家特定的情绪，这种情绪返身在社会现实中去寻找与之对应的客观现象，再通过特定的文学技巧、形式将这种内在的情绪传神地表达出来。由此，我们就能理解艺术创作为什么必须运用典型化手段，理解艺术想象和艺术虚构为什么能合理地存在；理解王维的《雪中芭蕉》为什么能获得沈括“造形入神，迥得天意”的高度评价；也能理解文学作品何以竟能描写神灵世界、鬼狐生活。这一切的一切都服从一个需要：突出地渲染作家炽烈的审美情感。

“再现说”把再现客观事物作为创作的目的，为再现而再现。认为“人为什么要摹仿呢？因为他可以从摹仿中获得审美快感，他的天性促使他摹仿”。这显然本末倒置。纵便是原始人的艺术，也不以摹仿为旨归。据考证，许多原始部落并没有图像性的艺术，而只有所谓“几何图形”。这种几何图形，由于能传达出积淀于其中的审美情感而具有很高的艺术价值。所以，摹仿、再现仅是手段，作家通过再现客观事物的手段，表现内心蕴积的情感，并以情动人，达到满足读者审美需要、提高读者审美能力的创作目的。正因为这样，当对现实的如实描绘不足以或不允许表现作家激越的审美情感时，作家或者直抒胸臆、或者借助幻想世界的描绘来实现其创作的目的。由此可知，作家直抒胸臆也罢，虚构神魔世界也罢，描写现实生活也罢，殊途同归，根本目的在于表现作家的炽烈情感，并以此来陶冶、净化观赏者的心灵。

再从读者方面来看，读者欣赏艺术品主要不是为了寻求知识、获取认识的价值。读者之所以在科学著作、历史文献之外还需要文学艺术作品，正是为了获得精神上的美感享受。可以说，他们最先的直接动机是抱着“愉情悦性”的目的来寻求美、欣赏美、享受美的。荀子说：“夫乐者，乐也，人情之所必不免，故人不能无乐。”恩格斯也指出过：“德国农民劳作了一天，回到家总喜欢读一点德国的诗歌，借以消除疲劳，获得精神上的愉悦。”可见，文学的社会作用首先是满足人们精神上的美感享受，它能使人陶冶性情、志气和顺并借此提高人的审美能力，而这却是任何其他意识形态所不能给予的，这也就是文学艺术不能为别种意识形态替代的价值所在。

诚然，恩格斯说过，他从巴尔扎克的《人间喜剧》中，“甚至在经济细节方面所学到的东西，也要比从当时所有职业的历史学家、经济学家和统计学家那里学到的全部东西还要多”。但是，《人间喜剧》的这种认识价值决不是作家的主观追求，而是附带产生的客观效果。巴尔扎克写《人间喜剧》决没有考虑到要为马克思、恩格斯研究社会革命提供经济细节。另一方面，如果马克思、恩格斯仅仅满足于《人间喜剧》中提供的细节、数据，那么，他们也就大可不必亲自去参加实践活动，了解、研究资本主义社会的历史了。

文学作品之所以能产生这种认识事物的客观效果，是因为作家的感情来源于对客观事物的认识，是“感物而动”的产物。世界上决没有无缘无故的恨，也没有无缘无故的爱。只有对客观事物认识得越深透，爱憎感情也才能越强烈、越鲜明。同时，任何一部艺术作品都是“为观照和欣赏它的听众而存在”。作家为了要使自己的体验、感受能为读者了解并产生共鸣，就必然让自己强烈的感情伴同着爱憎的缘故一起呈现给读者，也即要真实地再现自己心灵为之激动的那个特定场面，把读者带入这个特定的情境中使他们也身受同感。为此，就必须借助于这种场面的细致描写和气氛的着意渲染，借助于能为读者理解、接受并能打动读者心灵的艺术形象实现这一目的。这就是文学作品具有认识功能的原因。显然，这里描写的一切艺术形象都是作为传送作者炽烈情感的载体、媒介而存在的。正如谢榛所说：“景乃诗之媒，情乃诗之胚。”诗无非是借景抒情、借景达意罢了。这样，读者在获得文学作品美感享受之余，冷静下来，就可以从借以抒情的“景”中认识某些事物的面貌和特征。

当然，这种认识是有很大局限性的。因为作者创作的主要目的在于抒情达意，而为了使所抒之情更凝练、更动人，作家对事物的描写往往非纯客观的摹绘，而是根据抒情的要求，选择最能表达内心情感的事件细致刻画，集中渲染，而将无关宏旨、不能动人的细节略去不写。一句话，以典型化的手法来达到更强烈的艺术效果。可以说，表现在艺术作品中的生活内容完全是出于表达作家审美情感的需要而出现的。所以，有些与生活事实出入较大的艺术作品，因为符合情感的逻辑而使人感到更真实。艺术并非主要是向读者提供对客观现实的认识，而是提供作者对周围世界的情感判断。

由此，我们知晓：表现性存在于每一件成功的艺术品之中，纯客观的再现不存在于艺术。一切文学艺术都是表现，仅仅是表现的方式与程度不同而已。就表现方式而言，一种是再现的表现，一种是直露的表现。现实主义作品通过客观现实的摹写表现心灵世界，属再现的表现；浪漫主义作品或直接抒写情感，或借助幻想世界的描写表现心灵世界，属直露的表现。表现的程度前者隐晦，后者直接。再现的表现，偏重于景象的描写，情感细腻而曲折；直露的表现，偏重于情意的抒写，情感奔放而炽烈。然而，二者本质上并没有多大区别，它们都是表现作家心灵世界（主要是审美情感）的一种形式。正如苏珊·朗格所说：艺术作品“是一种表现性的形式，这种创造出来的形式是供我们的感觉去知觉，或供我们想象的，而它所表现的东西就是人类的情感”。艺术活动也正像托尔斯泰说的那样，是作家“在自己心里唤起曾经一度体验过的感情，在唤起这种感情之后，用动作、线条、色彩、声音，以及言词所表现的形象来传达出这种感情，使别人也能体验到同样的感情——这就是艺术活动”。

（《学语文》1989 年第 6 期）

倾向性寓于真实性之中

作家在构思创作之始，应集精力于真实的把握上，倾向性则寓于真实性之中。创作实践证明：愈接近真理的东西，愈有进步的倾向性，而瞒与骗的作品，只能是反动倾向或其他落后意识的产物。

巴尔扎克政治上是个正统派，他的作品却具有巨大的进步意义。其原因是这个伟大作家在创作时，牢牢把握了生活本质的真实。他的《人间喜剧》的主要内容不是违反历史进程的意识内容，而是符合历史进程的现实内容：它从1816～1848年法国上升的资产阶级、没落的贵族阶级和开始登上历史舞台的无产阶级数以百计的典型人物各种现实关系的发展中，描绘出无产阶级"有一天会把资产阶级消灭掉，就像先前资产阶级吃掉贵族一样"。因而创作出无与伦比的史诗般的巨著。"一部法国'社会'，特别是巴黎'上流社会'的卓越的现实主义历史"。①

同样，列夫·托尔斯泰"就出身和教育来说""是属于俄国上层地主贵族的"，但是由于"乡村俄国一切'旧基础'急剧的破坏，加强了他对周围事物的注意，加深了他对这一切的兴趣"。他参加了莫斯科人口调查，访问了莫斯科希特洛夫市场和夜店，亲眼看到大量涌向城市的破产农民饥寒交迫、无家可归的惨状。因此，"他在自己的晚期作品里，对现代一切国家制度、教会制度、社会制度和经济制度作了激烈的批判"，"在自己作品里惊人地、突出地

---

① 恩格斯：《致玛·哈克奈斯》，载《马克思恩格斯全集》第4卷，北京：人民出版社，1980年，第462页。

体现了整个第一次俄国革命的历史特点、它的力量和它的弱点"。[1] 托尔斯泰的作品成了俄国革命的"镜子"。

这一切有力地说明了作家把握真实的重要性。

当然,这里的真实,是历史的真实、本质的真实,也即能正确地反映生活的本质、揭示出历史发展必然趋势的真实。而倾向性,则是作者对所反映的现实的认识和评价。高尔基说:"我们不仅要知道两种现实——过去的现实和现在的现实,也就是我们在某种程度上参加创造的某种现实。我们还必须知道第三种现实——未来的现实。"[2]很显然,作家能正确把握住未来的现实并在作品中真实地予以揭示,作品就可能具有进步的爱憎态度。换言之就是,倾向性的进步程度,取决于作家对生活的认识、评价是否真有道理,是否符合历史发展的要求。忽视历史发展的客观规律,人为地钦定一个倾向性的政治标准,则只能产生阿谀奉承的御用文学。

无产阶级的倾向性是以辩证唯物主义和历史唯物主义为指导的,它的阶级利益与时代的要求和历史的进程是完全一致的。因此,无产阶级对生活的认识、判断、评价必然建立在客观真实性的基础上。无产阶级根本不讳言历史本质的真实,也绝对不能允许文学作品以虚假的描写来亵渎它的光明磊落的政治倾向性。只有反动阶级才会出于本质的虚弱,乞求于瞒与骗。因此,作品的真实性越强,反映的生活越符合客观实际的发展趋势,它也就越能体现出鲜明的无产阶级政治倾向性。

再从创作规律来说,作家决不能"为了观念的东西而忘掉现实主义的东西"。[3] 如果一个作家进行创作不是从客观真理出发,而是削足适履地去套政治倾向标准,那么,纵然这政治倾向标准是正确的,但由于不是作者从生活中自觉把握的,不是作者深入生活深刻理解的产物,而是外加的、强求作家接受的东西,这种从观念出发进行创作,其作品只能是时代精神的单纯的

---

① 列宁:《列·尼·托尔斯泰和现代工人运动》,载《列宁全集》第 16 卷,北京:人民出版社,1981 年,第 330 页。

② 中国社科文学研究所苏联文学组编:《苏联作家论社会主义现实主义》,北京:人民文学出版社,1960 年,第 261 页。

③ 恩格斯:《致斐·拉萨尔(1859 年 5 月 18 日)》,载《马克思恩格斯全集》第 4 卷,北京:人民出版社,1980 年,第 387 页。

传声筒,干瘪苍白而缺乏震人心魄的艺术魅力。马克思、恩格斯对19世纪40年代德国文坛上出现的一种以鼓吹“社会主义”为能,却非常缺乏现实内容的“倾向小说”,公开表示蔑视。马克思在给科瓦列夫斯基的信中说:“作家必须辨别他从现实所提出的东西和他从意识所提出的东西。”这也就从另一面说明了作家在创作活动中把握生活真实的重要性。

当然,我们不反对作家要站在人民大众的立场上进行创作。因为站在人民大众的立场上进行创作与深刻地把握客观真实是一致的。我们也不反对文学要为社会主义服务、为人民服务,因为这个目的是符合历史发展要求的。但是,马列主义的胜利往往逼得他的敌人装扮成“马列主义者”。“四人帮”就把自己封为无产阶级利益的代表,把他们治下的社会标榜为社会主义社会,并先入为主地宣称:谁反对他们的统治,谁就是反党反人民;谁不歌颂他们的功德,谁就没有把握住生活的本质。似乎,“生活本质”“革命的倾向性”可以任由他们指鹿为马地钦定。在“四人帮”诈骗术的迷惑下,作家如果脱离生活,不善于把握生活本质的真实,无视人民的痛苦而一味歌功颂德、大唱赞歌,满以为这就是站在人民的立场上创作,以阉割生活的真实来适应倾向性的需要,这就使一些作家不自觉地成了“四人帮”的吹鼓手。

因此,把握生活本质,努力反映生活真实,确是作家创作的第一要着。只有真正从生活实际出发,对文学的描写对象给予艺术概括和典型化,才能使作品歌其当歌、憎其该憎,从而具有进步的倾向性。而且,唯其如此,这种进步的倾向性也才能“从场面和情节中自然而然地流露出来”。①

当然,进步的倾向性不是作家头脑里先验的观念,也不是书本中抄来的政治口号,它是作家深刻体验生活的产物。作家要能在纷纭复杂的社会生活中准确地把握住生活的本质和发展趋势,要能对“未来的现实”有识别的慧眼与揭示的胆略,进步的世界观不能不是重要的先决条件。杜勃罗留波夫说:“艺术作品可能是某种思想的表现,并不是因为作者在他创作的时候听从了这个思想,而是因为那作品的作者被现实的事实所征服。”②感情只能

---

① 恩格斯:《致敏·考茨基(1885年11月26日)》,载《马克思恩格斯全集》第36卷,北京:人民出版社,1980年,第384页。

② 杜勃罗留波夫:《杜勃罗留波夫选集》第2卷,上海:上海文艺出版社,1959年,第78页。

为感情所了解。而且，一个人所能了解的感情只限于和他自己感到相仿的感情。作家要能为生活中崇高的感情所激动，要能真正被伟大的真理所征服，没有正确的世界观是不行的。诚如沈德潜所说："有第一等襟抱，第一等学识，斯有第一等真诗。"[①]世界观对创作的指导意义不在于规范作家创作，而在于增强作家对客观真实及其发展趋势的把握能力。托尔斯泰世界观中的落后因素，最终使他未能突破阶级的局限，从而无法给病态的社会开出根治的单方。他只能以超阶级、抽象的爱来调和势不两立的阶级矛盾。这就成了列宁所说的："作为一个发明救世新术的先知，托尔斯泰是可笑的。"[②]而世界观越进步的作家就越有可能使这类可笑事情的发生概率减少到最低点。

总之，作家要创作出具有进步意义的不朽力作，必须在正确的世界观指导下，集中精力于客观真实的把握上。我们可以毫不夸大地宣称：谁揭示了生活本质的真实，谁也就把握住了进步的政治倾向性。正如斯大林同志说的："写真实，让作家在生活中去学习吧！如果他能以高度的艺术形式反映生活真实，他就一定会达到马克思主义。"[③]倾向性寓于真实性之中。

（《学语文》1987 年第 4 期）

① 沈德潜：《说诗晬语》。

② 列宁：《列夫·托尔斯泰是俄国革命的镜子》，载《列宁选集》第 2 卷，北京：人民出版社，1978 年，第 370 页。

③ 留里柯夫：《社会主义现实主义的几个问题》，北京：作家出版社，1956 年，第 53 页。

谈“审美真实”

谈到真实性，人们立即会想到“生活真实”“艺术真实”。但其实，优秀作品所追求的真实，既不是前者，也不完全是后者，而是审美真实。

文学贵在真。刘熙载说：“诗可数日不作，不可一作不真。”高尔基肯定文学“建立在真实上面”。恩格斯则以“对现实关系的真实描写”来要求革命文学。

然而，文学为什么要真实呢？一说，文学是对生活的摹仿，逼真的摹仿能使创作者、欣赏者获得巨大的快感。亚里士多德就说过：“人从孩提的时候就有摹仿的本能”，“人对于摹仿的作品总是感到快感”。摹仿当然要真实。甚至，“事物本身看上去尽管引起痛感”，但只要摹仿得真，便能使人愉快。一说，文学的社会作用是认识，认识的价值，只能产生于客观反映的真实。车尔尼雪夫斯基说过：“艺术的第一个作用，一切艺术作品毫无例外的一个作用，就是再现自然和生活。”别林斯基也说过：文学作品要“在真实的图画里面显示社会中某一阶级的状况，由于某一种原因，业已大为改善，或大为恶化”。显而易见这两种解释都立足于“机械反映论”的基点上，强调文学是对生活的摹仿或形象的反映，文学创作的目的是获取认识价值，从而把摹仿自然的逼真当作艺术的最高境界，忽视了作家能动的创造因素。这种真实性的极致便是艺术与现实画等号，文学作品仅仅成了现实的替代，这显然是自然主义的真实观。对于这样的真实，鲁迅先生告诫道：“倘若是画了全幅的头发，即使细得逼真也毫无意义。”人们痛心地发现，文学的真实性，并不是事无巨细地照抄生活现象的如实性。扼杀作家的创造才能，迁就于须眉毕现的客观，其作品不仅味同嚼蜡，而且这也并非就能达到真实。因为

“事实有时也不真实”。果戈理的《外套》取材于一个真实的“官场逸闻”。然而，真实的生活事件——猎枪的失而复得，远没有外套主人公的悲惨死亡，更能深刻地揭示沙俄制度冷酷残忍的本质。正因为局部真实无法代表整体真实，表面真实也难以把握本质真实，于是，人们又提出了艺术真实的概念。如果说，生活真实注重实际生活中存在的人和事，艺术真实则强调作家通过艺术概括把握生活本质的程度，这显然更符合艺术规律而比生活真实大大前进了一步。然而，艺术真实究竟以什么为尺度，生活本质又由谁来鉴定，根据什么判别呢？怎样才叫表现了社会生活某些方面的本质和规律呢？这些问题不解决，艺术真实容易失去质的定性而成为主观随意性的东西。作家、读者、批评家往往会为作品究竟是否符合艺术真实、是否反映了生活本质而进行旷日持久、徒劳无益的争论。“四人帮”强行钦定“十年动乱”的本质是莺歌燕舞的太平盛世，不就使一些作家不自觉地为他们的倒行逆施歌功颂德吗？而且，一旦首先以所谓反映本质要求于文学作品，确易束缚作家的手脚而导致模式化、概念化作品的产生。由此，就有必要提出审美真实的概念。

斯托洛维奇指出：“艺术是人对现实审美关系的最自觉、最高级的形式，是对现实的审美掌握的最重要的手段。”艺术的目的是要把人类自己在改造客观世界的实践中积累起来的审美情感物化到个别的感情对象上，以自由地观照自身，获得身心愉快的审美感受，满足自身精神上的审美需要。因此，艺术的真实服从于艺术的这一精神上的审美净化目的，它以增强作品的审美感染力为其旨归。历史文献的真实、科学论著的真实，对文学艺术是没有吸引力的。

东晋画家顾恺之在裴楷画像的颊上凭空添上三毫，这种无中生有的做法生动地传达出裴楷的神情风采，竟使苏东坡拍案叫绝。

李白的名句：“两岸猿声啼不住，轻舟已过万重山。”分明是心理错觉造成的感受，然而它却由于形象地表现了诗人此时此地舒畅愉悦的心情而脍炙人口。

这说明：艺术作品的真实不为认识而产生，而是为建立作品与读者的审美联系而存在。布瓦洛说：“我绝对不能欣赏一个背理的神奇，感动人的绝不是人所不信的东西。”因为，审美真实是历史逻辑与心理逻辑的统一，是作家正确表现生活特征和内在联系所产生的艺术形象的可信性。它包括艺术真实而又比艺术真实具有更高的要求。它既强调运用典型化的手法对生活进行艺术概括,努力反映生活的某些本质方面,更强调作品要造成一种真实的审美氛围,给读者以真实的感受,满足读者的审美需要。这就是说,审美真实不仅要从创作美学的角度确定,而且要从接受美学的角度要求。它是一种基于客观现实、又正确反映作家审美情意、并能充分引起读者审美真实感受的艺术属性。

从发生学的原理看,人们对真实的鉴别能力是在长期的劳动生产、社会实践中建构成的。因而,人们对真实的理解也就具有一定的约定俗成的社会因素。国画中的墨荷、朱竹,自然界中不可能出现,也很难说明它们把握了生活的什么本质。但因为它们没有超出人们所能接受的真实范围而合理地存在。审美真实的提出,就是要把人们客观的社会心理因素作为真实内涵予以重视。

从接受美学的原理看,作品的艺术真实如不能使读者获得真实的审美感受,就失去了意义。欣赏者的真实感受能使作家创造的艺术形象获得真实的确证。文学作品既是作家审美感受的产物,又是读者审美观照的对象,因此,作家审美表现的真实与读者审美体验的真实的统一,就构成了作品审美真实的独特内涵。审美真实不仅要运用生活的真实式样把握住生活的本质,更要充分考虑读者所能理解、接受的可信程度。它不反对“细节的真实”“现实关系的真实”,相反,它正需要利用这一切造成真实的审美情境,给读者强烈的审美感染。

文学的真实性是手段而不是目的。作品的认识价值决不是作家有意识的主观追求,而是基于审美净化目的产生的客观效果。“世界上绝没有无缘无故的恨,也没有无缘无故的爱”。作家的感情来源于对客观事物的认识,是“感物而动”的产物,作家只有对客观事物认识得深透,爱憎的情感才能强烈、鲜明。同时,作家为了使自己的体验、感受能为读者了解并产生共鸣,就必然要让自己强烈的感情伴同着爱憎的缘故一起呈现给读者,也即要真实地再现自己心灵为之激动的那个特定场面,把读者带入这个特定的情境中使他们也感同身受。为此,就必须借助于对这种场面的细致描写和气氛的着意渲染,借助于能为读者理解、接受并能打动读者心灵的艺术形象来实现这一目的。这就是文学具有真实性的真正原因。显然，这种真实必然是审美真实。审美真实中的一切艺术形象都是作为传送作者炽烈情感的载体、媒介而存在的。这样，读者在获得文学作品美感享受之余，冷静下来，就可以从借以抒情的“景”中认识某些事物的面貌和特征。当然，作品的这种审美真实的真实性是有很大局限性的。作家创作的主要目的在于抒情达意、满足读者的审美需要。因而，作家对事物的描写仅是根据表达审美情意的需要，集中渲染能造成读者心灵震颤的情境、气氛，而将无关宏旨，不能动人的细节略去不写。一句话，以典型化的手法来达到更强烈的艺术效果。正因为如此，我们一方面十分注重作品的真实，认为文学是“建立在真实上面的”，艺术的生命在于真实；另一方面，我们更强调“每一种艺术的最高任务即在于通过幻觉，产生一种更高真实的假象”。一方面斥责《反击》《警钟长鸣》等作品虚假不真而无一足取；另一方面，又允许《西游记》《聊斋志异》这类描神摹鬼故事的合法存在。这看起来似乎矛盾，但它们却在审美真实的基础上得到了统一。审美的真决不等同于科学认识的真，它是受美制约并由美规范其特定内涵的。它是符合人之常性的真。所以，“艺术并不要求把它的作品当作现实”。但它决不能违背人们的情感逻辑，不能违背人们所能接受的情感真实。

实际上，任何一篇真实性的作品，作家在创作过程中，都是把读者的审美需要作为观念上的内在动机，凝结于其中的。作家往往是作品的第一个读者。他首先站在读者的立场上观照自己的作品，因而能在一定程度上感受到作品审美真实的程度。由此可知，所谓“细节的真实”也罢、“现实关系的真实”也罢，统统都是为审美真实服务的，都统一于审美真实的需要上。典型化的目的，也正在于由此及彼、由表及里地造成高度的审美真实，从而形成一种审美魅力的蓄势，最大限度地满足读者强烈的审美需要。

作家只有自觉地追求作品高度的审美真实，作品才有可能具有较高的审美价值、永久的艺术魅力。

（《学语文》1988 年第 3 期）

典型性格的文化特质

典型人物是鲜明生动的个性与深刻充分的共性的统一体,是典型环境的产物。但,无论是人物的个性、共性还是典型环境都与一定的文化条件相伴共存。人是社会关系的总和。人的社会都是一定文化的社会,社会关系决不能离开一定的文化因素独立存在。社会性作为人与动物的分野,其核心内涵就是人的文化心理机制的建构。

从典型环境来说,典型人物生活于其中的环境本质上就是一种文化空间。艺术典型如同现实生活中的人物一样,必须扎根在一定的时代、社会的土壤里。他的非凡的远见卓识或者卑微委琐的病态心理只能是时代的产物、历史的产物,而这也就是文化的产物。文化作为社会本质的决定因素,必然渗透在一定历史时代的经济、政治和其他一切关系之中。因此,文化环境也就成了人的最根本的实在环境。它既是人们历史实践的结果,又反过来制约着人们的历史实践活动。而且,文化环境往往从整体上影响着人们的行为方式,制约着人们的活动内容,并客观地形成人们的性格基础。崔莺莺追求爱情的动摇性、杜丽娘追求爱情的执着性,都能从她们各自的文化环境中找到深厚原因:这不仅由于她们二人所处的历史文化背景不同,也在于她们二人所受的文化教育的差异。阿喀琉斯这样的人物,只能是古希腊奴隶制文化背景中的英雄。阿喀琉斯的典型意义正在于他揭示了那个特定时代、社会的这种文化本质。

典型人物的各种社会关系是历史文化的产物,这一点好理解。“贾府的焦大,也不爱林妹妹的”。阿 Q 的社会关系与赵太爷社会关系的文化差异,也最终导致了他们对辛亥革命必然持不同的行为方式。即便是与典型人物相联系的自然环境也都不同程度地打上文化条件的烙印。因为人生活于其中的环境实际上是不同文化条件的人化育的第二自然。这种第二自然一方面映衬出不同人物的文化素养，同时也影响着人物的文化素质、行为规范。林黛玉的潇湘馆与刘姥姥的庄园就充分显示了二人的文化差距。同理，燕赵多慷慨悲壮之士，而文化发达的江南水乡，才能产生出风流倜傥的扬州八怪。不仅如此，不同历史时代的社会背景还能鲜明地折射出不同的文化色彩。贾宝玉与林黛玉的爱情基础比张生、崔莺莺的爱情基础更具有进步文化的时代意义。他们突破了传统的文化格局，不再囿于男才女貌的爱情模式，而更注重于追求志趣的相投、理想的一致、精神的和谐。最后，不同国别、地域的文化差异也能促使典型人物采取不同的行为方式。安娜·卡列尼娜的悲剧行为决不可能出现在林黛玉身上。身受儒家文化熏陶的林黛玉不可能像安娜·卡列尼娜那样在广泛的社交场合寻找自己的爱侣，而只能以泪洗面，把渺茫的希望寄托在那个偶然碰到的、可以相托终身的贵公子对包办婚姻软弱的反叛上。所以，环绕典型人物并促使其行动的环境说到底就是建立在一定时代、一定民族、一定阶级经济基础上的文化环境。马克思、恩格斯精辟地指出："人们的观念、观点和概念，一句话，人们的意识，随着人们的生活条件、人们的社会关系、人们的社会存在的改变而改变，这难道需要经过深思才了解吗?"这里的生活条件，除了经济条件就是文化条件。而文化条件也是经济条件的集中体现。任何艺术典型只有扎根于特定的文化背景之中，并充分显示出背景的文化色彩，才能开放出绚丽的生命之花。

文化条件既是人类制造的人的外在生活环境，也是人的内在生命与个性的构成。文化传统制约着民族审美心理建构。特定的民族传统文化往往积淀为特定的审美心理内涵，从而形成某一民族的某些性格的共性特征。儒家文化广泛地渗透到汉民族的观念、行为、习俗和思维方式中，培植起汉民族某些特有的心理共性。如"以理节情""怨而不怒""安贫乐道""独善其身"等。中国古典小说中的典型人物由于较好地体现了汉民族文化心理的某些共性特征，致使人物形象具有不同于其他民族的性格特点而光彩照人。在汉族戏剧中，梁山伯与祝英台相亲相爱，但囿于"男女授受不亲"的礼教，"以道制欲"，迟迟不敢吐露真情。而在傣族戏剧中，梁山伯与祝英台却在芭蕉树下自由谈起恋爱来。在僮族戏剧里，他们两人则对起山歌。祝英台在各民族心目中的形象显然是和各民族的文化传统紧紧联系在一起的。贾平凹的《腊月·正月》中,那位退职赋闲的农村教师韩玄子拼着老命,非要整治与他毫无相干的专业户王才,导致他自己本来可以过得安康和谐的晚年生活,平添了许多不快与悲凉。究其原因,就是乡儒韩玄子尊卑贵贱的等级思想在作祟。“龙是龙,虫是虫”。“这些人成了气候了,像咱们这样的人倒不如他了”。他怎么也咽不下这口闷气。韩玄子的灵魂深处活脱脱地打上了儒家文化的印记。不仅韩玄子如此,那些穷乡僻壤、不见经传的小人物如王七桶、溪鳗、厶姑、佟掌柜等人,也都具有与传统文化的认同心态。恩格斯指出:“主要人物是一定的阶级和倾向的代表,因而也是他们时代的一定思想的代表,他们的动机不是从琐碎的个人欲望中,而正是从他们所处的历史潮流中得来的。”所谓“一定思想的代表”,则正说明典型人物是一定文化思想的产物,他们的行为规范受制于更为深远的文化模式的影响,同时他们也必然鲜明地体现出一定时代的文化精神。阿Q的精神胜利法就是半封建半殖民地的中国文化心态的集中展现。不敢正视现实、自欺欺人、在幻想中得到虚假的满足,这一切显然有着深刻的社会文化内容。正因为此,阿Q的出现,才具有振聋发聩的意义,使人们洞悉到中国传统文化的积弊。当然,典型人物的共性并非一种抽象的理论演绎,而是通过鲜明、独特、丰满的个性特征表现出来的。但同样,艺术典型的个性也都体现了作家对一定时代文化熏陶下的人物性格的独特把握。典型人物的个性无不打上社会文化的烙印。文化素养的差异,本身就是人物个性特征的一个重要方面。因此,作为具有活鲜鲜的生命个性的典型人物也必然是一定时代文化的独特体现者。他的行为方式的独特性总跳不出一定民族文化传统的规范制约,而仅仅是这种体现了一定民族、时代文化精神的表现方式迥异于本民族同时代的其他人而已。阿Q的精神胜利法就不同于赵太爷的精神胜利法,它是通过阿Q的看不惯城里人、护秃头、不服输、欺侮小尼姑而又勇于自轻自贱、相信男女之大防而又要和吴妈“睏觉”等行为表现出来的。阿Q的一切行为方式无不属于他自己的,然而,谁也不否认,它们同时又都充分表现了半殖民地、半封建社会中国人畸形文化心态的劣根性。同样,宋江、李自成、洪秀全等人的言行、举止、性格都具有浓厚的汉民族思想文化特点。这就使他们的起义方式、起义内容永远不同于斯巴达克斯、济金根们。然而,共同体现了汉民族文化心态的宋江、李自成、洪秀全又都有着鲜明的个性色彩，他们分别以自己的独特方式从不同角度来表现汉民族的整体文化精神。人物的个性只有鲜明地体现了一定时代、民族某些方面的文化特点，才会具有较高的艺术真实性及自由的生命意蕴。

典型人物之所以具有永久的艺术魅力，正在于他们能以生动鲜明的个性特征深刻形象地揭示出一定时代、民族的文化精神。这种文化精神一旦与读者固有文化心态发生共振，契合读者的文化期待视界，就会在读者心中激起异乎寻常的反响。

读者在阅读作品前，并非胸中无藏，而是在长期的生活实践与文化教育中，潜移默化地积淀了特定的文化心理素质，一旦作品中的人物言行与他本身具有的思想规范不期暗合，他便不自禁地发出会心的微笑，感到似曾相识、亲切可信而特别钟爱这个形象。猪八戒身上的种种缺点，如一遇困难便嚷着要分家散伙，为自己的贪生好吃寻找种种理由，以使心理得到平静，偷积私房钱，要去高老庄入赘等行为方式，使读者窥见到汉民族传统文化心态的一个侧影，从而在反观自身中得到乐趣而捧腹大笑。即便是他民族的读者，一旦发现了某一民族文化心态的人物形象与他心中期待的性格特征相暗合，就会在加深对该民族文化传统了解的同时，为自己对这个民族拥有的知识而感到自豪乃至喜悦，或者因为发现了完全迥异于本民族文化精神的新特色而由新奇以至兴奋。总之，成功的典型人物必然会成为一定时代、民族文化精神的揭示者。典型性格的文化特质是抹不去也是否定不了的。

（《学语文》1990 年第 3 期）

典型性格与性格素

文艺作品中的典型人物活在我们记忆中，往往能呼之欲出。它之所以具有强烈的艺术魅力，就在于典型形象以其生动、鲜明的个性，深刻地揭示了一类人的本质特征，给人留下难以忘怀的印象。譬如阿Q，盲目自尊而又自轻自贱，讳疾忌医却又十分健忘的性格辩证地统一在他身上，并因了他特定的阶级地位，以其特有的表现形式浮雕般地显现出来，真实地概括了半封建半殖民地的旧中国那一类"落后的，不觉悟的农民"形象。谁也不会否认阿Q是旧中国贫苦农民的典型。他无家无室，"住在未庄的土谷祠里"。也没有固定的职业，只给人家做短工，"割麦便割麦，舂米便舂米，撑船便撑船"，甚至连姓氏也茫然，他的被记起，只是因为农忙时要雇他帮工。阿Q鲜明的个性与他的阶级地位吻合无间，即便是构成他性格中的主要之点——精神胜利法，也以特定的方式表现出来，以精神胜利法冲淡苦难麻痹自己，在幻想中求得满足。然而阿Q这个名字却愈来愈广泛地被运用于社会生活的各个方面。这并不是阿Q超越了阶级的局限，成了各个阶级共有的形象。而只是构成阿Q典型性格的性格素——精神胜利法，在不同阶级的人身上都能找到它的影子。人们在使用阿Q这个专用名词时，往往是不知不觉地把它与精神胜利法等同起来，阿Q成了精神胜利法的代名词。这说明典型人物具有阶级性，而单一的性格素却具有社会性。

恩格斯说："每一个人都是典型，但同时又是一定的单个人，正如黑格尔所说的是一个'这个'。"可见，个性是就"这个"人的整体性格而言，是指一个人整个性格的基本倾向。由于每个人都在一定的阶级地位中生活，各种思想无不打上阶级烙印，所以在阶级社会里，人物的个性必然带有鲜明的阶级色彩。然而,组成个性的基本粒子——单一的性格素,却超越了阶级界限而具有社会性。

列宁以奥勃洛摩夫为例,形象而又生动地说明了这一点。他指出奥勃洛摩夫时代过去了,“但奥勃洛摩夫们却保留下来了,以迄于今,因为不仅地主中间有奥勃洛摩夫,而且农民中间有奥勃洛摩夫,不仅农民中间有,而且知识分子中间也有,不仅知识分子中间有,而且工人与共产党员中间也有”。显然,这不是奥勃洛摩夫成了超阶级的典型,而只能是奥勃洛摩夫的一些性格素具有普遍的社会意义。

个性具有阶级性,性格素具有超阶级的社会性,而性格素又是构成个性的基本粒子,那么这二者是怎样统一起来的呢?也即为什么超阶级的性格素一旦组合成典型人物的个性就能体现出阶级性呢?

马克思主义教导我们,认识事物就是要从事物的多种多样的联系中去研究事物。没有矛盾就没有世界,矛盾的相互连接构成事物的总体。典型人物的性格就是由一个个具体的性格素构成,这些充满矛盾的性格素不是彼此隔离、彼此孤立、彼此不相依赖的偶然堆积,而是在总体中各占一定地位,相互联系、相互制约、相互作用。个性的基本倾向是由主要性格素及性格素的主导方面决定的。阿Q的个性中就存在许多互相矛盾的性格素:一贫如洗的经济地位决定他常常无缘无故受赵太爷、钱老爷甚至地保的欺凌而无以自卫,但同时他也沾染了流氓无产者的恶习,欺侮比他更小的弱者;对自己头上的癞疮疤他忌得厉害。“讳说‘癞’以及一切近乎癞的音”,一犯讳“不问有心无心”,“便全疤通红的发起怒来”,而于他不利的事却又健忘得可以。赵太爷打了他嘴巴又被地保诈去二百文酒钱,他虽感不平,但仅以“儿子打了老子”这句话自慰,便将这事告忘了。这些矛盾的性格素统一在一个具体的人物身上,似乎不可思议,但由于它们相互映照,彼此作用,服从于表现主要性格的需要,反而深刻地揭示了阿Q的个性特征,使阿Q这一形象令人信服、血肉丰满地立了起来。应该说,超阶级的性格素只存在于抽象的概念中,而当这些性格素统一在一个具体的阶级的人身上,形成基本倾向并以特殊方式表现出来时,必然显示出一定的阶级倾向。这正像没有阶级性的语言,一旦组成文章,就定然显示出鲜明阶级性的道理一样。而且,同一个性格素体现在不同阶级的典型人物身上,它的内涵及其表现形式也会有本质的不同。

譬如"盲目自尊",在黑暗腐败的旧中国,不同阶级的人都或多或少沾有这种恶习。但阿Q的盲目自尊表现出来就是:"我先前比你阔得多。""我的子孙会阔起来的"。而清王朝统治者的盲目自尊,却在于明明打了败仗,却打肿脸充胖子,胡说是"不与夷人计较";虽然割地赔款,却坚持要外国使者行三跪九叩礼,以争回面子。前者的盲目自尊渗透了对生活的挣扎,欺骗自己,使自己能生存下去,而后者的盲目自尊,不但自欺,而且欺人,目的是维护其摇摇欲坠的反动统治。二者有着本质的区别。

鲁迅说过:"自然,'喜怒哀乐,人之常情也',然而穷人决无开交易所折本的懊恼,煤油大王哪会知道北京捡煤渣老婆子身受的酸辛,饥区的灾民,大约总不去种兰花,像阔人的老太爷一样,贾府的焦大,也不爱林妹妹的。"这话是不错。因为穷人能开交易所,也就不是穷人了,但穷人却同样有失去生活资料的懊恼。饥区的灾民倘若知道种兰花足以换取糊口的食粮,那只有傻子才不会种。贾府里的焦大如果被暗示能娶上林妹妹,也许会爱上的(当然还有功利的原因),不然怎么解释美丽的妙玉被强人糟蹋的事实呢?这就是说:"喜怒哀乐"这些具体的性格素超越了阶级的界限,但表现方式不能不受阶级地位的制约。或者可以说,单一的性格素如喜怒哀乐不能说哪些阶级没有而专为哪些阶级独占,只不过这些性格素在不同阶级的人身上表现出的内涵及其表现形式不同罢了。

社会性的性格素之所以会在典型人物身上表现出阶级性,另一个重要原因是因为性格素的表现无不依附于一定的条件,无不受周围具体的、历史的条件所制约。《家》中的觉新,个性的主导方面是顺从。这是由于封建礼教的灌输、孝悌伦理的熏陶,以及他在家庭中所处的特殊地位,他不得不站在调和者的立场上敬上而劝下。但他又毕竟是年轻的一辈,新思想的影响使他的性格中又掺有反抗的因素。他的反抗的外露往往是"顺从"后的悔痛。但在某些特殊的条件下,反抗性格也会暂时处于支配地位,如支持觉民的抗婚、资助觉慧的出走。这是因为他念于手足之情,鉴于自己以前一直顺从的可悲结局,迫于别无他法,才不得不产生软弱的反抗。这种无可奈何的反抗,实际上更深沉地反衬了觉新性格的顺从,正像"鸟鸣林更幽"一样起到相互映衬的效果。任何一种性格素,都只有在一定条件下,才能表现得更真实，离开具体条件的单个性格素没有存在的可能。而且，同一性格素在不同的具体环境中往往能表现出截然相异的内涵。如“刚强”，资产阶级上升时期，它的代表人物身上体现出来的刚强，常常与不妥协的斗争精神联系在一起，而在其没落时期，“刚强”则又成了“凶残”的同义语。但“刚强”，毕竟是能在不同阶级的代表人物身上找到的性格素。典型人物的巨大魅力正在于它是把一些相互矛盾的性格素有机地统一起来，构成一个复杂而又独特的个性，并在一定的社会条件下，依一定的组合方式，真实生动地展示出个性中的各个侧面。

典型人物的个性之所以能深刻地反映出某一类人的共性，也正在于构成个性中的性格素与共性存在着既相联系又相区别的方面。它们的联系在于共性是把一些性格素“从二十个到五十个，以至从几百个小商人、官吏、工人每个人身上，把他们最有代表性的阶级特点、习惯、嗜好、姿势、信仰和谈吐等等抽取出来，再把它们综合在一个小店铺老板、官吏、工人的身上”。它们的区别则在于共性只是人物个性中一部分性格素的集合。它是把为一类人所共有的性格素，依据艺术真实的原则，有机地融合在某个人身上，并以一定的方式表现出来。正因为这样，我们也就清楚，个性之所以能表现共性，正是因为构成个性的基本粒子——性格素具有普遍的社会意义。同样，也正因为性格素具有超阶级的特点，共性才有大于阶级性的可能。

论证个性是多种性格素的有机统一体，目的在于肯定人物个性的复杂性、矛盾性、立体性，避免将典型人物的阶级性庸俗化、僵死化，从而使作家大胆真实地创造出各种栩栩如生、血肉丰满的典型形象，满足广大读者高层次的审美需求。

（《学语文》1991年第3期）

当今文思漫议

社会主义荣辱观与当今文学创作

胡锦涛总书记最近提出了"牢固树立社会主义荣辱观"问题，指出"必须把发展社会主义先进文化放到十分突出的位置"，并说："在我们社会主义社会里，是非、善恶、美丑的界限绝对不能混淆，坚持什么、反对什么、倡导什么、抵制什么，都要旗帜鲜明。"这段语重心长的话的确切中时弊，发人深省。

当前文坛的"身体写作"

一个时期以来，文坛上的颓风淫浪，大有愈演愈烈之势。一些涉世不深、学养不厚而又急于成名的写家，打着"70后""80后"的旗号，以叫人眼热心跳的"身体写作"，放肆地抛售着精神的"废都"。林白在《瓶中之水》中放言："在这个时代里我们丧失了家园，肉体就是我们的家园，肉体靠到了一起就是回了家，那是一个温暖的富于弹性的地方，我们不用到达那深处的、鲜红的跳动着的地方，我们只需在身体的外围就感觉到回了家，那令我们颤栗和潮涌的奇妙无比的家。"话说得十分明白，新生代作家们，由于精神极度空虚，只能靠疯狂的男女苟合，麻醉自己。还有一些"美女作家"，以大胆地展现自己的"阴阳洞"，描述自己的性体验，吸引读者的眼球，达到迅速蹿红的目的。湖南作家盛可以，2002年才开始写作，短短两年，连续出版了《北妹》《水乳》《火宅》等3部长篇小说，被媒体捧为"文坛奇迹"。什么奇迹？说穿了就是她敢于在凌乱虚构的情节中抖落着令人难以启齿的性事与滥交。她自己不讳言她在作品中思考的问题是："男人的鸡巴与男人的意志，到底哪个更脆弱？"女作家春树则说："作家就是全身心地裸露，我乐意!!!"春树最爱裸露的是身体，尤其是男人喜欢窥视的下半身。春树的《北京娃娃》就是"由许多个安全套连接在一起的材料淤泥”。再有卫慧、棉棉、九丹等,“三个女人一台戏”!直闹腾得文坛上淫声浪语一片。

当然,这并非说当今的文学界都在向下半身倾斜。严肃作家的严肃小说还是主流,大部分作家还懂得文学应该“为社会主义服务,为人民服务”的道理。然而,受下半身作家的刺激,加上商品意识的影响,一些严肃作家的纯文学作品,也越来越多地增加了“性”的佐料。明明是红色经典的《沙家浜》,重新拍电视剧,也要无中生有地加上三角恋爱的情感纠葛;明明是一本严肃主题的小说,非要起名为《丰乳肥臀》《有了快感你就喊》《拯救乳房》;明明情节的发展不需要打情骂俏,作家却偏偏来上一段油嘴滑舌的黄段子。池莉的小说《冷也好热也好活着就好》中,就这样写公交汽车司机燕华与女友们的谈话:

> 燕华说了今天她车上售票员小乜和乘客相骂的事。说是两个北方男人坐过了站,小乜要罚款。北方人不肯掏钱,还诉了一通委屈。小乜就说:“赖儿叭叽的,亏了裆里还长了一坨肉。”
>
> 北方人看着小乜是个年轻姑娘,不敢相信自己的耳朵,大声问:“嘛?”
>
> 小乜也大声地告诉他们:“鸡巴。不懂吗?”
>
> 北方人面红耳赤,赶快掏出了钱。
>
> 四个姑娘笑得一塌糊涂。燕华顶快活,说:“个婊子养的,家里一个老头子,一个男朋友,想讲给人听又讲不出口,憋死我了。”

连池莉也不能不顺应消费时尚,硬插上这一段王朔式的“调皮的快乐”,这就显得问题严重了。作家们似乎认为作品不写性事,不来几句脏话,就不真实,就不前卫,作品也就干哩叭叽的,缺少滋味。诗人沈浩波在《下半身写作及反对上半身》中说:“我们只要下半身,它真实、具体、可把握、有意思、性感、无遮拦”,故而,他认为“诗歌从肉体开始,到肉体为止”,“我们亮出了自己的下半身,男的亮出了自己的把柄,女的亮出了自己的漏洞”。不少作家就这样陷入到荣耻不分,甚至以耻为荣的境地,真正令人触目惊心。

理论的误读导致自身的价值混乱与理性缺失

作为灵魂工程师的作家们何以公然在其创作与宣言中放肆地鼓吹性解

放？何以如此露骨地在其作品中恣意张扬肉体狂欢的“身体写作”，耸人听闻地暴露自己的性体验，并以大胆解构的姿态践踏着理性、伦理与秩序？我以为，他们除了想通过恶炒获得虚名与金钱，更主要原因在于：他们在对西方新人本主义理论的误读中，导致了自身的价值混乱与理性缺失。

西方新人本主义由康德肇始，经叔本华、尼采的唯意志主义、柏格森的直觉主义，再到弗洛伊德的精神分析学说，直到现象学、存在主义等。康德排斥人的社会性来谈人的需要，从生物性的先天基础分析人的知、情、意三者的关系，开启了新人本主义的非理性先河。在唯意志论中，叔本华强调人的主观精神，认为世界是意志的表象，意志是世界的本质。而意志的核心就是追求生存的强烈欲望。人的欲壑难填，人生也就充满挣扎与痛苦。艺术通过恣意表现人的情感、欲望，就能使人淡化欲望对人心灵的折磨。当叔本华把艺术当作解脱人生痛苦的工具时，尼采则把艺术看作肯定人享乐欲求的兴奋剂。他在《权力意志》一书中，猛烈抨击那些仇恨肉体和欲望的道德伪君子，他鼓吹的酒神精神，就是要人在艺术的沉醉中纵情狂欢，打破禁忌，放纵性欲，于痛苦中求得欢乐。

新时期一些新生代、晚生代的作家从这里获得灵感，并进行了主观化误读。他们或者看到现实生活的阴暗面，或者感受到改革的艰难困苦，以致萌生心灰意懒的失意之情。特别是由市场化导致的现代都市兴奋症、疲劳症，以及由商品化原则在整个社会生活中的泛滥所导致的人的异化，使他们放弃理想的追求，而以刹那间快感的满足忘却痛苦与责任，获取心灵的解脱，并在性的痴迷中摆脱人生意义的痛苦思索。他们把个人生命的感情自由看作人的解放尺度，又把自由与放弃道德、责任的为所欲为等同起来。尤其是一些女作家，用展览身体的手段，对抗男性中心主义的压抑，同时也在市场化环境中获取名利以及心理快感的满足。她们把对性的自由支配看作女性的解放与幸福，显然是本末倒置。林白《一个人的战争》里，主人公林多米为了在京城谋一位置，随便地把自己的身体给了一个老头，这其实是在大胆地反叛男权意识之外，又不自觉地成了男权意识的俘虏。而在《青苔与火车的叙事》中，主人公荔红以一次次的性交易来达到调动工作的目的，而当性交易不能给她带来实惠时，她又残忍地将男人杀死。这决不是女性意识的觉醒，而是女性意识的昏乱与倒退。

张扬欲望化写作的作品中，那些对性事的描写铺张，说穿了，正在于作家没有“把人当成人”，或者说他们错看了人，错看了男人，也错看了女人，仅仅把人看成单个的生物学意义上的存在。在他们那里，性放纵就是人类的自由与幸福，性解放就是人类解放的尺度，以至于导演了一场场不堪入目、放浪形骸的伪“酒神祭”。

柏格森则肯定“生命冲动”，认为生命冲动的过程即意识绵延的过程，是世界的基础、唯一的实在。而要认识作为世界本质的“生命冲动”，经验与理性都无能为力，只有直觉才能进入意识深处而把握实质。而直觉是脱离社会实践与理性认识的一种先天的、神秘的“内心体验”。于是，柏格森就以生命冲动论悬置物质性，用艺术直觉否定逻辑理性。在他看来，只有先天的、神秘的、不可言传的直觉，即“内心体验”，才能把握生命的冲动、意识的绵延，认识真理并创造、欣赏美。新生代作家显然受柏格森影响，片面地强调创作不是反映现实生活，而只是表示“心灵状态”。于坚在《诗歌精神的重建》一文中就说：“一首诗就是一次生命的体验，一首诗就是一个活的灵魂，一首诗就是一次生命的具象。”新生代作家们所理解的生命冲动，说白了就是性的冲动。表现心灵状态，就是表现自己隐秘的生理渴求与体验。这种排斥理性的神秘的直觉，只能将作品带入一片原始的混沌、一片欲的躁动、性的放荡的泥沼。卫慧在《上海宝贝》中通过女主人公之口，明白地说自己“被自己的小说催眠了”，“尝试着裸体写作”，并希望冰箱里有一只老虎能扑过来，“毫不犹豫地强奸我”。这就是卫慧凭直觉体验到的生命冲动，创作就要把这种生命冲动真实地表现出来。

弗洛伊德的精神分析说，更是将潜意识与性本能推崇到无以复加的地步。他一方面把无意识的心理过程看作比意识的心理过程更复杂、更重要，一方面耸人听闻地认为性本能是人的创造力之根本，它决定人的价值取向、奋斗精神乃至努力方向，因而是人类社会发展的原动力。弗洛伊德的理论对解除性禁忌，高扬非理性狂欢起到了推波助澜的作用。一些新生代作家兴致勃勃地认为，既然性本能对人生、社会有如此大的重要作用，而文学本质就是性欲的转移与升华，文学的功能就是为人的过剩的力比多寻找出路，使人的性本能欲望得到替代性的满足。那么，他们也就无所顾忌、放心大胆地在文学作品中写性了。文学中的性描写有着顺应“天理人情”的意义。故而，公开展露性丑闻，坦白自己的性行为就不必羞羞答答、欲盖弥彰、犹抱琵琶半遮面了。至于净化社会风气的责任、纯洁读者心灵的使命统统抛之脑后、弃之不顾。

作家、评论家树立正确荣辱观的重要性

文学是社会生活的反映、是时代的镜子。一些作品中令人不堪卒读的性描写，堂而皇之地公开出版，并能产生所谓“轰动效应”，受到媒体吹捧，我们不能不正视当今社会的荣辱观颠倒的严重性。改革开放，国门洞开，西方各种理论蜂拥而至。一些人受西方错误理论的影响，或对西方理论的错误阅读，丧失了明辨是非、美丑、善恶的能力，陶醉在世俗化的温柔陷阱里不能自拔。

当然，由于市场经济的杠杆作用，在消费观念支配下，文学创作向世俗化、物欲化转型，这并不奇怪，还有一定的合理性。它是对过去过分强调文学伦理、道德、政治责任的反拨。而且，它对于消解市场竞争导致的城市疲劳症，抚慰乱了套的生活造成的紧张心绪，或许有一定的疗效。问题是，当一些作家纯粹从商业利润的角度定位文学创作，以所谓“前卫”的作品，把读者裹入颓荡的“黑甜乡”的时候，就完全放弃了作家的社会责任感，甚至违背了作家起码的职业道德。它刺激并助长了社会风气的进一步恶化。尤其是一些作家视社会风气的败坏、道德的沦丧为“进步”“前卫”，振振有辞地以西方新人本主义理论为其行为指南，侈谈“人的解放”，这种以耻为荣的做派就不能不令人震惊了。

文学艺术除了有愉情悦性的娱乐功能，任何时期，它都有净化人的心灵，提高人的审美能力，弘扬社会主义正气的作用。作家有责任让人们在阅读完一部作品后，心中油然升腾起捍卫美、追求美、创造美的崇高感，潜移默化地从作品中获取人自身“人化”的精神力量。为此，作家、评论家树立正确的荣辱观就显得尤为重要与迫切。

我们的作家要加强辩证唯物主义与历史唯物主义理论的学习，要认识到西方新人本主义是以主观唯心主义的非理性主义及虚无主义为重要特征的。西方新人本主义以个体的、生物学意义上的“人”消解社会的、文化的人；以非理性主义社会历史观消解辩证唯物主义观照社会历史的原理；以主

观唯心主义的“人类末日”说，否定人类的崇高理想。这种理论支配下的文学创作，必然与社会主义文学主旋律格格不入。它的主观唯心主义世界观和以颓废主义精神为核心的主要价值取向，与我国主流文学人民本位原则、唯物史观的理性精神相去甚远；它所显示的历史运动静止观、人类末日观、人性黑暗观和个体本位观，与这个大变革时期澎湃于人民身心的时代主潮和人民理想中所包括的审美理想相去甚远。因而，我们要铭记胡总书记“八荣八耻”的教导，高扬新的理性大旗，为文学艺术积极健康的发展，为人的生存环境的不断完善，为科学的文化理想的最终实现而奉献生命热力。

（《文艺报》2006 年 7 月 4 日）

和谐理念与文学创作

社会主义和谐社会是充满创造力的社会，是各方面利益关系不断得到有效协调的社会，也是公平公正、稳定有序的社会。它体现了中国特色社会主义的本质属性，有利于调动全国人民的积极因素，更快更好地从事社会主义经济建设和文化建设。

构建和谐社会必须提高全民的精神素质。作为人类灵魂工程师的作家、艺术家应当在和谐社会构建中发挥责无旁贷的作用。

我们不否认鞭辟入里的理论文章的号召力，但艺术作品以其鲜明生动的形象、真挚感人的情愫，更易使和谐理念深入人心。当人们还不清楚如何身体力行地构建和谐社会时，一首《爱的奉献》的歌曲，会推动“我为人人，人人为我”的社会氛围的形成。

中国古代哲人“以和为美”的思想较为突出。《礼记·中庸》说：“喜怒哀乐之未发，谓之中；发而皆中节，谓之和。中也者，天下之大本也；和也者，天下之达道也。致中和，天地位焉，万物育焉。”人的喜怒哀乐之情是人的本性，如何发泄则要考虑场合、顾全大局，并要有所节制。乖张暴戾、恣意妄为，则为“不和”。这话的引申，就是告诫人们为人处世，既要不违本性，又要顾全大局，重视和谐理念。

首先，和谐并非强调整齐划一。和谐是寓杂多于统一，它拒绝单调，也与整一无缘。中国古人重视的是和而不同。《国语·郑语》中记载了史伯的话：“夫和实生物，同则不继。……故先王以土与金木水火杂，以成百物”，并说：“声一无听，物一无文，味一无果，物一不讲。”没有矛盾与差别也就不是社会了。试想，单一的乐器能演奏出气势不凡、雄浑动听的交响乐吗？

当今社会,“经济体制深刻变化,社会结构深刻变动,利益格局深刻调整,思想观念深刻变化”,必然在给我国发展进步带来巨大活力的同时,也带来这样那样的矛盾与问题。不和谐的因素肯定存在,在某些地方与部门甚至很严重。提倡构建和谐社会,就是承认社会有不和谐的因素。国际经验表明,当一个国家的 GDP 进入 1000 美元到 3000 美元时期,既是黄金发展时期,也是矛盾凸显期。各种社会矛盾处理好,社会经济就能更上一个台阶;处理不好,经济将停滞不前或倒退。当然,化解社会矛盾、稳定社会秩序主要靠行政、司法部门,但文学艺术有着不容推卸的责任,它能发挥其他意识形态不具有的泄导人情、振奋人心的作用。我们的作家、艺术家应用积极健康的艺术作品引领人民树立共产主义远大理想,用英雄人物的创业精神,激励人们同心同德地战胜困难,以无愧于我们伟大时代的优秀作品,在全社会形成知荣辱、讲正气、促和谐的风尚。而不是夸大暂时的困难和工作中的失误,以文学作品激化矛盾,鼓动群众与社会对立、与他人对立。我们的作家、艺术家要使自己的作品成为“全民族奋发向上的精神力量和团结和睦的精神纽带”。苏联文艺理论家卢那察尔斯基说过一段十分精彩的比喻:“人们正在盖房子,等它盖好,将是一座富丽堂皇的宫殿,可是房子还没有盖成,您就照那样子来描写它,说道:‘这就是你们的社会主义——可是没有屋顶’,您当然是现实主义者,您说的是真话,但是一眼可以看出来,这真话实在是谎言。只有了解正在修建的是什么样的房子以及如何修建的人,只有了解这座房子一定会有屋顶的人,才能说出社会主义的真实。”这就是说,我们的作家,应有洞悉事物本质的本领,并把这种带有本质的事物生动地描写出来,鼓舞人们争取美好的明天。

其次,和谐并非和稀泥。真正的唯物主义者敢于直面人生,敢于坚持原则。构建和谐的前提就是承认差异与矛盾。和谐的构建,也并非抹平差异,掩盖矛盾。构建和谐是有原则的。这个原则就是社会主义的核心价值体系:“马克思主义指导思想,中国特色社会主义共同理想,以爱国主义为核心的民族精神和以改革创新为核心的时代精神,社会主义荣辱观。”我们的文学创作要理直气壮地揭露影响社会和谐的矛盾和问题,令人信服地揭示出问题产生的根源,积极主动地化解矛盾,铲除毒瘤。要敢于为弱势群体仗义执言,为人民群众助威呐喊。对于社会上的不正之风,对于以权谋私、权钱交易的肮脏行为，对于贪污受贿、草菅人命的不法行为要坚决揭露与抨击，为百姓申张正义，使丑类无法藏身，唯此方能实现真正的社会和谐，同时也使一些犯错误的同志幡然悔悟，悬崖勒马。法国思想家狄德罗说："只有在戏院的池座里，好人和坏人的眼泪交溶在一起。在这里坏人会对自己犯过的恶行表示愤慨，会对自己给人造成的痛苦感到同情，会对一个正是具有他那样性格的人表示厌恶。……那个坏人走出了包厢，已比较不那么倾向于作恶了，这比被一个严厉而生硬的说教者痛斥一顿要来得有效。"这就是文学艺术独有的净化人心灵的力量，也是我们的文学家用自己的笔，为构建和谐社会作出不朽贡献的特有方式。

最后，构建和谐社会的目标也向作家、艺术家提出了更高的标准，赋予了更大的责任，也寄予更多的期望。这既是动力，也是压力。当前，少数作家或是受金钱名利的诱惑，或是在对西方新人本主义理论的误读中导致了自身价值混乱与理性缺失，造成在创作中对"远景透视"的排斥和对崇高的亵渎。一些作品无休止地堆砌、展览黑暗和丑恶，没有亮色，没有萌动于黑暗中的幼芽，也没有真善美的闪动，只能让读者生出无路可走的灰暗及绝望情绪。还有一些作品则在温柔的下半身描写中，使接受者在轻飘飘的感官满足的同时，把人变成"单面人"，销蚀了丰富美好的精神追求。这样的作家、作品是难以担当起构建和谐社会的历史重任的。一切有责任感、有良心的作家、艺术家，应以对社会主义事业的满腔热爱之情从事文学创作。当他面对客观现实生活时，必然自觉地以和谐理念审视一切。他不会在改革开放的伟大成就面前闭上眼睛，也不会在危害国家和人民利益的恶行面前无动于衷。他以现实生活为材料，作历史的美学的思考，进行艺术的选择、集中和概括。既要真实地反映出生活的多样性、丰富性，又要深刻地揭示出生活的某些本质及历史的发展趋势；以先进的文化教育人，以英雄的情愫感染人，以伟大的信念鼓舞人，帮助人们形成"共同的理想信念和道德规范，打牢全党全国各民族人民团结奋斗的思想道德基础"，从而同心同德地构建和谐社会。著名画家关山月曾经说过："伟大的抱负产生真正的艺术。那些情趣低下，追名逐利的人，即使风云一时，也只能昙花一现。"这是我们每一个作家、艺术家都应记取的至理名言。

(《文艺报》2006 年 12 月 5 日)

女性主义与新体验小说

一

大陆的女性主义文学早在20世纪上半叶就初现端倪，丁玲的《莎菲女士的日记》、张爱玲的《金锁记》、绿漪的《棘心》、冯沅君的《慈母》等作品，就涉及女性主义文学的内涵。20世纪80年代，随着改革开放的深入，西方女权主义思想的涌入，大陆文坛女性主义文学也日渐繁荣，谌容的《人到中年》、张洁的《沉重的翅膀》《方舟》、王安忆的“雯雯系列”、翟永明的《黑夜的意识》，宣告了关爱女性自身、表现女性成长的小说诞生。但女性主义文学蔚为壮观、成为一道靓丽的风景线，却是在20世纪90年代。这一时期不仅数量多，更主要的是它接过新体验小说的旗帜，注重展现男性作家无法体验到的婚姻生活乃至性生活的女人独特而细腻的感受，从而完成了由女性作家小说到女性主义小说的蜕变。但同时，由于她们过分将女性主义文学引向身体化写作，体验性快感，以女性的隐私为武器向男性文化宣战，又导致女性主义文学的式微。

新体验文学盛行的前提是私人化写作的出现。20世纪90年代大陆出现的私人化小说类似于日本的“私小说”。私人化写作在世界各国文坛都有不小的势力。它的特点一是注重写作家自身经历的事以及自己对经历事的情感体验，一是尽量在作品中体现属于自己的写作风格。注重自己对生活的感受，写出自己的细腻而又复杂多变的生活体验，由此直接引发中国新体验小说的勃兴。1993年9月25日《北京文学》编辑部诚邀陈建功、母国政、刘庆邦、赵大年等作家开座谈会，决定隆重推出“新体验小说”大联展。从

1994年第1期起,《北京文学》便接连发表“新体验小说”,逐渐在全国形成热潮、蔚为壮观。1994年4月7日,《北京文学》又邀陈建功、刘恒、赵大年等人开座谈会,进一步为“新体验小说”造势,激起理论界、批评界更大反响。新体验小说的发动是不满于新写实主义文学对社会生活置于世外的冷眼旁观,因而它强调作家必须写出自己亲身经历的生活体验,把亲历性作为创作的先决条件。陈建功就指出:“在我看来,所谓新体验小说,首先是叙事者无论是选材还是叙事,都要把亲历性放在最重要的地位,亲历性将是这类作品的魅力所在。”当然新体验主义小说与女性主义小说是有交叉的,不是所有的新体验主义小说都是女性主义小说,如关仁山的《落魄天》、王愈奇的《房主》、毋国政的《在小酒馆里》等;也不是所有女性主义小说都是作者的亲历。但20世纪90年代的女性主义作家却在新体验主义小说的纲领中发现了供女性主义作家大展身手的契机。不少女性主义作家欣喜若狂地发现,任何一个男性作家都无法亲历、无法体验女性在性生活、性饥渴中的切肤之感,这是只能由女性主义作家开垦的处女地。于是,她们扬长避短并自鸣得意地写出了女人作为清纯少女、作为母亲、作为二奶乃至作为妓女的亲身感受,虽然,不少生活并非她们所亲历,但却以亲身体验的形式表达出来。

二

大陆女性主义文学之所以在20世纪90年代形成高峰,一是理论上的成熟。许多西方女性主义理论著作被翻译进来,如西蒙·波伏娃的《第二性》、贝蒂·弗里丹的《女性的奥秘》、凯特·米勒特的《性的政治》、弗吉尼亚·伍尔芙的《自己的房间》、伊格尔顿的《女权主义文学理论》等。二是1995年联合国第四次世界妇女大会在北京召开,会议无疑给大陆女性主义文学创作与批评提供了与世界对话的平台,女作家们开阔了视野,她们认识到在过去的男作家文本中,女人的形象就像《阁楼上的疯女人:女性作家与19世纪文学想象》描写的那样两类:天使和妖妇。由此掀起了中国女性主义文学创作的第二次浪潮。她们的创作开始关注女人作为社会人存在与发展的意义,正如李小江所说:“妇女问题的提出和尖锐表现……无意中使得有关妇女的文学成为社会学讨论的导火索和先驱。”

如果说20世纪80年代的女性主义小说主要是颠覆一些男性作品中的

女性形象:既不是悍妇与妒妇,也不是毫无主见、小鸟依人的贤妻良母。这时女性主义小说中的女性,有着强烈的自尊、自爱、自强的女性意识。张洁的《爱,是不能忘记的》张扬了女性爱的苏醒及对爱的渴望。她的另一部小说《方舟》,则进一步揭示了知识女性爱慕的对象应是与自己志同道合、有共同语言、并能支持自己事业的男人,否则宁可独居。谌容的《人到中年》中的陆文婷,就是一个有理想、有主见、热爱事业也热爱家庭的新女性,她既温柔又刚强、既恬淡又有追求,体现出这个时代特有的女性美。

那么到了20世纪90年代前期,女作家们普遍接受了西方女性主义理论的洗礼,由对男性的失望、怨恨发展到对男人的公然嘲弄与反叛。波伏娃在《第二性》中说:"男人将男人命名为自我,而把女人命名为他者,如果说他者对自我是种压迫的话,那么女人对男人也是威胁。"铁凝的《玫瑰门》就是写一个受尽压抑、摧残的女性司猗纹对男性的报复性反抗。司猗纹就是一株"毒汁里泡过的——如同浸润着毒汁的罂粟花"。她受过"五四"运动的洗礼,追求婚姻自由,然而她失败了。她无法摆脱家庭压力,还是成了庄家大少奶奶。然而丈夫全然没有家的责任感,新婚之夜竟然外出寻花问柳,她因自己曾在自由恋爱中失身,忍气吞声地默默忍受丈夫的冷漠、侮辱。然而这一切非但不能打动丈夫,反而引起丈夫不屑一顾的反感。她绝望了,长期守活寡的性压抑,使她终于不顾脸面地以性为武器向她的公公发起攻击。用乱伦的方式报复丈夫对自己的绝情,道貌岸然的公公倒在她的裙下,使她感到某种女权的胜利。然而这样的胜利却是以个人尊严的丧失为代价,不能不令人唏嘘。铁凝的《玫瑰门》开始引导人们关注女性的性欲望,但女性的性要求与性反抗,仍然关联着对男权社会制度罪恶的抨击,将其近乎变态的性行为置于社会制度下思考。

而到20世纪90年代中期以后,陈染、林白就直接书写女性对性欲的呼唤,她们就身体写身体,不再追寻女性性行为的社会意义。林白的《一个人的战争》中,女主人公林多米就表现了女人对男人的性依赖,林多米"一碰到麻烦就想逃避,一逃避就总是逃避到男人那里,逃到男人那里的结果是出现更大的麻烦,她便只有承受这更大的麻烦"。她的女性的自尊就是以自己的性,抚慰男人的性饥渴,由此感到女性的价值,而她对男权的反抗更是得意于用自己的性器官得到自己想得到的。林白们信奉的是:我的身体是我的,我有支配它的权力,谁也管不着。这就是她们的女权宣言。殊不知,这正是变相地成了男人的玩物。真理过一步便成谬误,性解放不能真正标志女性的解放。林白的作品津津乐道地描写性交易,交易不成就是“妖女的复仇”。她们相信“城市是欲望的陷阱”,身于其中的女性要反抗,只能拿起性的武器;同时世俗化的功利主义、贪图享受的人的本能,也使经不住诱惑的女人欲罢不能。在林白的《致命的飞翔》中,北诺为了一套住房,不断委身于她极其厌恶、丑陋卑俗的老头,当性交易未能达到目的,她感到被骗的恼火,便残忍地割断了老头脖颈上的动脉。女人做爱不动情,做爱的目的就是“女人靠征服男人来征服世界”。女人的解放发展到这一地步,何其令人恐怖。

三

不可否认,女性主义小说与新体验小说联姻,二者都得到更大发展。女性主义小说不再肤浅地描写男女的性爱,而更深入到女性体验性的愉悦、性满足的快感以及性饥渴的难耐。由此,女性主义小说突破了中国几千年男尊女卑的心理压抑,真实地揭示了社会对女性心理的摧残。

同时,法国的女性主义批评引发的身体叙事,也促进了新体验小说的手法更新。

法国的女性主义批评不同于英美派的注重社会批判、政治批评,而是注重语言批判和心理建构。他们理论的立足点是“女性书写”或“阴性书写”,而书写的起点则是男人无法言说的女性身体,女性的身体是女性主义小说创作的基础,女性语言和女性写作必将包括肉体在内的女性的全部体验。这就是“身体叙事”的缘起。受此理论的影响,大陆不少女作家在作品中肆无忌惮地大书特书女性的性体验。她们认为,女人谈自己的性体验正是隔靴搔痒的男作家无法企及的。女性对男性谈性体验,更能显示出从容自如的优越感而令男作家自叹弗如。由此身体叙事也就催化了新体验小说的兴盛。

陈染的《私人生活》就是一部非常精彩地描写女性隐秘的私人体验的小说。小说主人公倪拗拗生活在一个非常不幸的家庭,父亲的粗暴自私导致家庭的解体。父爱缺席,又使倪拗拗患了自闭症。她一面希望蛮横的父亲早日消失,而父亲一旦离开,她又从心底不断呼唤父爱的庇护。家庭解体的现实让她无法面对生活，她执拗地返回到女性的内心隐秘生活中，自恋于“私人经验”的象征物：镜子、浴缸、洞穴。她长大、恋爱，都成为寻找父爱的行为。女作家真实、细腻的描写，使女主人公那种从自闭而自恋的体验中产生的神秘孤独感令人叫绝，更令男作家罢笔不能。作品让人们震撼于社会、家庭对女性心理成长的重大责任。

女性主义的性体验小说到了棉棉、卫慧那里，又开始变味走向另一极端。她们片面认为女性作家的长处在于体验男性作家无法体验到的性饥渴的痛苦、性满足的愉悦。她们要扬长避短，便在书中细腻铺写性体验，以吸引读者的眼球，搏得一夜蹿红的效果。

卫慧在小说《上海宝贝》中，以极其细腻的笔触，不加掩饰、毫无羞耻地描写主人公“我”与情人德国人马克的性交过程及“我”近乎疯狂的性体验，完全放弃女性主义小说的社会意义，性描写简直到了不堪入目的程度。

我们不是道学家、伪君子，并不一概反对言情说性。然而这股思潮中的一批女作家在打破性禁忌，欢呼性解放的时候，很少有自己的独立思考，错把敢于目中无男人地言说自己的性体验，当成女性解放的标尺。她们大胆地夸耀自己非凡的性冲动，自鸣得意地抖落心荡神迷的性体验，又走向另一错误极端。其实，妇女的真正解放是经济、政治的解放，乃至自身人格的自尊自重。男女之间的性别差异是不能抹杀，也是无法抹杀的。那种以性乱交得到女性的世俗目的，与妓女有什么不同？肆无忌惮地描写自己的性感受，只能满足男人对女人的窥视欲与占有欲，这并非女性的解放，而是女性的堕落并以另一种方式重新成为男人的玩物与附庸。

法国女性主义文学批评家埃莱娜·西苏说道：“现在妇女从远处，从常规中回来了；从‘外面’回来了，从女巫还活着的荒野中回来了；从潜层，从‘文化’的彼岸回来了；从男人们拼命让她们忘记并宣告其‘永远安息’的童年回来了。”但回来只是第一步，如何使女性文学朝着健康的方向发展，这是更为重要的一步。女性文学的发展，既不能丧失女性的性别身份，又不能局限于女作家的性体验，而是走向内心自审意识的复苏。我们欣喜地看到铁凝的《大浴女》，对女性内心深处在传统文化挤压下畸变、扭曲的心理反思，真实地展现出几位女性身心、灵肉的矛盾，并使她们最终在生命的洗礼中获得新生。作品通过对女性自身的剖析，让人理解什么是女性真正的生存价值。

总之，高涨的女性主义文学无疑是20世纪90年代文坛令人注目的奇葩。女性作家们以自己的笔粉碎了传统男性作家笔下“天使与妖妇”的女性定位。苏珊·古芭和S.M.吉尔伯特在《阁楼上的疯女人：女性作家与19世纪文学想象》中指出，天使是男性审美理想的体现，妖妇则表现出男性对女性的厌恶，二者都出自于男性父权制社会对女性的歪曲与压抑。女作家们从女性的立场出发，在作品中大胆地抨击女性的屈从地位和长期受到的不公正待遇，力图打破传统叙事中种种歧视女性、排斥女性的写法，写出女人的自尊、自立、自强，女性在社会生活中，不再是男人的“他者”存在，而是不可或缺的社会一极，这是值得称道的。更有女作家甚至站在女性立场上在作品中表现出对男性的同情与关怀，女性主义文学真正进入开放多元的新时代。虽然在女性主义文学中也产生了把女性解放与性解放相混淆的不和谐之音，但总体看，女性作家以其特有的生活体验，细腻真实地表现了社会大变革中女人内心的喜悦与焦虑、纷争与冲突，从家长里短、琐碎现实的婚姻矛盾中反映出现代女性的人生抉择，这对于引导读者更全面地了解女性、理性地思考女性的未来，从而对女性生活作出正确的价值判断，维护社会和谐，显然有着积极意义。

略谈现代与后现代

后现代主义对大陆思想界、文学界的冲击始于20世纪80年代，当时现代主义在大陆风头正盛。很多人尚未分清现代主义与后现代主义的界限就匆匆运用这个概念卖弄玄虚。故而一些被认为是现代主义的作品其实属于后现代主义，而后现代主义的定义究竟是什么也没有人真正搞清，有人干脆把后现代主义说成是“后期现代主义”，是现代主义的延续；有人甚至完全否认后现代主义的独立存在。然而，现在看来，后现代主义并非子虚乌有，它与现代主义在许多方面的差别还是明显的。

后现代主义作为一种社会思潮，早在第二次世界大战后便已现端倪。它的独特影响很快波及人类社会各个领域，进而形成一种较为系统的理论视角，看待人类的文化现象，以图给当时满目疮痍的世界粉碎性的诠释，重新确立新的无信仰的信仰。后现代主义在西方大行其道，不迟于20世纪60年代初。而它被引进中国大陆，当在20世纪80年代。1980年《读书》杂志第12期上，刊发了董鼎山的一篇论文《所谓“后现代派”小说》，该文被认为是大陆人从美国小说情况谈论后现代主义的发轫之作。然而当时，这篇文章未受到足够重视，也没产生大的反响。直到20世纪90年代，后现代主义才开始在中国各个领域呼风唤雨。然而，国人对后现代主义的误读，望文生义的解释却是比任何引入的理论都要叫人惊讶得多。

对于后现代主义，我们应当从学理上梳理其产生的必然及其存在的合理内核，而不能简单地从价值观上予以全盘否定。

后现代主义并非一个系统的理论主张，它在发展过程中，打着后现代主义旗帜的各种理论层出不穷、鱼龙混杂。然而，真正的后现代理论，它的哲学基础却是大体相似。

首先,后现代主义否定元理论的存在。所谓元理论就是各类理论得以确立的最初理论,它是某类理论的基础与前提。元理论是无须证明、约定俗成的。后现代主义对此不以为然,为什么元理论是这样而非那样?约定俗成就是天经地义的合理吗?为什么1加1等于2而不能等于其他呢?颠覆元理论的合法性,就可能使一切建立在元理论基础上的各种概念、理念、真理、意义因根基抽去,其合法性受到挑战。动摇了人们关于非此即彼的判定真理基础,造成后现代主义理论上的相对主义、虚无主义倾向。然而,它对人们大胆创新,否定旧说的意义却是不言而喻的。

其次,后现代主义强调整体思维,重视思维的综合性,使人类的认识方法发生重大变革。后现代主义对以往事物、物质的分类法提出质疑。为什么事物要这样分类而不是那样分类?怎样证明这种分类法的依据可靠与合理?由此使得各类事物的门类界限趋于模糊乃至消失。这一结果的有利一面,是导致了人们开始重视表述方法而不是现存结论,产生了类似"模糊数学""模糊美学"的新学科;不利的一面,则是使人们对事物的精确性认识受到挑战,不愿对各类学科的特点、性质作深入剖析,放弃对事物作分门别类的研究,以及对具体事物规律性探讨和形而上的总结。

最后,后现代主义否定一切中心、权威的存在,也否定人是世界的中心。人仅仅是"大生物链"中的一个极其普通一环,既不高贵,也无所谓低劣。这对于确立大自然观的生态意识,限制人对自然的无所顾忌的破坏有着积极意义。但将人降到动物层面,完全否定人因为社会性、理性思维而优于其他动物一面,将人混同于一般动物,这又完全抹杀了人的主观能动性及人能掌握规律、利用规律的能力,扼杀了人的进取精神及道德良知。

总之,后现代主义对人类的思维习惯、方式的改变,对人类社会各个领域的冲击都是颠覆性的。它教会人们用怀疑的、分析的眼光重新审视以前被认为天经地义的各种理论、规律、秩序。它并非像有些人总结的那样,仅仅是"平面化""拆除深度模式"。恰恰相反,它追求的正是"平面化"背后更深的深度模式,它立足于全球的立场,以一种全新的方法论、世界观试图重新阐释世界的本源及其构建的价值体系,它改变了人们的生存态度与一以贯之、千古不变的思维习惯,以及看问题的态度,从而更深刻地洞察到当前理论的偏颇、价值的荒谬、科学的不客观性乃至社会的混乱，它企图以一种游戏人生的态度进行“祛魅”工作，虽然这种努力近乎天方夜谭式的可笑，但它对当前社会弊端的认识却是深刻的，这就是它在诞生之初被冠为“未来学”的原因。

后现代主义真正在中国思想界引起轩然大波，是在20世纪80年代末90年代初。有人称1989年为“后现代主义年”。这以后，一切不可思议的理论统统贴上“后现代主义”标签而热销全国，也正是从这时起，大陆学界对后现代主义的浅尝辄止的误读、偏见与日俱增，尤其在文艺理论界。显然，这是由后现代主义的深层目的，被其表层的平面化诠释及其游戏化的“祛魅”态度所遮蔽造成的。一些人忘记了后现代主义的深层追求，而大侃其浅薄的、天真的治世单方，以及不近情理的否定一切的人生态度。这一盲人摸象、不究其里的浮躁心态，一方面固然促进了后现代主义在中国的广泛传播与渲染，另一方面也给后现代主义造成难以弥补的负面影响，使其成为被批判的众矢之的。这种偏激的理解，使后现代主义在中国大陆成了颓废主义文学思潮泛滥的推手之一。

一般来说，人们都认为后现代主义文学与现代主义文学有如下不同：

首先，现代派作家虽在形式探索上作过大胆而有益的试验，然而，他们并没颠覆小说之为小说的类的概念，他们从没有否定小说这一文学样式的根本特点：写社会中人的思想与行为，怪诞的心理与无可名状的意绪。而后现代作家根本不承认小说这一样式的存在，完全混淆小说与非小说的区别，他们提出了所谓“反小说”“元小说”“关于小说的小说”这样一些不着边际的概念，对传统小说的形式与“叙述”本身进行彻底的不留情面的解体。

这些所谓的“反小说”“元小说”，诚如萨特所说的，它虽然“保留了小说的外表和轮廓，向我们介绍虚构的人物，为我们叙述他们的故事。但这样做是为了使我们更加失望，作者旨在用小说来否定小说，在它产生之时，便在我们眼前将它毁掉”。[①] 后现代作家否定小说的再现生活功能，他们声称：现实是语言造就的，虚假的语言造就了虚假的现实，小说的使命不是要用虚假

① [法]萨特：《娜塔利·萨洛特〈无名化肖像〉》“前言”，转引自蒋孔阳：《二十世纪西方美学名著论》，上海：复旦大学出版社，1987年，第271页。

的故事去反映虚假的现实，而是把现实的虚假与故事的虚构展现在读者面前，促使他们去思考人生。而且，不仅仅小说失去了类的特征，小说与其他体裁的界限也被完全突破，其他文学体裁乃至新闻体裁、评论体裁的技巧、手法统统融于小说技巧之中，使人分不清也没有必要分清这是一种什么样的文学样式。德国评论家伯恩哈德·格莱纳就说过："对于后现代写作来说，'类'的概念已经消失……过去关于体裁、文类及其表现手段等种种流行的规范仅仅是人为设置的禁忌，强加在作者身上的枷锁。而现在，这种禁忌已被打破，枷锁已经腐烂，再也不存在应该如何写的统一标准了。从根本上说，一切仅仅是单纯的刺激材料而已。"①后现代注重对立面的消失，不仅否定小说与非小说的对立，还否定文学与非文学、艺术与非艺术的对立，甚至否定文学与哲学的对立。他们认为小说与非小说、文学与哲学、叙事类作品与非叙事类作品，正好通过互参性和差异性来互释其意义。因而，它告诫人们要以一种平和的心境看待人类文化的过去、现在和未来，人类精神历史的发展是延伸与回溯、结构与解构的统一，没有什么永恒、不变的界限、框框来限定事物与现实。

其次一个特点就是深度消失。现代派作家不是以追求乌托邦的理想、表现终结真理为主题，就是以揭露现实黑暗、引起疗救注意、体现人文关怀为旨归。萨特的《可尊敬的妓女》是这样，卡夫卡的《变形记》是这样，弗吉尼亚·伍尔芙的《到灯塔去》也是这样，《等待戈多》《第二十二条军规》同样如此。而后现代作家则放弃作品本身的深度模式，不再具有思想，不再提供解释，拒绝挖掘任何意义，仅仅追求语言快感。如果说现代派艺术对形式的追求与翻新还着眼于吸引读者对思想内容的关注与兴趣，从而使深邃的思想借助于形式的别致而深入人心，那么，后现代则是放弃对作品内容意义的承担，走向了为形式而写作，唯形式而形式的泥淖中。他们不再追求作品历史性的深度，而将历史性转换为空间性的、多元并置的、共时性的存在状态。打破叙事的完整性和话语的统一感，强调非完整性，强调表述生命、历史和

① [德]伯恩哈德·格莱纳：《哈姆莱特机器，海·米勒的〈莎士比亚作坊〉》，转引自埃金银：《后现代，先锋派的终结或新的开端？》，上海：上海译文出版社，1989年，第142页。

时间的零散化。后现代作家都认为小说文本没有统一的意义核心,他们拒绝承担作品意义的许诺,而把小说的写作仅仅视为"能指的延续"。作家在写作时可感受到能指的巨大力量,他们不是以能指来精细地表白所指,而是能指本身的变化建构成不同的所指。因而读者要从作品中认识某种特定的意义是徒劳的,即使他认为他读出了作品潜藏的深意,那也是他自己一厢情愿赋予作品的产物,而非作品本身固有。作家创作的兴趣就是做文字游戏,而任由读者自己去发明无穷多的意义。由此,造成后现代作品平面化的语言堆砌。有人甚至公然宣称:写作就是运用符号这副牌来创造意义。从而造成后现代拼贴手法的反复使用。1962年,法国作家马克·萨波尔达,进行了一场"请读者参与创作"的实验。他将一些没有任何逻辑关联的零乱故事分别写在52张卡片的正反面,每面的字数50到100字不等。然后将这52张卡片像扑克牌一样洗牌后再排列。除了开头和结尾部分,任何读者都可以从任何一张卡片开始阅读,可以读到任何一张卡片结束。读者不断地洗牌、阅读,也就欣赏了不同的小说,感受到不同的文本意义。这种洗牌的任意组合情节,就成了后现代拼贴手法的肇始。许多后现代作家将古今中外的不同小说情节储存在电脑中,任意点击,重新组合,再稍加润饰,就创造出一篇篇出人意表而又令人惊叹的作品,由此造成快餐式、平面化的文学作品批量生产。

最后则是距离消失。这里的距离既指艺术与生活的距离,也指创作主体与客体的距离,还指作家与读者的距离。距离的消失意味着二者之间的不可逾越的鸿沟填平,界限的不复存在。在现代派作家看来,距离既是艺术与生活的界限,也是创作主体与客体的界限,它是使读者对作品进行思考的一种有意识的控制手段。而在后现代派作家眼中,由于主体的消失、价值的颠覆,作品失去了深度和历史感,仅仅成了具有作用于人感官的刺激物,作品只强调欲望本身,也就没有任何启发和激扬的功能。一切归于语言的游戏,游戏本身也就是游戏目的。如此一来,单一、平面化、欲望化的创作也就不可避免。由于一切意义的不复存在,后现代派作家的创作也就醉心于反讽、拼贴与蒙太奇的运用。他们在小说中,对所谓的历史事件进行随心所欲的"戏说",使历史成为作家借题发挥的当下史,让真实性在嘲弄的戏说中被粉碎。历史仅仅意味着怀旧,一种迎合商业目的的手段与工具。同时他们也对富有深远意义的历史事件与正面人物进行扭曲的夸张，让传统的正面影响在形式的变革中成为辛辣的反讽。当《南泥湾》这首歌颂陕北军民自力更生、奋斗自救的歌，被摇滚乐疯狂的节奏摇滚成欲望的发泄时，《南泥湾》还有什么革命的教育意义呢？在后现代主义者看来，文学作品没有崇高，也没有价值，甚至连意义都是读者赋予它的外在物。为了证明这一点，他们为所欲为地运用拼贴手段，将其他文本的片段、生活中的偶发事件，乃至新闻报道、报刊文摘拼接组合而成为“妙文”，以此来嘲弄传统作家的精心构思是怎样的无意义，作品虚构的价值又是怎样的无聊。他们以任意拼接的作品打破传统小说凝固的形式结构，给读者强烈的陌生化震撼，同时也将电影中的蒙太奇手法运用得令人瞠目结舌。他们将处于不同时空层面的场景任意衔接，根本不考虑内容形式的统一与完整，任由读者自己在故事的中断、叠化、对比、特写中发明无穷多的“意义”，用预设、追叙、插入等手法，增强对读者的感官刺激，取得强烈的冲击效果。总之，后现代将创作视为无规则、无意义的游戏，最终使文学创作走上了由唯形式到反形式，由唯技巧到反技巧，最后否定文学创作、否定文学作品的不归路。谁都是作家，谁都是读者，所有人的行为都是艺术，都是创作。一切神圣的东西都被消解，原本泾渭分明的范式都被打破，文学与非文学、读者与作家的鸿沟被填平，连意义与价值都不复存在。人们对后现代文学作品的这种理解，不管有多少程度接近后现代理论本身，但客观上，却是刺激了当下颓废主义文学思潮的泛滥。

从上面简略的对比分析中，我们可以了解：现代与后现代、现代文学与后现代文学的区别是十分明显的。姚文放教授在《从形式主义到历史主义：晚近文学理论“向外转”的深层机理探究》一书中指出：“从前现代到现代再到后现代，文化经历了从未分化到分化再到去分化的三段论。”因而，他分别以“是”“非”“去”三个关键词来概括人类审美文化的三个历史阶段，这是非常准确且易于受众掌握的。的确，现代审美文化的特点是非功利、非实用、非逻辑、非理性等，而后现代审美文化的特点是一“去”了之，即消解、祛除、突破，强调去中心、去边界、去等级、去体系、去类别、去差异等。

现代性与中国艺术精神

现代性与中国艺术精神研究,某种程度上就是在艺术领域中关于现代性与民族性的探讨,也是传统与变革的关系研究。现代性这一概念源自西方,“现代”一词最早是为区别于“古代”而出现,虽然,有人认为现代性产生于17世纪,但更多的人认为产生于16世纪。张法教授的观点是:“16世纪资本主义在西方文化中兴起,并向全球扩张,分散的世界史变成了统一的世界史”,[①]“统一的世界史具有统一力量并导向统一的文化,就构成现代文化和现代社会”。[②] 西方学者对现代性的看法褒贬不一,现代性对古代的生活方式、生活态度、生活理念具有颠覆的意义。因而现代性又有现代主义乃至后现代主义的意义。于是,现代性在西方人眼中便有了天使与魔鬼的双重形象。一方面,现代的生活节奏、现代的生活理念让人们的创造力得到空前发展,又让人们获取对生活的无尽享受,它是社会进步的必然趋势;另一方面它又诱使人们在无尽的享乐中,激活了人们自私、贪婪的欲望,有让社会陷入堕落、危机四伏境地的危险。更可怕的是,人们的贪欲加上生产力的突飞猛进,必将引起生态环境的日益恶化,导致大自然对人类的毁灭性的报复。这一切也就使马克思、迪尔凯姆、韦伯三位社会学大师对现代性忧心忡忡。

我们认为,概念的多义必然造成理解的歧义。于是,美国学者卡林内斯库在《现代性的五副面孔》中就将“现代性”分为社会科学的现代性和人文科

---

① 张颐武主编:《现代性中国》,郑州:河南大学出版社,2005年,第22页。

② 张颐武主编:《现代性中国》,郑州:河南大学出版社,2005年,第35页。

学的现代性。社会科学的现代性带来的是科学技术的迅猛发展以及现代观念、学说的进步;人文科学的现代性则主要体现在文化、美学的现代主义运动方面。他对前一种现代性高度肯定,对后一种现代性却有着肯定、否定双重态度:认为它一方面产生了先锋派艺术,一方面也导致艺术的堕落,宣扬激进的无政府主义思潮。不管如何言说,透过对现代性各种歧义的理解,我们不难发现大家共同一致的设定,这就是现代性的精髓:现代性是在"祛魅"中,极大地解放了社会生产力,焕发了人的自信心、创造力,随着现代科技的迅猛发展,人们的生活态度、社会观念也为之一变,以一种科学的怀疑与批判精神重新审视一切。现代性有着哲学、社会学、经济学乃至美学的不同内涵。

当然,现代性不是一个一成不变的概念,它是历史形成的产物,具有与时俱进的历史延续性和变异性。它诞生之初,即具有"当下性"的含义,有着时间延续的意义,而在时间的延续中,当然具有变与不变的因素。正如波德莱尔所说:"现代性就是过渡、短暂、偶然,就是艺术的一半,另一半是永恒与不变。"因此,现代性的不同历史阶段必然具有内涵的差别,我们决不能把启蒙时代的现代性与信息时代的现代性等量齐观。一般而言,现代性可分为三个历史时期:16 到 19 世纪的近代阶段、19 世纪末到 20 世纪中叶的现代阶段、20 世纪中叶到当下的当代阶段。就科学而言,三个阶段分别由牛顿的能量守恒到爱因斯坦的相对论再到今天霍金的黑洞理论;就技术而言,由瓦特的蒸汽机到法拉第电的发明,再到今天的宇宙飞船;就通讯而言,由电话、电报到今天的互联网;就哲学而言,由康德、黑格尔到尼采、弗洛伊德到今天的福柯、德里达、博德里拉等;就文学艺术而言,也由现实主义、浪漫主义到现代主义再到后现代主义。现代性的发展昭示的是一种科技愈趋发达而人文由高扬至萎靡又至极度亢奋的态势,人的理性让位于工具理性,再到当今希图粉碎一切戒律而至狂欢乃至自语时代。

中国的现代性并不与西方同步。各个国家乃至不同民族进入现代性的时间是有差异的。有人认为,中国在明朝就进入现代性,这是不准确的。中国在鸦片战争以后,西方列强的坚船利炮轰开中国闭关自守的大门,中国知识分子难以咽下遭凌辱、受迫害的苦果,开始萌生变法图强的要求。他们认真反思中国落后挨打的根源并将思想的触角指向文化心理层面,正是在这一反思过程中，西方文化理论自然地进入中国知识分子的视野，由此形成了中国知识分子看待问题的新视角和新方法，力倡科学与民主，中国人开始进入到现代性层面来思考问题。

中国艺术精神遭遇现代性，其优劣两面更为突显而令人倍觉反思的必要。西方自文艺复兴、启蒙运动而导致的现代性，其初始的根本特征在于以人性取代神性，张扬人的个性、肯定人的世俗欲望、支持人现世的幸福追求，但过分张扬人欲，又使人性中恶的一面得以膨胀。恶，诚然如马克思、恩格斯所言在一定时期正是历史发展的原动力，然而也可能是社会历史的破坏力。这就需要人的理性加以制约。在中世纪禁欲主义桎梏中释放出来的感性欲望，一旦冲破牢笼，它既有对束缚它的封建社会有摧枯拉朽的冲决力，也有对一切约束乃至合理制度的反叛力。现代性中的理性层面必然起而加以调适。人是理性的动物，人能在不断的反思中完善自身。启蒙主义的现代性要求一切行为规范需经过理性法庭的审判而决定取舍。人的欲望不能无节制地宣泄，同样要受到理性精神的规范，这看起来似乎与中国传统儒教的“以礼制乐”“发乎情止乎礼义”有异曲同工之妙，其实本质是相异的。中国的“以礼制乐”建立在封建等级制度的基础上，并非平等权力的产物；它是统治阶级对下层百姓人为的思想禁锢，以后随着强化君权的需要逐步发展为“存天理、灭人欲”乃至“以理杀人”的地步，是极不人道的。而西方以理性限制感性欲望的过度泛滥，是经由文艺复兴运动过分张扬人的个性以对抗神性对人性的扼杀，是在充分体现个人平等权益的基点上，以人的理性而不是神性，更自觉地引导、规范人性的合理发展，以使每个人的个性、权益得到更充分、更合理的展现。中国古代不存在神性对人性的摧残，有的只是君权神授下的极度不平等的社会专制制度对个人权益的无尽剥夺。因而，现代性之于中国，更需要解决的是平等下的个人自由权赋的保障、个人自由价值的肯定。当然，中西方现代性实质的差异并不影响中国哲人利用古代中国以礼制乐而与西方现代性的外在相似的特点，作中国现代性的呐喊、鼓吹。尤其是西方现代性进入现代阶段以后，人的理性在科技突飞猛进中，又为工具理性所取代，人成了科技的附庸，工具发展到什么程度，人的认识就到什么地步，人发明了工具、创造了科技，人又成为科技、工具的依赖物、异化物。中国艺术精神，特别是道家宣扬的重视人的个体生命存在，向往逍遥游的自由精神，剥离其遁世无为的思想糟粕，确有助于在西方现代性的这一层面上展开它的理性梳理，挖掘它闪光的理论蕴藉，挣脱科学技术对人的心灵的束缚。而到后现代阶段，西方又矫枉过正地要粉碎一切枷锁，救赎人自身，重新恢复人为万物之灵长的地位，粉碎束缚、反对权威、取消中心、颠覆权威，鼓吹绝对的自由，恣意为所欲为，践踏自然规律、破坏生态平衡，又走向另一极端。中国古代艺术精神中的天人合一、中庸之道、和为贵思想，以及宁静致远、心斋、坐忘等，强调感悟、象征的意味，又构成一味疗救的良药，然而它那种不思进取、保守平和的心态又与瞬息万变的时代精神相去甚远。对中国艺术精神的探讨，正恰合中国艺术精神的优劣两面展开而尤显意义深远。

正确认识自己，植立文化自信，这已成为当今中国时代的最强音。我们只有公正地梳理中国艺术精神优劣两面，才能扬长避短，促使中国艺术精神在新时代有更科学的发展，同时也使中国艺术精神的长处走向世界，为西方人理解，更好地为艺术理论宝库作出更大贡献。中西艺术精神的合成互补将是世界艺术的未来。

理论争鸣我见

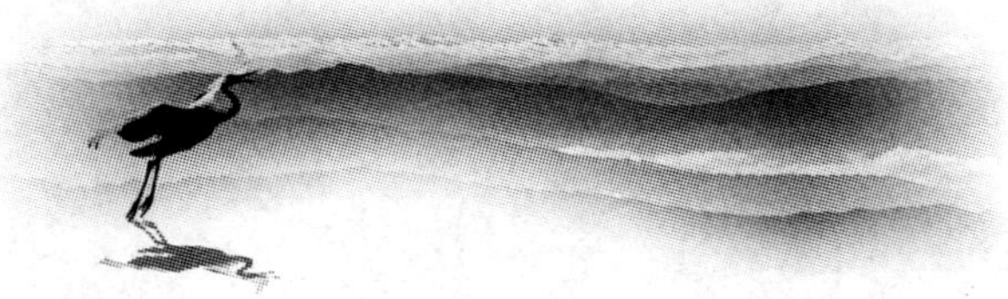

新历史主义理论对大陆文学创作的影响

20 世纪 90 年代直到今天，新历史主义小说无疑是大陆文坛一朵光彩夺目的奇葩。莫言小说获诺贝尔文学奖，正证明了大陆新历史主义小说的巨大成功。诺贝尔委员会给莫言的颁奖词是：莫言“将魔幻现实主义与民间故事、历史与当代社会融合在一起”。莫言小说中的历史显然浸润着新历史主义理论的汁液。从《红高粱家族》到《蛙》，人们逐渐读懂了另一类的历史言说。一种原生态的历史小说，生猛地呈现在人们眼前，它摒弃了历史学家按照先入为主的所谓“历史规律”演绎的以英雄人物为中心的宏大叙事，而力图再现芸芸众生在一系列偶发事件中家庭或个人的生存遭遇，小人物的生存本能正是构筑历史轨迹的原动力。这种原汁原味的生活态势、这种大胆直率地撕破历史真相的作品，让读者惊讶之余获得前所未有的新颖感、审美感。于是，20 世纪 90 年代始，大陆新历史主义小说一发不可收地喷涌而出。如《一九三四年的逃亡》《米》（苏童）；《迷舟》《敌人》（格非）；《鲜血梅花》《活着》（余华）；《家族》（张炜）；《宋朝故事》（须兰）；《温故一九四二》《故乡天下黄花》（刘震云）；《尘埃落定》（阿来）；《夜泊秦淮》（叶兆言）；《白鹿原》（陈忠实）；《丰乳肥臀》（莫言）等，成了一道靓丽的风景线。

究其原因，大陆新历史主义小说的火爆，不排斥与西方新历史主义文论的汹汹入境而给小说创作以理论上的支撑大有关联。

20 世纪 80 年代，当丹纳、左拉的历史机械论，强调历史对人的绝对掌控导入历史决定论，而日益为人诟病；当结构主义、新批评等形式主义文学思潮完全摒弃社会历史对人的制约而难以让文学介入社会生活，使文学几成空中楼阁时，以格林布拉特为代表的新历史主义文论的登场，给人耳目一新的惊喜。新历史主义一方面将人物置于历史环境的影响之中，一方面张扬人物主体对历史的协调功能。它在否定社会历史无关论的同时，更否定历史决定论与历史模式说，而呈现出后现代文化色彩。它认为将历史的碎片连缀成历史的，正是芸芸大众而非政治精英。“历史”经过解构的洗礼，它的必然性、本质性受到质疑。教科书言说的历史发展规律被看作完全是人为的虚构，历史所影响的主体也仅是一种语言的表征。真正的历史是环境与人物互动的产物，它没有先入为主的外在模式。由是，以格林布拉特为代表的新历史主义思潮大受欢迎、不胫而走，迅速风靡世界。它使小说文本的历史叙事再一次受到关注，但又与传统的历史主义小说不可同日而语。它否决了历史决定论，而将历史还原于现象的集合体，在一连串的偶然事件中，让人的主体选择构成了个人的历史，也影响到社会历史的进程。

显然，西方20世纪80年代崛起的新历史主义思潮无疑受到解构主义的影响。在解构主义者那里，原先的权威思想、公认的真理，无一不受到质疑，关于历史的命题也是一样。历史究竟是一系列客观事实的累积还是主体的意志虚构？历史不可抗拒的规律到底有没有？是什么？由是，历史的本原性、决定性被放逐了，特别是解构主义大师福柯，更是不遗余力地拆解着传统的历史观。他认为纯粹意义上的历史被认作一个自成系统、稳步增长、不受人的主观意志决定、循序渐进的发展过程，是极其荒谬的，它明显地带有先验的或超验的色彩。他强调历史具有“断层”“差异”的性质。历史是断断续续存在的话语区域，而由话语区域形成的知识，包括历史，不过是“权力”运作的结果。重视历史必然性还不如重视对形成历史的原因，诸如性、疯癫、犯罪等现象的认识。他公然宣称：“一部性经验的变迁史即一部复杂而微妙的权力运作史。”[①]由此，福柯把历史归结为权力关系的体现，因而更看重历史的当下性。正是当下的权力将“断层”与“差异”，甚至“分裂”与“隔离”的历史现象连接起来。

比福柯稍晚的格林布拉特则将新历史主义具体运用到文学批评上，而成为新历史主义文论的代表性人物。

格林布拉特提出了“文化诗学”的概念。他主张文学研究应将作者、作

① 福柯：《性经验史》，佘碧平译，上海：上海人民出版社，2002年，第78页。

品与社会环境三者结合起来。他在《文艺复兴时期的自我塑造：从摩尔到莎翁》一书中，生动地揭示了知识分子与权力的微妙关系。他认为作家的身份是“自我塑造”与“被文化制度所塑造”共同作用的结果，作家的创作过程就是一种文化的产物，作家在一定的社会生活中产生“心灵的激动”，造成一定的“社会能量”，因而文学离不开生活。但同时文学创作也并非仅仅就是“社会能量”的简单宣泄，而是经过作家对各种社会能量协调，以此参与社会实践，并最终对社会产生动力功能。这种协调的结果或是“颠覆”，即颠覆统治者权威；或是“抑制”，即抑制被统治者的反抗。这就构成了作家与社会的双向互动关系。所以，格林布拉特否定文学创作仅仅是对社会生活的模仿，认为它同时也是对文化制度的建构。当然，新历史主义者重视历史对人包括对作家的制约，不是重申阶级斗争的宏大叙事，而是更重视偶发事件，尤其是罪犯、疯子、性经验和话语、集市、游戏对人的行为影响造成的历史反响。

由此，我们可以见出，新历史主义与传统历史主义的一致性，它们都强调人物主体同社会历史的联系，都承认历史条件对人类活动的巨大影响。正如马克思所说：“人们自己创造自己的历史，但是他们不是随心所欲地创造，并不是在他们选定的条件下创造，而是在直接碰到的、既定的、从过去承继下来的条件下创造。”①它们也都承认人的主观能动性对社会环境的反作用。

新历史主义与传统历史主义的不同在于：

首先，新历史主义具有“跨越学科研究性”，它具有多维视野而跨越史学、文学、哲学、社会学、政治学等学科界限，将社会存在和文本世界以及在文本世界里的社会存在一起作为研究对象，并用“二元对立”的模式，即历史与反历史、语言与非语言去研究它们。其次，传统历史主义认为“历史”是不以人的主观意志为转移的一种客观存在，完全为客观规律掌控；新历史主义则强调关注历史的文本性，重视被正统历史打压的边缘历史。它们认为正统历史作为一种和文学一样的符号体系，也有着因权力因素导致的虚构成分。总之，新历史主义重视文化的总体机制，并能辩证地看待文本与历史的

① 马克思：《路易·波拿巴的雾月十八日》，《马克思恩格斯选集》第一卷，北京：人民出版社，1995 年，第 603 页。

关系。

当这股新历史主义思潮于20世纪80年代末90年代初进入改革开放的大陆时，立刻在文论界引发了“重写文学史”的讨论。重写文学史就是要将“文学与非文学，甚至作家在社会生活中的主观体验加以综合分析，运用二元对立的模式解读社会文本和文学文本、历史意识和非历史意识”，“原生态地表现出文学史、社会史的丰富性、复杂性，并通过复观文学史、政治史、伦理史上的种种现象，体现出自己科学的价值判断”。[①] 接着，创作界也涌动出新历史主义小说的创作思潮。

新历史主义小说又称为“新历史小说”。它与传统历史小说的第一个不同点在于，新历史主义小说反对政治头面人物对历史的主宰，它认为历史动力的深厚原因在于民众。一味歌颂英雄的历史，必然遮蔽了边缘人群参与和塑造历史的作用，忽视了时代精神后面的物质因素，因而不能真正揭示历史的面貌。

刘震云在小说《温故一九四二》中，用大量真实的原始资料，追述了1942年河南大灾荒，统治阶级面对三百万人的死亡无动于衷，而趁机敲诈勒索大发横财。这激起灾荒中的百姓铤而走险，整连整连地缴除国军武装，致使六万侵华日军轻而易举地歼灭三十万中国军队。作者没有站在虚伪的爱国主义立场，粗暴地责骂中国百姓的自私、狭隘，也没有刻意渲染中国军队的贪生怕死。这就是历史，这就是真实的人性。在特定的历史环境里，人类的求生意志总是会战胜抽象的爱国情感。当各种社会力量都不把百姓当人，总是以牺牲百姓利益为代价来谋求自身的发展时，普通百姓也必然会为一己的生存，做出趋利避害的举动。

新历史主义小说与传统历史小说的第二个不同点在于，它并不先入为主地按照既定的阶级斗争模式，带着主流意识钦定的主观倾向性，描写不同阶级之间水火难容的搏杀。而是突破传统历史语境，对历史的细节重新梳理、建构，以期真正接近历史本身，让读者获得一种对历史最真实的解读与判断。“在新历史主义者看来，任何阐释都是人们的主观理解，人们所理解

① 王锺陵：《论文学史研究中的原生态式的把握方式》，载《社会科学辑刊》，1994年第3期。

的历史也就成了主观的历史而非历史本身，这样作家就找到了十足的理由来重构历史”。[①] 作家不接受人为设置的历史发展规律，不同意森严壁垒的阶级对立完全是由单一的阶级立场决定。人是社会关系的总和，社会关系包括亲情关系、经济关系、文化关系，甚至情感关系。《灵旃》中滥杀红军的人竟有普通百姓。《家族》里的土匪头目李胡子、小河狸甚至比共产党员殷云、飞脚更有人性、也更守信。特别是《白鹿原》，作品扬弃了狭隘的阶级斗争的视角，站在“文化诗学”的高度，从经济、文化、伦理、政治的综合视角重新审视历史，还原了被绝对化的“阶级斗争”所遮蔽了的历史生活的本来面目。贯穿全书的冲突主线，是由文化冲突激起人性冲突——礼教与人性、天理与人欲、灵与肉，这正是导致同一家族、同一村落的人在政治是非中分道扬镳的直接原因，而所谓的阶级意识在开初还是说不清、道不明的东西。正如小说中朱先生将国共合作的破裂判为“公婆之争”一样，在一些百姓看来，也就是“天无二日、人无二主”那么回事。历史的肇始、发展乃至结局，远不是历史教科书总结的规律那么简单、那么一目了然。

莫言小说《蛙》中一个细节很能反映传统历史小说与新历史主义小说的不同。小说写“我”的大爷爷(祖父)是八路军著名军医，医术高明、信仰坚定。平度城里的日军司令杉谷闻其大名，竟扣押“我”老奶奶、“我”大奶奶、“我”姑姑以要挟“我”大爷爷归顺。“我”大爷爷的三个亲人在平度城住了三个月，有吃有喝，没受罪，她们对文质彬彬的杉谷司令印象很好，但“我”姑姑对外却不能不说她们受尽了日本人的严刑拷打，威逼利诱，坚决不动摇。新历史主义小说有意否定意识形态的干涉，而试图再现历史的真相。再如“我”大爷爷的牺牲，究竟是如当时在八路军西海医院当担架员的肖上唇所说，是为了营救三个亲人，独闯平度城而误踩了赵家沟民兵的连环雷牺牲，还是如新中国成立后县政协编的文史资料上所说，大爷爷是在地道里为伤员做手术时，被敌人的毒瓦斯熏死的。传统历史小说出于政治的需要，必然采取第二说，而新历史主义小说为了显其真实、客观，将两种说法和盘托出。

新历史主义小说的第三个特点就是看重偶然性，看重因偶然的机遇造成阴差阳错的历史结局。从逻辑上说，偶然与必然是一对相反相成的矛盾

① 舒也：《新历史小说：从突围到迷遁》，载《文艺研究》，1997 年第 6 期。

体，两者的内涵、外延都截然不同。但在新历史主义小说中，偶然与必然之间却没有不可逾越的鸿沟。偶然的事件可以预示必然的结果，必然的逻辑也会为偶然的事件打断，历史往往会表现出一种多元的存在，戏剧性的场面常让人猝不及防。刘震云的《故乡天下黄花》，虽然讲述从民国到"土改"再到"文革"的一段历史，但作者并非按时间顺序，将故事作为意识形态注脚的宣教来言说，而是集中几件事件，说明偶然性对人物命运起落的影响。作者对人物的评价也非传统意义上的政治品评，而是道出人生无常的慨叹。《相会在 K 市》中的主人公，是位有着强烈爱国主义精神的大学生，却因为纯属误会，被他一心向往而又紧紧追随的革命队伍莫名其妙地枪毙了。在《宋朝故事》中，那位卖豆腐的蒋白成，靠着一连串的机遇竟然成了抗元英雄。他自己绝没想到，也从未努力过，他的人生低谷与巅峰完全是由机会和运气促成的。新历史主义小说家似乎要告诉人们：历史是复杂多变、无法把握的，一味相信必然性就像相信命运、相信神那样不可靠。

新历史主义小说的第四个特点就是以欲望叙事代替宏大的政治叙事。传统的历史小说都是在惊心动魄的阶级斗争、民族斗争的血腥搏杀中拉开帷幕的，宏大叙事就是直面刀光剑影的政治、军事交锋。为了政党、民族、阶级的利益，义无反顾的英雄们演绎出一场场惊天地、泣鬼神的壮丽史诗。新历史主义小说家却过于迷恋人性的缺点是一切人物行为的动力，有着明显的去英雄化倾向。他们信奉福柯的信条："一部性经验的变迁史即一部复杂而微妙的权力运作史"，[①]因而以人的欲望置换阶级斗争的规律。刘震云小说中波云诡谲的搏杀都源于人的权力欲望。《故乡天下黄花》中，持续几代人的冤仇谋杀都不是革命与反革命的较量那么简单，支配这一切的都为权力欲望所驱使。由于各派政治势力的拉锯仗让老百姓遭罪受害，村长不分青红皂白地把日本兵、八路军、中央军、土匪统统骂个狗血喷头。在百姓眼中，他们都是为了争权夺利而不顾人民死活的一丘之貉。《白鹿原》中，白灵由"国"到"共"，黑娃由"共"到"匪"再到"国"最后到"共"，鹿兆海先"共"再到"国"，他们的人生选择虽有偶然性因素驱使，但起决定作用的还是人的内心私欲。欲望的最大表现就是伴随权力而至的淫欲。正是这种欲望抒写特别

① 福柯：《性经验史》，佘碧平译，上海：上海人民出版社，2002 年，第 78 页。

是性欲抒写，成就了新历史主义小说别样的风景线。且不说这是否完全正确，但它明显受弗洛伊德精神分析心理学的影响而给历史动力的一种新的诠释，某种程度也未必不真实。

新历史主义小说的最后一个特点是，新历史主义小说并非正面描写历史，而是将历史推向幕后，讲述的是历史对百姓日常生活的影响，透过这一影响反观历史的是非得失。它以小观大，给人的不是厚实逼真的历史场面而是沉甸甸的历史感。在新历史主义小说家笔下，历史的煞有介事的标明，仅仅是一种修辞手段。余华就乐此不疲地在作品中标明“一九三四年”“一九八六年”“四月三日”，切不可信以为真事情就发生在某年某月。须兰更在《月黑风高》中明白写道：“你可以在一九五六年本地出版的《革命运动史》的第二十二页读到几行简单的字：施明武，男，二十九岁，中共党员，一九四〇年夏奉命去百草园一带寻找水匪蟹壳青，共商建立本地抗日水上游击队一事，随即失踪，至今下落不明。失踪原因、地点、时间不详。”你要真信以为真就上当受骗了。新历史主义小说家决不热衷于记录历史上发生的轰动事件，却乐于在政治事件背后写小人物日常生活的起落。王安忆的《长恨歌》，就是通过描写上海弄堂女儿王琦瑶坎坷的一生，写出新中国成立前后半个世纪的历史沧桑。从 20 世纪 40 年代到 80 年代，风云变幻的政治事件，无一不在王琦瑶身上折射出来，也无一不在上海里弄中激起反响。20 世纪 40 年代，十里洋场的纸醉金迷，王琦瑶如鱼得水畅游其间，她凭着自身的天姿丽质，一下成了红极一时的“上海小姐”，当了李大经的外室，穿金戴银、养尊处优。新中国成立后，对资本家进行改造，她断了生活来源，加上她的资产阶级小姐的情趣、做派，与工人当家作主的社会主潮格格不入而遭人鄙弃，她不得不脱下艳装，蛰居于里弄靠为人打针自食其力。20 世纪六七十年代，作为资产阶级娇小姐，她理所当然受到冲击。“文革”之后，她的女儿薇薇长成一朵花，适逢改革开放，她出入舞会，在家中开“派对”，日子又红火起来。后来女儿出国，她倍感孤独，终于死于非命。里弄生活的众生相，相当深刻地反映出时代变迁带给底层人的精神变化，让读者真切地感受到无处不在的历史脉搏的跳动。如果说《长恨歌》还不能视作典型的新历史主义小说的话，那么，阿来的《尘埃落定》就是以虚构的头人生活变迁，反映出西藏土司制度衰败瓦解的历史进程。作者以诗意的笔调，写川康地区麦其土司家族在20世纪上半叶的困兽之斗。麦其土司对外要同他周边八个土司进行争权夺利的斗争,对内又存在着土司与农奴之间的压迫与反压迫的斗争,家族中还存在着兄弟俩争夺土司继承权的斗争。麦其土司为了最大化地聚敛财富,引进鸦片、引进贸易,不惜与汪波土司开战。而为了增强自身势力、削弱对手力量,他与茸贡土司联姻,又联络"红汉人",购买武器,加强攻守,但却在贸易活动中中了别的土司的计,造成了梅毒的泛滥。大少爷被仇家杀害,风烛残年的老土司只得听任傻子二少爷一步步地抛弃土司家族的陈规陋习而走向土司制度的终结。

新历史主义小说的出现有其无可辩驳的合理性和其独特的认识价值、艺术价值,它无情地颠破了历史决定论的桎梏,解放了人们惯性的思维方式。它以人的欲望史、心灵史、性格史取代单一的阶级斗争史,展现出更为丰富深邃而又波澜壮阔、多姿多彩、原生态的历史画卷,让人更亲切地接近历史,弥补了传统历史小说先验的弊端,也为小人物如何以自己的方式参与历史的建构,给以令人心服的诠释。莫言的小说,从《透明的红萝卜》《红高粱》直到《蛙》,大都是用魔幻的手法演绎新历史主义的故事。他的作品的魅力,正是在内容上颠覆了长期受正统意识形态制约的历史说教,还原了一个丰富驳杂的原生态历史。当然,历史由于只能存在于文本中,我们了解的历史,必然只是语言制品,新历史主义小说讲述的也未必就是真实的历史,历史的真实其实永远无法被还原。于是,我们也就没有必要苛求新历史主义小说与传统历史小说哪个更真实,但新历史主义小说给人的历史感却是全新的。例如,新历史主义小说家自诩的追求细节、现象的真实,也只是他们一厢情愿的自我感觉罢了。莫言的小说《丰乳肥臀》借上官金童的口,细说日本兵血洗大栏镇后,一个日本军医用手倒提男婴,拍打刚生下的"死胎",终于救活了上官金童。这一细节的真实也只是作家想象的产物,它有意改写一概将日本兵妖魔化的教科书的说法,让人感到的只是人性的复杂性。所以,新历史主义小说与传统历史小说的真实,只是从宏观与微观的不同侧面接近历史,互相补充地使历史更为令人可信。何况,新历史主义小说欲望化的叙事手法,细腻的人物性格的刻画,多元的叙事视角,以及小中见大的透视法,也使20世纪90年代小说创作增加了独特的艺术魅力。当然,新历史主义小说也有矫枉过正之嫌,人的行为力量并非一味受性本能驾驭,理性的是非判断能力，包括受经济地位决定的政治立场，无一不在人的行动中起着更为重要的支配作用。而且，政治家、军事家、英雄人物的引领、鼓动作用也不可低估。我们不能从一个极端走向另一个极端。轰轰烈烈的政治斗争、你死我活的战争手段，对政权更迭、改朝换代，往往有着更直接、更高效的作用。况且，传统历史小说那气势雄浑、大气磅礴的战争场面描写，那善于渲染气氛、运筹帷幄、斗智斗勇的神来之笔，那叱咤风云、视死如归的英雄人物刻画，也能给新历史主义小说家以借鉴。总之，新历史主义小说与传统历史小说各有千秋，各有不足。两者互补而不可偏废，正像正史和野史一样，各有其不可替代的认识价值和艺术价值。

（《中国文学研究》2017 年第 3 期）

“古代文论现代转换”的必要性质疑

一、问题的提出

“古代文论现代转换”的讨论缘于曹顺庆提出的“失语症”。他在1995年发表的《21世纪中国文化发展战略与重建中国文论话语》一文中指出:“中国现当代文化基本上是借用西方的理论话语,而没有自己的话语,没有属于自己的一套文化表达、沟通和解读的理论和方法”,尤其严重的是“中国现当代文论已经失落了自我,没有一套属于自己的独特话语系统,而仅仅是承袭了西方文论的话语系统,我们没有自己的文论话语,一套自己特有的表达、沟通、解读的学术规则。我们一旦离开了西方文论话语,就几乎没办法说话,活生生一个学术哑巴,这种失语症是一种严重的文化病态”。

中国文论是否失语,众说纷纭。但问题的提出,却让人警觉,它让人们开始审视中国当下文论存在的许多问题。一些人对西方文论囫囵吞枣地盲目搬用,牵强附会地胡乱解释,望文生义地断章取义,造成概念满天飞、范畴遍地走,很难令人信服地解释中国当下文学现象,并导致了中国本土文论的大流失、大破坏。

怎样解决中国文论的失语症,曹顺庆从1996年10月在西安召开的“中国古代文论的现代转换”学术研讨会受到启发。他认为:应先返回自己的文化家园,从中国古代文论的现代转换入手来进行当代中国文论的重建。

中国古代文论的现代转换,牵涉到如何正确看待中国现代文论与中国传统文论、西方文论的关系,实质上就是如何对待传统与现代、继承与创新、西方与中国、互补与交融的问题。季羡林认为:“中国文论必须改弦更张,彻底摆脱西方文论的枷锁,回归自我,仔细检查、阐释我们几千年来使用的传统术语,在这个基础上建构我们自己的话语体系,然后回头来面对西方文论,不管是古代的,还是现代的,加以分析,取其精华,为我所用。”①张少康认为,中国现当代文论走的基本是“西学为体”“借胎生子”的道路,与古代文论不搭界,因而主张以古代文论作为当代文论的母体和本根。② 敏泽认为“古代文论的现代转换”的提法虽有合理成分,但作为建设新文论的原则存在明显局限,他指出“当代文论建设应立足于民族和时代的需要,走古今中外、广采博纳的综合创造之路”。③ 有人甚至异想天开地要用中国古代文论术语置换出理论著作中习见的西方概念,最终写出一本完全由中国古代文论术语构作的当代文论著作。

二、古代文论怎样进行现代转换

其实古代一切思想观念、思维方式无不在与时俱进中扬弃重建、吐故纳新,乃至现代转换,包括文艺思想、哲学思想、教育思想、伦理思想等。只是由于外在条件因素有时激进、有时平和而已。就伦理观念而言,今天谁还会认为“女子无才便是德”,谁还会要求妇女“三从四德”、从一而终?更不会要她们裹小脚、侍奉丈夫。古代文论也是这样,一切糟粕及不合时宜的内涵必遭淘汰,而那些精华部分血脉样存在于由新的概念范畴阐述的文艺思想中。我们不能因为这些宝贵的文论思想精华因用了现代的白话文表述,而产生“失语”的恐慌。这里再以伦理言说作比方,古人云“老吾老以及人之老,幼吾幼以及人之幼”,现代话就是“尊老爱幼”;古人云“三人行则必有吾师”,现代话是“谦虚好学”。这应该就是古代伦理学概念的现代转换,我们不会因此感到我国伦理领域的严重失语。如果一定要激活“老吾老以及人之老,幼吾幼以及人之幼”“三人行则必有吾师”,才能称之为古代伦理学的现代转换,这岂不令人喷饭。再说就失语而言,文艺理论并非“重灾区”,且不说自

① 季羡林:《门外中外文论絮语》,载《文学评论》,1996年第6期。

② 张少康:《走历史发展必由之路——论以古代文论为母体建设当代文艺学》,载《文学评论》,1997年第2期。

③ 敏泽:《综合创造论与我国文化与美学及文论的未来走向问题》,载《文艺研究》,1999年第3期。

然科学中，触目皆是西方的定义、概念，即便在人文社科领域，如法学、经济学、国家革命学说中，正宗国产的范畴也不多见。当我们言必称“马列”时，我们何曾感到“失语”的焦虑？

再就是，中国古代文论能否完全进行现代转换以抗衡西方文论的话语霸权，以及如何进行古代文论的现代转换，这是论争的另一焦点。

如众所述，中国以感兴为中心的传统文论，既有一定的优点，更有它明显的不足。不少学者清醒地认识到：中国古代的诗学理论缺少体系性、论辩性，它重领悟，带有较多的直观性、经验性。诚如朱光潜先生在《诗论》中所言：“诗学在中国不甚发达的原因大概不外两种。一般诗人与读诗人常存一种偏见，以为诗的精微奥妙可意会而不可言传，如经科学分析，则如七宝楼台，拆碎不成片段。其次，中国人的心理偏向重综合而不喜分析，长于直觉而短于逻辑的思考。谨严的分析与逻辑的归纳恰是治诗学者所需要的方法。”例如，司空图的文学风格论，向为后人称道。然而，何谓风格？风格如何形成？有无优劣之分？他都不作深究，只以二十四首四言诗描绘出二十四种风格的形态特点。“旷达”的特征是：“生者百岁，相去几何？欢乐苦短，忧愁实多。”论“劲健”则是：“行神如空，行气如虹，巫峡千寻，走云连风。”[①]刘勰论“风骨”，说风骨的作用：“辞之待骨，如体之树骸，情之含风，犹形之包气。”“若丰藻克赡，风骨不正，则振采失鲜，负声无力。”[②]生动的比喻，抹去了理论的深邃，它给人以智慧的点拨，却缺少条分缕析的阐释。王国维论“境界”，谈及境界的隔与不隔，也不作深入的理论界定，仅仅拈出一些诗句，让读者细细品味，仔细揣度。他说：“‘红杏枝头春意闹’，著一闹字，而境界全出。”[③]何以著一“闹”字，境界全出？一切尽在不言中。因为中国古代哲人认为，“目击道存，不可容声”，大道是不可言说的，“道可道，非常道”，一旦能用语言来解说道，那就不是道了。故而，那三言两语，只是启悟别人如何去冥契、体验，使大道了然于心。这与西方的诗学理论重分析、重论辩截然不同。中国古代的文学批评也是重整体感受，而不像西方那样重分肌擘理的阐释。

---

① 司空图：《二十四诗品》。

② 刘勰：《文心雕龙》。

③ 王国维：《人间词话》。

钟嵘评谢灵运的诗如“芙蓉出水”，颜延之的诗则如“错彩镂金”。[①] 王国维说：“温飞卿之词，句秀也。韦端己之词，骨秀也。李重光之词，神秀也。”[②]这都是评论家凭着敏锐的鉴赏力直觉把握的印象，而非严密的分析得出的科学结论。而且，正如有人指出的那样，中国古代文论概念大都是类概念而非西方完全抽象了的纯概念，类概念介于具象与抽象之间，因而多义而不确指，模糊而不清晰。如气、势、理、神等概念，不同的学科都使用这些范畴，而这些范畴在不同学科中有着虽近似却不尽相同的含义，有时只能借助于联想与猜测，并在上下文的提示下，才能大致了解文中所指。这样，概念的多义性就会使它们在不同语境中因内涵的不同，造成理解的歧义，这便为缜密的文论著作的写作带来很大困难。如果我们硬要用“文气”代替“风格”，“神思”取代“形象思维”，“顿悟”置换“灵感”，我们的文艺理论著作便真会“文无达诂”了。

三、比较文学的启示

中国古代文明是与西方有较大差异的异质文明。作为当今显学之一的比较文学进行跨异质文明的比较，决不是厚此薄彼、取彼代此，不会为了狭隘的民族主义情绪影响科学、真理的发展。比较文学的根本价值在于，它突破了井中之蛙的视域局限，为文学研究开辟了新的思路，提供了一种重新审视我们民族文学在世界文学格局中价值、地位的参照系。它在各种文化的发展脉络背景上，不仅使我们充分认识我们民族文化的特点与伟大，也烛照出我们民族文化的不足与渺小。从而，使我们能更清楚地把握自身，扬长避短地发展自己。我们不避讳我国古代文论有着偏重感悟、直观带来的缺陷，一味抱残守缺就会窒息中国现代文论的进步。台湾学者古添洪和陈慧桦，在其合写的《比较文学之垦拓在台湾》一书中的“序言”中说得十分明确：“我国文学，丰富含蓄，但对于研究文学的方法，却缺少系统性，缺乏既能深探本源又能平实可辨的理论，故晚近受西方训练的中国学者，回头研究中国古典或近代文学时，即援用西方的理论和方法，以开发中国文学的宝藏。”这当然

① 钟嵘：《诗品》。

② 王国维：《人间词话》。

有着以偏概全的偏见，但也确实指出了中国古代文论的致命弱点。重要的是他们由此导致了比较文学中国学派“阐发法”这一新的研究方法的产生，使得中西方古代文论可以平等地互证互参，克服各自的片面，谋求现代文论更为科学的发展。中国古代一些有价值的文论正是在西方文论的参照、启发下，发掘自身潜能，焕发了新的生命而为现代文论家重视，从而纳入现代文论体系中。同时，中国古代文论还可以弥补、纠正西方文论因批评对象的狭隘造成的某些缺憾与不足，这正是中国古代文论现代转换的重要途径。例如朱光潜运用克罗齐的“直觉说”、里普斯的“移情说”，对王国维的境界说作了精到的分析与发挥。王国维说：“境，非独谓景物也。喜怒哀乐，亦人心中之一境界。”[①]朱光潜对此阐述道：“诗是人生世相的反映”，“诗对于人生世相必有取舍，有剪裁……必有作者的性格和情趣的浸润渗透”。境界就是情景合一的产物。朱光潜接着用西方的移情理论来说明“内在的情趣常和外来的意象相融合而互相影响”。[②] 这正是情景相融的好境界，也是移情产生的美好诗境。移情作用不仅仅是将主观的情感外射到物的身上，而且也由物及我，最后达到一切景语皆情语，物我同一的地步。好诗的境界就在于“在刹那间见终古，在微尘中显大千，在有限中寓无限”，[③]而这境界的获得，朱光潜认为必须摒除理性的判断，他说“诗的境界是用直觉见出来的”。[④] 朱光潜将西方的移情说、直觉说与王国维的境界说互参互证，从而使中国古代的境界说赋予了现代文论的生命，并给西方文论普遍重再现而忽略表现的作品作了很好的纠偏。这正是古代境界理论现代转换的典范。

比较文学确能帮助人们从更宽阔的视野总结文学的普遍规律，概括更为丰富的文化现象，推动文学研究更深广的发展。正如奥尔德里奇在《比较文学：内容与方法》中所说：“比较文学并不是把民族文学拿来一国对一国的

---

① 王国维：《人间词话》。

② 朱光潜：《朱光潜美学文学论文选集》，长沙：湖南人民出版社，1980 年，第 189 页。

③ 朱光潜：《朱光潜美学文学论文选集》，长沙：湖南人民出版社，1980 年，第 186 页。

④ 朱光潜：《朱光潜美学文学论文选集》，长沙：湖南人民出版社，1980 年，第 187 页。

比较，而是在研究某一民族文学时，比较文学提供扩大了研究者视野的方法——使他能够超越狭隘的国家界限，去考察不同民族文化中的潮流与运动，认识文学与人类活动其他领域之间的种种关系。”

当然，盲目迷信西方的一切，滥用西方某些似是而非的概念挤兑中国古代文论中有生命力的术语，甚至一味拾西方人的余唾，牵强附会地在理论著作中堆砌半通不通的西方概念，以炫耀自己的博学，这确实令人不齿。其实，活跃在当下中国文论界、富有生命力的西方文论都经过“创造性叛逆”的变异过程。由于中西文明的巨大差异，当西方文论进入我国时，必然会使原有的文化信息在异质文明的过滤下，发生失落、变异与误读，这是一种必不可免的规律性现象，这种变异现象的发生恰恰有利于他国文论在本国文化基地的落根、发展与运用。对西方文论研究不了解文化过滤导致的变异的必然性，一味强调西方文论的原汁原味，这种“唯真”而永远不能实现“唯真”的理论移植，只会产生生搬硬套、削足适履的悲哀。因此，我们在强调中国“古代文论现代转换”的同时，也要看到“西方文论中国转换”的必然性，这就不至于产生因“失语”而导致的“民族主义”偏激情感。

中西文论产生于各自不同的文化背景，并在各自独立的历史发展中形成了相对稳定的特色，因而有着极强的互补性。长期以来，中国重农抑商的经济基础、宗法制的封建政权以及天人合一的哲学观，必然形成以抒情文学为本位的独特文学景观。而西方那种富于冒险的商业活动、重法制轻人伦的政治制度以及天人对立的哲学观，便造成了西方叙事文学的高度繁荣。由此建立起来的中西文学理论，也就有着各自相对的长处。中国古代文论中的“物感”“意境”等术语，作为与西方文论中“摹仿”“典型”的对等概念，自有其不可替代的生命力而被文论教材普遍采用，这决不是人为的“转换”“包装”所能达到的效果。

韦勒克在《比较文学的名称和实质》中指出：“比较文学要从国际的角度来研究一切文学。”文学，作为人类审美地把握世界的一种方式，作为人类一种精神活动的表露，必然具有世界的共同性、各民族的一致性，即都是要表现人类共有的生命形式和体验形式。因而，任何民族的文学理论试图解决的根本问题都不外是回答文学是什么、文学有怎样的价值、文学存在的形式及作家的感受方式等等。然而，任何一个民族的文学理论，由于其文化背景、文学形态的局限，都不可能完备地、科学地回答这所有的问题。它们只是从不同侧面深入揭示了文学的某些特质，从不同角度解决了人们和生活向文学提出的某些问题、或某个层面的问题。如果每一个民族都囿于门户之见，拒绝吸纳其他民族文论的精华，那么，臻于完善的科学文论体系就永远建立不起来。中国古代文论的精华也就不可能成为世界文论宝库中的一部分而为其他民族认同。

历史上的中华民族一度是具有兼收并蓄开放意识的民族，其传统文化也是在不断吸纳外来民族文化营养的基础上发展起来的。而近代中华民族的抱残守缺，几使五千年文明古国毁于一旦。

当今，为发展我国的现代文学理论，繁荣我国的文学创作，我们决不能因“失语症”的恐慌而拒西方文论精华于门外。鲁迅先生一再倡言“求新声于异邦”，鼓吹“拿来主义”，正是为此目的。王元化先生在《学术集林》第六卷“编余杂谈”中说：“研究中国文化不能以西学为坐标，但必须以西学为参照系。中国文化不是一个封闭系统。不同的文化是应该互相开放、互相影响、互相吸取的。”这同样可以作为中西文论研究的准则。“失语症”失掉的只能是被时代证明是没有生命力的概念、话语。我们只有站在全球化的高度，才能真正梳理出我国古代文论的优劣高下，从而使我国古代文论的精华永久地焕发出生命的光彩。

“生态文艺学”“生态美学”的学理性质疑

“生态文艺学”“生态美学”的“大胆命名”已逾三年了,然而对它们学理性的“小心求证”,至今未见令人信服的硕果。

国内“生态文艺学”“生态美学”的产生,受益于20世纪70—80年代在美英崛起的“生态批评”的影响。这种生态批评是西方文化领域对日益恶化的地球自然生态与人类精神生态反思的产物。它的批评对象开始限于“环境文学”,以后扩大到“文学研究的绿色化运动”。诚如美国学者格罗德菲尔蒂教授所言:生态批评是“关于文学与物质的环境关系的研究”,“生态批评运用一种以地球为中心的方法研究文学”。[①] 格罗德菲尔蒂的前一句话揭示出生态批评的对象是“文学与物质环境关系”,即通过生态批评促进文学创作关注生态保护的题材,提高人们的生态意识。由此,规定了生态批评是以生态创作为批评对象,警示人们不能再漠视地球生态状况的恶化,这显然是可行的。她的后一句话意在规定生态批评的方法,但这方法究竟是什么,语焉未详。何为以地球为中心的方法?难道批评方法还有以地球为中心、以太阳为中心、以人为中心的区别吗?我的理解,以地球为中心的批评,就是站在地球生态的立场,开展对生态创作的批评。这是对前一句话同义反复的强调。如果说生态批评虽然在方法上未能有新的突破,但批评对象的独特性仍能有其存在的合法性,那么“生态文艺学”“生态美学”就连这种合法的身份也不具备。

2002年7月,《文艺报》发表了张虎升、朱建东的文章《生态文艺学在当

① 转引自刘蓓:《生态批评研究考评》,载《文艺理论研究》,2004年第2期。

前的发展趋势》,由此生态文艺学、生态美学获得了面世的资格,引起各路学者的关注。不少人认为:生态文艺学、生态美学的诞生,是时代的必然。因为我国的生态状况已到了令人发指的危险境地:“环境污染严重;荒漠化和水资源极度匮乏;不可再生资源迅速枯竭。”[①]学者们拍案而起,仗义执言:“仅从保护生态这一层面而言,生态文艺学的诞生,就有着不容低估的重大意义。”[②]用心可谓良苦。然而,为了突出或解决某一社会问题,就不管其有无学理性的支撑,臆造一门学科,此乃学者之大忌。这种为情感遮蔽的学术良心无助于人类生存问题的解决。试想,当今世界,危害人类生存的又岂止一个生态问题。国外的“反恐”,国内的“三农”,乃至艾滋病问题,哪一样不都令人心悸?那么,我们的文论界是否就要产生“反恐文艺学”“三农文艺学”“艾滋病文艺学”以引起世人疗救的注意呢?

还有人指出:“这些新学科与传统学科的不同在于它批判了人类中心主义”的偏执与狂妄,使人类中心主义让位于自然中心主义。这显然是天方夜谭似的自欺欺人。康德说过:人是最后的目的。人的一切行为无不为人着想。只不过为人着想的着眼点有眼前利益与长远利益之分罢了。有识之士焦虑于人的生存环境恶化,抨击人对大自然竭泽而渔的掠夺,呼吁生态平衡,其根本还在于保护人的长远利益,人本主义立场丝毫没有位移,人仍然是这一绿色文化运动的出发点和终结目的。

一门学科的建立,当有其迥异于别种学科的学理支撑,即便是一个范畴的提出,也应有明确的理论界定。否则,其合法身份就会遭到质疑而被视为伪学科、伪范畴。

那么,什么是生态文艺学呢?它的学理性何在呢?

生态文艺学、文艺生态学,有人认为二者所指相同:“那就是都承认文艺学应当与生态学相结合而形成一门新的学科。”[③]其实,生态与文艺词序的颠倒,学科的类别就有了根本的不同。生态文艺学的中心词是文艺学,因而它具有和曾经出现的信息论文艺学、控制论文艺学一样性质的学科,统属于文

① 王诺:《不能坍塌的生态长城》,载《社会科学报》,2002 年 9 月 5 日。

② 蔡同庆:《生态文艺学:崛起与困境——兼述中国首届生态文艺学学科建设研讨会》,载《苏州大学学报》,2003 年第 2 期。

③ 刘锋杰:《“生态文艺学”的理论之路》,载《安徽师范大学学报》,2003 年第 6 期。

艺学这一大类别，是文艺学的不同分支，而文艺生态学，则由于中心词为生态学，应归于生态学这一大类，它与工业生态学、农业生态学等具有同样的分支性质。

生态文艺学的定义，鲁枢元教授是这样说的："生态文艺学将试图探讨文学艺术与地球生态系统的关系，进而运用现代生态学的观点来审视文学艺术。"[①]这里，"探讨文学艺术与地球生态系统的关系"，可以看作这一学科的重点在于鼓励作家创作有关生态问题的作品，并在作品中宣扬环保意识，以提高人们重视生态平衡，保卫绿色家园的认识。显然，这种理论旨在催生绿色文学。然而仅仅着眼于这一思想认识层面的需要，在不具备独立的研究对象、研究内容、研究方法、研究目的的前提下，其学科的合法性确实难得成立。生态文学之所以站住脚，在于它并不突破文学这一大框架，它是和军事文学一样，仅在题材与主题上显示与其他文学类别的不同内涵。如果要唤起人们对生态环境恶化的警觉，生态文学足以胜任。标举"生态文艺学"新学科的目的如仅在此，就有画蛇添足之嫌了。传统的文艺学难道对生态文学作品不能进行理论概括与指导，而需另创一套语码、范畴，来揭示出生态文学的独特规律？或者生态文学必得依赖于生态文艺学独特理论的总结、提升，才能促进生态文学的繁荣吗？倘如此，军事文艺学等名目繁多的文艺学也就会雨后春笋般地涌现，这显然难为人接受。至于"运用现代生态学的观点来审视文学艺术"更令人费解。现代生态学的观点怎样审视文学艺术？是要求文学艺术的内容体现"乐而不淫，哀而不伤"的中和原则？是要求文学艺术本身的形式因素与内容因素具有生态平衡的效果？还是要求各门类艺术品种的协调发展、相互促进？即使是这些，也都没有突破传统文艺学的研究范围。还有人认为建立生态文艺学"借此反思人类在文化上、历史上的错误，反思人们对待自然的错误的态度和观念，以重新定位人和自然的关系"，或者"反思人类中心主义的价值观"；或在扬弃人类中心主义的基础上，指出："发挥文学的审美功能，以文学研究促进人的内部自然的回

① 鲁枢元：《生态文艺学》，西安：陕西人民教育出版社，2000 年。

归”,[1]我以为这也不必兴师动众地创建“生态文艺学”新学科,钱中文先生提出的“新理性主义”,足以涵盖这些精神内涵了。

曾永成先生提出建立“文艺生态学”,那是生态学家的事情。生态学家认为有必要,当然可以在“工业生态学”“农业生态学”“园林生态学”之外再建立“文艺生态学”,以要求文艺学要有生态的特征、生态的形式、生态的意义,文论家自然不懂如何才能达此目的。

再谈“生态美学”。与生态文学一样,作为某一个阶段对美学、文艺学研究领域的强调,或是对某一独特研究视角的重视,以丰富传统的文艺学、美学的内涵,这无可厚非。如作为一门学科提出,试图找出它对传统学科的质的飞跃,则为时太早。生态美学同样不能完成对“人类中心主义”的突破,生态美学是人所建立,它必然要保护人的根本利益、长远利益,牺牲、放弃人类的局部利益、暂时利益,说到底仍然是以人类为中心的理论构想。同样,生态美学也无法完成由实践美学到存在论美学的转移。实践美学与存在论美学虽各有侧重,却并非完全对立。存在是实践的存在,生态既在实践,也在存在。萨特明确说过:“人不外是人所设计的蓝图。人实现自己有多少,他就有多少的存在。因此,他就只是他的行动的总体;他就只是他的生活。”[2]人是实践的主体,也是存在的主体,人对自然进行属人的占有,才有美的存在。自然的“人化”正是人的实践的产物,体现了人的本质力量,自然才能成为美的对象,这是不言而喻的。刘锋杰先生说:“除了按照美的规律造型外,还需按照生态的规律进行造型,才能确切地揭示生态美学的活动本质。”[3]人们不禁要问:难道生态的规律不是美的一种规律吗?美的规律还有非生态的规律?中国古代哲人早就说过“美是和谐”,这里的和谐不仅指人与人的和谐,更指人与自然的和谐,正所谓“天人合一”。所以从某种角度来说,美学就是生态美学。当然,如果视生态美学限于研究生态美,目的在于增强人的生态意识,那么生态美学可以与“科技美学”“建筑美学”一样,成为美学下面的一个部门美学。但若强调生态美学不同于传统美学之处在于生态美学

---

① 蔡同庆:《生态文艺学:崛起与困境——兼述中国首届生态文艺学学科建设研讨会》,载《苏州大学学报》,2003年第2期。

② 萨特:《存在主义是一种人道主义》,上海:上海译文出版社,1988年。

③ 刘锋杰:《“生态文艺学”的理论之路》,载《安徽师范大学学报》,2003年第6期。

贯穿着生态意识，重视美的自然、自由品性，而传统美学不具有这样特点，这就大错特错了。人在自身的“人化”过程中，必然追求合规律性与合目的性的统一，从而日渐逼近大美的境界。合规律性正强调人不能随心所欲地违背自然规律，而要顺乎自然的发展；合目的性就是承认生态平衡对于人类生存的意义。由此，人类在合规律性与合目的性的追求中，感受到美的自然意蕴，领悟到美的自由品质，而这一切又正是人的本质对象化的必然产物。中国古代的“畅神”说、“虚静”说，西方的“移情”说，无不触及“物我两忘”“以物观物”的审美境界，让人品味到美的自由大化的本质意蕴。曾繁仁先生指出：生态美学“不是一个新的美学学科而是美学学科在当前生态文明新时代的新发展、新视角、新延伸和新立场，是一种包含生态纬度的当代生态存在论审美观”。[①] 这正是严谨学者深思熟虑后应持有的理性态度。

我们曾经有过信息论文艺学、控制论文艺学、系统论美学等五花八门的新学科，然而曾几何时，它们都化为昙花一现的匆匆过客。我们不是保守主义者，并不一概反对新学科的建立，更不反对传统学科的与时俱进，但我们期盼的是具有厚实学理性支撑的新学科，使我们沉闷的理论界，焕发出生机与活力，推动理论的不断创新与进步，而人为炒作造成的理论界虚假的繁荣，必然像“鸟鸣林更幽”一样，反衬出当今学术界的寂寞与无奈。

（《学术界》2006 年第 3 期）

① 曾繁仁：《生态美学：一种具有中国特色的当代美学观念》，载《中华文化研究》，2005 年第 4 期。

“互联网+文学”的艺术特征及其评价标准

“互联网+文学”的发展是时代的必然，它有着令人惊叹的艺术魅力，有着不可限量的广阔前途。然而，无可讳言，它的不足与缺陷也是有目共睹的。题材的集群现象、情节的模式化以及语言的过度口语化乃至糟粕化限制了“互联网+文学”的广泛流传。总的来说，“互联网+文学”的精品与其庞大的数量是不相称的。我们相信并有理由期待随着互联网技术的日新月异与更广普及，更多的优秀作家加入网络写作，更多成熟的读者与评论家进入网络阅读、改写与点评中，“互联网+文学”必定会有更辉煌的未来。

一、为什么用“互联网+文学”取代网络文学

用“互联网+文学”取代“网络文学”似不被人看好。但那仅仅是“网络文学”使用较早，被人用习惯且简略而已。用“互联网+文学”取代“网络文学”理由有二：首先，它体现出与时俱进的时代特点。它与“互联网+”这一政府提倡的新经济名称有着同构联想。2015年7月4日，国务院印发了《关于积极推进“互联网+”行动的指导意见》，明确定位“互联网+”在未来的发展导向。由此，“互联网+”这一概念不胫而走，成为人人耳熟能详的术语深入人心。我相信“互联网+文学”名称也会很快风行艺术界而得到大众首肯。其次，更重要的是，它能避免仅凭“网络文学”字面意义造成误判。不少人会错误地认为，凡是网络上的文学就是网络文学，而忽视“网络文学”必须是网络原创文学。当有人把在网上阅读罗贯中的《三国演义》称为“网络文学”时，会使多少人哑然失笑。须知“互联网+文学”决不等同于“文学+互联网”。“互联网+文学”由于清晰地区分出“文学+互联网”，就可以避免错

误地认为将文学搬到互联网上就是“网络文学”。因为“文学＋互联网”那才是“印刷文学的网络化”，而“互联网＋文学”强调的是“网络原创文学”，即用互联网思维、互联网手段创作的一种全新的文学艺术。因而，它确比“网络文学”更能明确地体现这一文学新样式的特点。互联网的基本作用就是互联互通，从而改变了人们的交往方式、生活方式乃至思维方式，产生了新的产业、新的艺术。许鹏认为新媒体相对于旧媒体而言，是“建立在多媒体计算机和互联网技术基础上的信息传播媒介”①，由此，“互联网＋文学”就必然与纸媒文学有着质的区别，互联网的便捷性、随意性、交互性，就决不等同于纸质文学的正襟危坐的“两句三年得，一吟双泪流”的苦苦思索，也无须作者叹息自己的作品难为人理解“都云作者痴，谁解其中味”的深刻性。

“互联网＋文学”通俗易懂地突出和强调了运用互联网创作手段创作文艺作品引发的一系列网络文艺新特征及评价体系的变更。许鹏认为：新媒体艺术是“以数字多媒体及互联网技术为支撑，在创作、承载、传播、鉴赏和批评等艺术行为方式上推陈出新，进而在艺术审美的感觉、体验和思维等方面产生深刻变革的新型艺术形态”。② “互联网＋文学”突破了传统的书写印刷文学的直线性、平面性和静态化特点，而体现出多向动态交互性、具有浓厚的后现代艺术特征。

“互联网＋文学”的产生有三个重要因素：

一是互联网的高速发展与普及。当今互联网已成为继报刊、户外、广播、电视之外的第五媒体。据统计，中国大陆网民已达 7 亿之众，在网上阅读文学作品也逾 3 亿之多。

二是大众文学的勃兴。我国当下工业化和城市化进程的加速，造成大众文化的空前发达。工业化社会与商品经济时代的现实生活必然使文学艺术的消费观念油然泛起，成为艺术创造的支配力量，由此导致由消费者预订产品，产品的市场价格决定创作方向及数量的现象。工业化社会的高物质享受型的社会特点，决定相当一部分人要付出艰辛的超负荷的劳动，而强烈

① 许鹏：《新媒体艺术研究的理论设定与网络文学的研究视野》，载《中国人民大学学报》，2013 年第 1 期。

② 许鹏：《新媒体艺术研究的理论设定与网络文学的研究视野》，载《中国人民大学学报》，2013 年第 1 期。

的竞争机制则使人心身疲惫地痛感活得“太累”。后现代派理论家瞄准后工业社会人的精神需要，为使近乎崩溃的人生节奏加以缓释，便把艺术作为调剂精神压力的重要商品，高价推向社会。适应精神缓冲剂的商品品性，艺术不再追求高雅与纯美，而以刹那的刺激、疯狂的纵欲来补偿精神的压抑、心灵的空虚。正像食品饮料满足人身体的饥渴一样，文学艺术也被用作填补精神的饥渴。艺术鼓励人们在轻松的阅读中忘记紧张的生存状况，悚身一摇进入甜美的梦境。当今中国，文化水平不高的农民工涌入城市，高负荷、单调的机械化劳作，使得他们急需娱乐性、搞笑型、调侃型的大众文化，缓解城市疲劳症带来的心理焦虑。在大众文化的社会态势下，传统的阅读关系、阅读对象都发生了改变，当任何物品都可能成为商品流向大众时，文化的世俗化在所难免，传统文学艺术在商品化的大潮中，必然走向商业化，与商业共谋，有时甚至被同化，渗透到生活的各个领域。詹姆逊在《后现代主义与消费社会》中指出：“消费社会或现代主义已经打破了传统艺术和生活的界限，艺术成为商品已经成为普遍的文化景观。文化已从那种特定的文化圈层中扩张出来，进入了人们的日常生活，成为消费品。”

三是后现代美学观的广泛流行。这无疑为“互联网＋文学”的创作，提供了新的文学理念、新的创作原则、新的表现手法。首先，后现代作家根本不承认小说这一样式的存在，完全混淆小说与非小说的区别，他们提出了所谓“反小说”“元小说”“关于小说的小说”这样一些不着边际的概念，对传统小说的形式与“叙述”本身进行彻底的不留情面的解构。他们声称：现实是语言造就的，虚假的语言造就了虚假的现实，小说的使命不是要用虚假的故事去反映虚假的现实，而是把现实的虚假与故事的虚构展现在读者面前，促使他们去思考人生。而且，不仅仅小说失去了类的特征，小说与其他体裁的界限也被完全突破，其他文学体裁乃至新闻体裁、评论体裁的技巧、手法统统融于小说技巧之中，使人分不清也没有必要分清这是一种什么样的文学样式。其次一个特点就是深度消失。他们不再追求作品历史性的深度，而将历史性转换为空间性的、多元并置的、共时性的存在状态。打破叙事的完整性和话语的统一感，强调非完整性，强调表述生命、历史和时间的零散化。后现代作家都认为小说文本没有统一的意义核心，他们拒绝承担作品意义的许诺，而把小说的写作仅仅视为“能指的延续”。作家创作的兴趣就是做文字游戏，而任由读者自己去发明无穷多的意义。由此，造成后现代作品平面化的语言堆砌。有人甚至公然宣称：写作就是运用符号这副牌来创造意义。从而造成后现代拼贴手法的反复使用。最后则是距离消失。这里的距离既指艺术与生活的距离，也指创作主体与客体的距离，还指作家与读者的距离。距离的消失意味着二者之间的不可逾越的鸿沟填平，界限的不复存在。由于主体的消失、价值的颠覆，作品失去了深度和历史感，仅仅成了具有作用于人感官的刺激物，作品只强调欲望本身，也就没有任何启发和激扬的功能。一切归于语言的游戏，游戏本身也就是游戏目的。如此一来，单一、平面化、欲望化的创作也就不可避免。由于一切意义的不复存在，后现代派作家的创作也就醉心于反讽、拼贴与蒙太奇的运用。他们在小说中，对所谓的历史事件进行随心所欲的“戏说”，使历史成为作家借题发挥的当下史，让真实性在嘲弄的戏说中被粉碎。

正是后现代艺术强调的非中心化、无边界、开放性、块茎式、广泛互文等观念，使得“互联网＋文学”突破了传统文学的羁绊与藩篱，获得了新的生命。

新观念与新媒介的完美结合，终于催生了新的艺术的诞生。因而，我们只有从大众文化的视野下，立足后现代艺术的理论立场，才能真正把握“互联网＋文学”的艺术特征。

二、“互联网＋文学”的主要特征

笔者认为“互联网＋文学”的艺术特征主要有以下几点：

1. 情节发展的不确定性，故事结局的多变性。

前面所说，“互联网＋文学”的产生，深受后现代理论的影响，后现代理论不仅仅否定小说与其他体裁的界限，也完全突破作者与读者的界限。“互联网＋文学”中，读者与作者不仅互动性大大增强，甚至角度可以变动。“互联网＋文学”无须经出版商的中介环节，不需要编辑审稿、主编签发，便可直接供读者网上阅读。读者可以边阅读、边发表感想体会，边批评，甚至可以动手改写、续写故事，由此对故事情节的发展起了至关重要的作用。1999年，新浪网上有一批年轻作家与网民共同续写网络接龙小说《网上跑过斑点狗》，“花脸道”网站开展了“花脸道双媒互动小说接龙”活动，“榕树下”网站出现了网友接龙小说《城市的绿地》等等。这类只有通过电脑才能创作、通过网络才能欣赏的作品，是真正的“互联网＋文学”，由此必然形成“互联网＋文学”的一个重要特点：情节发展的不确定性，故事结局的多变性。

2.“互联网＋文学”内容的心灵化、情绪化。

“互联网＋文学”中，创作主体是虚位的，真实身份是隐匿的，特别是网络接龙小说，根本不知道谁是作者，因而创作主体无须顾及编辑的要求、大众的口味，也不怕别人说三道四，可以更自由地、信马由缰地宣泄心灵的不快、创痛、愤懑、欢乐、喜悦，使得创作主体更在意一种心灵化、自我化、情绪化的表达。以一种完全开放、毫无拘束的心态，任意坦露个人的心扉，满足快意言说和情感宣泄的愿望，感到自我存在的喜悦。因为“在网上没有人知道你是一条狗”。[①] “互联网＋文学”的题材以言情与穿越类为多，小说的主人公更以女性为最。特别是一些女性作家写的穿越小说，这些作者“希望自身地位能够得到认可，既然现代无法认可，那便穿越到古代，放到小说中去。我们似乎可以把它看作是当代女性要求自身地位的另一种呼唤”。[②]

一般来说，女性在社会中情感压抑相对严重，一些女性作家便在“互联网＋文学”中，大胆书写自己对性的渴望，借助作品与古人谈情说爱，乃至恣意意淫。如《梦回大清》中的小薇和十三阿哥、《绾青丝》中的叶海花与安远兮等，作者在书写的幻想中，借笔下人物的所言所为，满足自己性与爱的需求。特别是安妮宝贝的《告别薇安》，女主人公一反传统小说中女主人公含蓄婉转的爱情表达，而以直接露骨的表白，坦露女性的精神空虚。

3.在线交互的游戏性。

正因为“互联网＋文学”读者与作者的互动性及创作主体的虚位性，也就产生了作者在线交互游戏的特点。特别在网友接龙小说中，每个创作主体的真实身份是隐匿的，在线写作也都由着个人的兴趣爱好、此时的心情好坏，随意涂抹情节、嬉笑怒骂地游戏人生，造成“互联网＋文学”内容的游戏性十足。甚至有些网友可以在一旁恣意攻击、评论作品，打情骂俏地挖苦讽

---

① 陈传万、薛娟：《试论网络文本对当代文学发展的影响》，载《阜阳师范学院学报》，2005年第5期。

② 吴心怡：《穿越小说的基本模式与特点》，载《当代阅读》，2012年第1期。

刺作品。还有些出名的小说作家，有着自己的书友群、QQ群，直接与书迷们互动，讨论情节的发展。在这些真真假假的笑骂交流中，每个人都得到个人价值的显现，产生了淋漓酣畅的快感。《三顾茅庐之搞笑版》中，“三顾茅庐”变成了“三顾茅厕”。《悟空传》中，师徒四人哪里是在取经，分明是在为谋生而为如来佛打工。网络写手的动机就是为了游戏娱乐。诚如宁财神所说：“我写东西纯属扯蛋，能成名我自己都弄不明白怎么回事。”

4.“互联网＋文学”语言的新颖性。

“互联网＋文学”语言是时代和媒体演化产生的新语言。伴随网络的发展，数字化是其重要特点，因而造成网络的新词语层出不穷。数字语言有：584我发誓，885帮帮我，520我爱你，7456气死我了，886再见了，7758就是亲亲我吧。还有字母语言：MM、GG指代妹妹和哥哥，BL意为男孩之间的爱；以及表意语言：“恐龙”代表丑女，“大虾”意为超级网虫。甚至还有表达各种表情的脸谱语言，如笑、哭、怒等。这些网络语言幽默活泼，充满朝气，不少网络语言口语化突出，简短零碎、直观易懂。在《凉生，我们可不可以不忧伤》中，作者笑骂道：“奶奶的，你秀豆了。”“秀豆”就指“意识犯傻，脑袋转不过来”。“互联网＋文学”中还有一个经典的词“石化”，谁能想到它是指人为某事惊讶而瞬间变成石头般呆傻。作家徐坤说得好：“网络在线书写就是越简洁越好，越出其不意越好，写出来的话，越不像个话的样子越好。”[①]这一方面造成“互联网＋文学”语言生动新颖，充满活力，给人耳目一新的感觉，但另一方面也造成读者的阅读难度。

5.表现手段的多样性。

“互联网＋文学”可以做到象、音、文相结合，即动画、声音与文字结合，内容的表达更具直观性、趣味性。“互联网＋文学”的文本形态是一种超文本的多媒体语言，作者可以充分地利用多媒体技术，将各种图片、声音、动画组合在一起，从而给读者带来一种全新的阅读体验。此外，“互联网＋文学”还能用穿越、架空等手段来表现时空转换。穿越是指现代人由于种种意外事故回到古代或外国。意外事故一般有车祸、雷劈、失忆、疾病、电击等。《步步惊心》中的现代人张晓，因遭受电击而回到清朝。也有因时空隧道突

① 徐坤：《网络是个什么东西》，载《作家》，2000年第5期。

然开启而坠入另一时空，如《宫锁心玉》中的晴川就是如此。也还有人为地推送而造成时空穿越，如《交错时光的爱恋》。架空“是指穿越人物所到达的时空是不能确定的历史时期”，[①]因而它比穿越有着更大的想象空间和浪漫情怀。如《绾青丝》中的叶海花借助鬼神之力借尸还魂，成了古代女子蔚蓝雪。作者通过想象随意附会，小说具有更强的神秘色彩。这一手段尤其在玄幻类的作品中运用得炉火纯青，使作品引人入胜，令人欲罢不能。

6. 光怪陆离的叙事方式。

“互联网＋文学”中普遍存在着叙述背景虚拟化的倾向，这就产生一种“超真实”的架空叙事的方式。年轻的作者普遍渴望冒险探索，他们希冀超脱现实的藩篱，渴望颠覆庸常的生活格局，用想象的理想世界弥补现实世界的缺陷，往往凭借现代意识在“互联网＋文学”中展开一系列奇幻多彩的旅程，由此造成“超真实”架空叙事手法的运用。此外流行的无厘头叙事也颇具特色。年轻的互联网小说写手凭着年轻人的大胆与任性，颠覆神圣、蔑视崇高、消解深度、拒斥权威，他们喜欢以嘲弄和戏耍的旁观者姿态，求得一种虚无的狂欢与快感。民间叙事也是“互联网＋文学”的另一重要方式。“互联网＋文学”本来就是一种平民文学。写手们大部分来自民间，他们写作的本意就是获得参与写作的快感，故而他们一般蔑视宏大叙事，用一种戏拟的叙事方式，描写庸常的社会生活，抒写普通人的爱恨情仇，在一地鸡毛中展示原生态的民众气息。

三、“互联网＋文学”的评价标准

“互联网＋文学”是文学的一支，因而它的评价标准既有一般文学评价标准的共性，也有作为“互联网＋文学”评价标准的特殊性。这种特殊的评价标准主要见于以下几点：

1. 情感宣泄的健康性。

由于“互联网＋文学”的作者是匿名的，任何人都可以痛快淋漓地宣泄内心的愤懑、压抑甚至出格的情感，因而“互联网＋文学”作者的情感宣泄显

---

① 康桥：《论网络小说中的穿越、重生、架空问题》，载《中国现代文学研究丛刊》，2010年第10期。

得特别的大胆与开放，加上互联网的包容性，一些颇具争议的话题也伴随令人瞠目结舌的情感宣泄活跃在“互联网＋文学”中，这就难免造成泥沙俱下的现象。特别是文学在令人津津乐道的性话题上，“互联网＋文学”中畸恋、虐恋、禁忌恋、性倒错的题材屡见不鲜，而宣扬同性恋的“耽美”“百合”的作品更是博人眼球。虽然这类作品有让人了解人群生存状态的另一面，但不可否认，有些情感的宣泄是不健康的，对青少年情感发展具有危害的一面。评价“互联网＋文学”的重要标准无疑需将情感宣泄的健康性放在首位。

2. 情节碎片的张力度。

情节的碎片化早在20世纪80年代的先锋小说中就有鲜明表现。先锋小说作家反对作品塑造典型环境中的典型人物，由于非性格人物的出现，传统的现实主义作家强调情节的完整统一、前呼后应，布局的严丝合缝、无懈可击就显得做作与多余。先锋小说作家为突出人物情绪的流向、意念的指归，将情节淡化成细节，以图真实地传导出人物内心无意识的心理活动。作品的一切都像纷纭复杂的生活本身那样，匆匆接触又匆匆相错，悄悄而来又悄悄逝去。张承志在其作品《废墟》中，以无限眷恋的情思，串接起一片片往事的回忆，八年来的插队经历被撕成一段段条幅，互不连贯地呈现在读者面前。但透过频频被打断的叙述，留给人的是一种烦躁而又宁和的意绪，一种伴和着苦味的生命甜汁。如果说先锋小说作家的情节的碎片化是一人所为，旨在表达作者心中极力营造的生命意绪，那么，“互联网＋文学”的作者就非一人，不同的互联网写手根据自己的体会、经历，及对生活的理解、当下的情绪感受，往往无情地粉碎、扭曲原有的情节，恣意地添加、改变、中断、缀合新的情节。有些情节的改变、添加，甚至让人一头雾水，不知所云，随意性很强。2005年桐华写的《步步惊心》，情节是这样的：现代少女张晓突遭车祸，竟穿越到清康熙朝，卷入“九龙夺嫡”的宫廷混战中，与众阿哥陷入爱恨情仇中难以自拔。当然，《步步惊心》是“互联网＋文学”的上乘之作，情节开头的穿越也被读者习惯性地接受。而一些作品胡弄穿越，一会天上，一会人间，一会远古，一会今天，天马行空，为穿越而穿越，确令人匪夷所思。如何马的《藏地密码》主人公为解密失落文明，从西藏到南美，从人间珠峰到地下冥河，将玛雅文化与藏文化连成一气，文中既展示了雪山冰洞、玛雅地宫，又描绘了热带丛林、神秘仙境，令人目不暇接，热闹异常，然而胡编乱造之处比比皆是。我们不反对情节碎片化，但其张力度应在可控范围之内，作者的情节铺写应为作品有机统一的构想服务。

3. 结构安排的可信性、创新性。

"互联网＋文学"数量多，但精品少。一个重要原因就是模式化、雷同现象太严重。尤其是结构安排上，老套路、旧巢穴比比皆是，跟风跑成为常态。"互联网＋文学"与传统文学不同，它的不少作品，是由读者、作者甚至评论家共同完成，是一种集体文本生成方式的产物。每个人的审美眼光、文化素养、生活阅历都不同，但有一点相似，即都生活在同一时代，面临着类似的社会问题。特别是同一时代的年轻人，文学视野不开阔、文学积淀不丰厚，绝大多数都是业余写手。因而借鉴前人的情节安排、结构处理在所难免。结构主要是情节结构，故而，题材的集群现象造成结构的模式化十分严重，而结构的模式化又助长情节难以跳出既有的结构窠臼。由于"互联网＋文学"的主流题材不外是玄幻、穿越、武侠、言情，粗糙的模仿与复制令人生厌。结构很难别开生面，令人称奇。只要是穿越类题材，结构上都不外现代人出车祸、迷路、摔倒、生病、失忆，一下子到了古代，经历了大起大落、大富大贵，又返贫到一无所有，最后又回到现实中。几乎就是古代度脱剧如《黄粱一梦》《枕中记》的翻版。这种千篇一律的拙劣手法使作品味同嚼蜡，了无生气。创新是艺术的生命，屈原的伟大就在于他能"自铸伟词"，不蹈覆辙。"互联网＋文学"只有在题材与情节安排上既出人意外，又在情理之中，方能让人百读不厌。

4. 语言创新的可理解性。

"互联网＋文学"的语言肆意创新给人耳目一新的视觉冲击，往往令人称奇，但过度的不合规范的用语无疑也限制了人们阅读、理解的趣味，造成一定的隔膜，甚至败坏语言的纯洁性。

欧阳友权教授主编的《网络文学五年普查(2009－2013)》一书中，梳理归纳网络文学语言类型有 19 种之多。什么火星文、注音文、字母文、数字文、谐音文、叠音文、戏仿文、动漫文、缩略语、表情符号，还有甄嬛体、舌尖体、元芳体、咆哮体、hold 住体等。我们不反对语言的新颖性，"互联网＋文学"的作者、读者目前仍以青少年为主体。他们思想活跃、创新力强，甚至具有叛逆性格，不喜欢循规蹈矩、按部就班地运用老一套缺乏生气的语言，同时出于保护隐私的需要，自创一些小圈内理解的语言，活泼俏皮，有时也令人回味无穷。如以“劳工”喻老公，一则说明女子在家中地位至尊，老公是家里的苦力，另也不至于为公婆知晓而不快。但凡事皆有度。过度的陌生化也是一柄双刃剑，阅读的难度超过极限就使人不愿阅读了。如火星文“煙鋱瓒倣哋鮒鍭緆渼麗，曇誮凋澥哋澵後嘬凄媄”，它的意思竟是“烟花绽放的时候最美丽，昙花凋谢的时候最凄美”，火星人来了也不认识啊！再如，凭什么“987”就是“很白痴”，“LKK”就是“老迈”？过度的语言泛化、语言随意化，就会使几千年的中国汉语受到破坏，老少咸宜的文字书写就会无人知晓。所以，我们在鼓励“互联网＋文学”语言多样化、不拘一格生动活泼时，还要注意到语言使用的规范性，汉语的纯洁性。

当然，评价“互联网＋文学”的标准不只这么几点，还有时空穿越的合理性，叙事多样的魅力性，视觉冲击的新颖性，浪漫想象的真实性等等。但就目前“互联网＋文学”创作的现状来看，当下最重要的批评标准当为以上四条，把握好这几条标准庶几可使方兴未艾的“互联网＋文学”的创作蓬勃健康地发展，取得更大成就。

（《湖南人文科技学院学报》2017 年第 1 期）

朱光潜的另类贡献

——谈《诗论》对比较文学中国学派建设的意义

朱光潜先生对比较文学中国学派的创建有着重要贡献，然而由于他在美学、文艺学上的巨大成就和深远影响，往往遮蔽了他在这方面的建树，因而除少数学者外鲜有人提及，尤其是在国内比较文学教材及比较文学史著作中更不见朱光潜先生这方面的独特成就。

比较文学学者一般认为，“五四”新文化运动前后，适应当时用西方进步的文学观、文学作品作振聋发聩的呐喊，启迪民众觉悟，走救国图强之路的形势需要，一些有识之士开始引入西方兴起不久的比较文学新学科。而较早运用比较文学原理、方法，开创中国比较文学研究局面的中国学者是鲁迅、茅盾、吴宓等人。鲁迅在1907年发表了《摩罗诗力说》，将欧洲浪漫主义诗人与中国屈原等诗人作了比较，发出“别求新声于异邦”的呐喊，鼓吹要引进欧洲“先觉之声，来破中国之萧条”。茅盾则出版了《自然主义与中国现代小说》《各民族的开辟神话》等书。特别是吴宓，不仅出版了《〈红楼梦〉新谈》这部运用比较文学方法研究《红楼梦》的力作，还于20世纪20年代初在东南大学开设“中西诗之比较”的专题讲座，后又在清华大学开设了比较文学课程。无疑，这些前辈学者对促进中国比较文学发展的贡献有口皆碑。但这里独缺朱光潜先生是不公的。朱光潜先生自1925年至1933年留学海外期间先后完成了博士论文《悲剧心理学》，写出了《文艺心理学》，出版了《变态心理学》等著作，这些书都是运用西方心理学理论，解释中西文学创作、剖析中西文学现象，令人信服地分析作品的主旨及人物形象的佳作，其对开创中国比较文学的贡献不逊于鲁迅、茅盾、吴宓等人。一些中国比较文学史家还认为中国20世纪三四十年代，由于当时尖锐复杂的民族矛盾、阶级斗争，此时的比较文学研究处于沉寂期。这结论也因为忽略了朱光潜先生此时的研究成果而颇值商榷。朱光潜先生 1931 年在国外写成的《诗论》于 1941 年由国内国民图书出版社出版,他以此为讲稿于这一期间先后在北京大学、清华大学、武汉大学讲学;同时期,朱先生还给清华大学中文系研究班开过“文艺心理学”课。这些课正是运用比较文学理论剖析中国文学作品的典范,代表了此时中国比较文学研究的实绩,实实在在地证明此时中国的比较文学的研究并没有沉寂,而是顽强地继着生命,潜滋暗长着,等待勃发时机的到来。因而,朱光潜的名字自当忝列早期中国比较文学开拓者之中。

朱光潜先生对中国比较文学的最大贡献是在建设比较文学中国学派方面。

学派的建立决不可随意自封。一个学派能否成立,主要看其在比较文学的研究对象上有无提供新的内涵、研究方法上有无新的突破,并为世人认可。比较文学的中国学派之所以能够与法国学派、美国学派、前苏联学派鼎立为比较文学四大学派,就在于中国学者注重于中西文学的比较研究,拓宽了比较文学的研究对象,特别是他们提出了“阐发研究”的新方法,开拓了中西诗学比较、美学比较研究的新内容,从而为比较文学的发展作出了积极贡献。

中西诗学、美学的文化源头不同,又在数千年内几乎相对隔绝的环境中各自独立发展,因而在诗学、美学内涵、形态、概念、范畴乃至评价标准、价值观上都存在较大差异;当然不同的文化体系总是相通的,因为人又都有着共同的生命形式和情感体验方式。这样,将中西诗学、美学融会贯通,互相参照印证、取长补短,便可以在世界文化的视野下,建立更为科学、更为合理的诗学、美学体系,更好地丰富发展社会人文科学。这便是“阐发研究”的内涵。当然,开展“阐发研究”,运用中西方诗学、美学理论评价对方文学、艺术作品,或者将二者理论相互印证、取长补短,非学贯中西、博古通今的大家不可为也。朱光潜等一批早期游学西方而又有较为扎实国学功底的人文学者正是当担此重任的先驱。

“阐发研究”最早只能由中国学者提出。1978 年台湾学者古添洪在《中西比较文学:范畴、方法、精神的初探》一文中指出:“利用西方有系统的文学批评来阐发中国文学及中国文学理论,我们可以命之为阐发法。”为什么要提出这一研究方法呢？古添洪和陈慧桦合写的《比较文学之垦拓在台湾》一书中的"序言"中说得十分明确："我国文学，丰富含蓄，但对于研究文学的方法，却缺少系统性，缺乏既能深探本源又能平实可辨的理论，故晚近受西方训练的中国学者，回头研究中国古典或近代文学时，即援用西方的理论和方法，以开发中国文学的宝藏。"显然，"阐发研究"提出的最初动机是基于对中国古代文论全盘否定的基点上，他们认为中国古代文论不系统、不科学，重感悟而缺学理，无法分析、评价文学作品，故不得不援用西方成熟、科学的理论、方法。这当然有失偏颇。早在古添洪之前在美国执教的中国学者余国藩先生，在1973年11月2日美国现代语言学会年会比较文学小组会上提交的一篇论文中也说过类似的话："过去二十余年来，旨在用西方文学批评的观念和范畴阐释传统的中国文学运动，取得了越来越大的势头，这样一种趋势预示在比较文学中将会出现某些令人振奋的发展。"这就说明，"阐发研究"是先由学贯中西的学者，运用他国理论研究另一国的作品，取得了骄人成就，而后为比较文学学者重视加以总结命名的。当然，"阐发研究"应是双向的。即既可以用西方的理论方法来阐释中国的文学作品，也可以用中国古代文论评价分析西方作品，如用中国的意象理论分析西方的意象派诗歌，就令人信服且耳目一新。所以，这一研究方法的提出并非捕风捉影，而是有一些学者包括朱光潜先生等，不自觉地运用"阐发研究"方法取得丰硕成果，从而给后来者以命名的启示。尤为重要的是，朱光潜先生在运用"阐发研究"方法从事一国文学理论对他国文学作品分析及两国诗学印证时，一开始便是双向阐发，而非这一方法的命名者认定的单向阐发。朱光潜在《诗论》的后记中写道："我在这里试图用西方诗论来解释中国古典诗歌，用中国诗论来印证西方诗论。"这在"阐发研究"尚未命名之时确为难能可贵。

《诗论》一书，确证了朱光潜先生对创建中国比较文学学派的重大贡献。

首先，朱光潜先生和早期留学西方的中国学者一起，运用平行研究的方法，开展中西文学的比较研究，不仅拓展了比较文学的研究范围，打破了此前比较文学囿于西方地域内的局限，还让西方学者开始了解中国文学，让中国文学走向了世界。

朱光潜先生在《诗论》中，就运用平行研究的方法论述中西诗在情趣上既有相同点，又有明显差异，给人极大的启迪。他指出："西方诗和中国诗的情趣都集中于几种普泛的题材，其中最重要者有(一)人伦(二)自然(三)宗教和哲学几种。”这是相似点也是不同点。诗的情趣集中于这三种题材，这是相同的，但诗的情趣在每一种题材内表现的内涵及偏向程度既有同又有不同。拿诗表现人伦来说，朱光潜认为“朋友的交情和君臣的恩谊在西方诗中不甚重要，而在中国诗中则几与爱情占同等位置”。中国叙人伦的诗大半是君臣、朋友间赠答酬唱的作品，而恋爱诗远不如西方诗的重要。中国有的诗表面看是爱情诗实则却是表达理想的政治诗。如屈原的《离骚》，诗中倾诉着对美人的思念与爱慕，其实是作者忠君爱国思想的宣泄。即便是爱情诗，西方的爱情诗表现得是热烈奔放，而中国的爱情诗则是委婉含蓄。造成这样的原因，朱光潜从中西文化的根源上分析，十分到位。他指出：“第一，西方社会表面上虽以国家为基础，骨子里却侧重个人主义。”“中国社会表面上虽以家庭为基础，骨子里却侧重兼善主义。”“第二，西方……女子地位较高，教育也比较完善，在学问和情趣上往往可以与男子诉合”，“中国受儒家思想的影响，女子地位较低。夫妇恩爱常起于伦理观念，在实际上志同道合的乐趣颇不易得”。第三，“西方人重视恋爱，中国人重视婚姻而轻视恋爱。……潦倒无聊，悲观厌世的人才肯公然寄情于声色。”虽然朱光潜没有从经济形态上分析社会风气、民族性格带给中西伦理诗的不同，但这种从诗作的差异深究民族文化传统的根源，或者说从民族文化传统的不同，揭示诗作差异的深层次原因，正是平行研究的命脉所在，它剔除了为比较而比较这一比较文学研究的诟病，直抵比较文学研究的目的，在当时确为不易。同样，诗歌情趣在对自然的描写上，中西诗歌也存在着极大的差异。朱光潜分析道，中西方歌颂自然的诗都产生较迟，但相较而言，中国的自然诗起于晋宋之交，远比西方产生浪漫主义运动的自然诗要早一千三百年的光景。而且就中西方自然诗的总体风格来说，“一个以委婉、微妙简隽胜，一个以直率、深刻铺陈胜”。“西方诗人所爱好的自然是大海，是狂风暴雨，是峭崖荒谷，是日景；中国诗人所爱好的自然是明溪疏柳，是微风细雨，是湖光山色，是月景”。这样的比较大体正确，西方主要是商业性的社会经济形态，海上贸易是其主要的经济活动，天人对立思想较为严重；中国古代是农业性的社会经济形态，先民们大都恪守“天地自然，孕成万物”的理念，“日出而作，日入而息”，小桥流水，水光疏影，造成中国先民对自然有一种亲切感、依附感，很早就产生天人合一的思想。由此形成中西方自然诗在题材和手法上的不同也就不奇了,朱光潜的分析十分到位。但朱光潜对中西诗歌情趣深浅的结论却不能令人信服。他认为中国诗总体而言较为肤浅与不深刻,这是因为中国古人哲学思想的平易和宗教情操的淡薄。中国诗是否肤浅与不深刻,原因是否仅是哲学思想的平易和宗教情操的淡薄,朱光潜显然受黑格尔认为中国人缺少思辨性影响,这大可以商榷。但有一点是不容置疑的,即如朱光潜所说:中国人“处处都脚踏实地走,偏重实际而不务玄想,所以就哲学说,伦理的信条最发达,而有系统的玄学则寂然无闻”,“中国民族性是最实用的,是人道的。它的长处在此,它的短处也在此”。这确是不争的事实。但由此就判定中国诗向为肤浅,我们却难以苟同,屈原、李贺、李商隐的诗就颇耐人寻味,而且中国古代哲人老子、墨子也不缺思辨能力。不过,朱光潜先生始终将中西文学的比较深入到中西文化传统的深层次中剖析原因,是值得称道的。

其次,朱光潜先生较早地运用西方科学的理论评析中国诗歌手法的意义,体现了“阐发研究”的实绩。

朱光潜先生早年留学欧洲,曾一度醉心于西方心理学。他先后在 20 世纪 30 年代出版过《变态心理学派别》《文艺心理学》《变态心理学》等书,同时用英文写出《悲剧心理学》的博士论文,获得法国斯特拉斯堡大学的博士学位,该书也于 1933 年由该大学出版社出版。以后又痴迷于美学,尤其对黑格尔、克罗齐、维科的美学情有独钟,有着很高的学术建树。这就使得朱光潜先生能较早地运用西方美学理论尤其是心理学理论分析中国诗歌的创作手法与价值。朱光潜先生对西方的移情说研究颇深,他常用西方的移情理论分析作品。他认为作者在创作中,只有将内在的情趣和外来的意象相互融合,才能创作出不朽之作。朱光潜先生说:“物我两忘的结果是物我同一。观赏者在兴高采烈之际,无暇区别物我,于是我的生命和物的生命往复交流,在无意之中,我以我的性格灌输到物,同时也把物的姿态吸收于我。比如观赏一棵古松,玩味到聚精会神的时候,我们常不知不觉地把自己心中的清风亮节的气概移注到松,同时又把松的苍劲的姿态吸收于我,于是古松俨然变成一个人,人也俨然变成一棵古松。总而言之,在美感经验中,我和物的界限完全消灭,我没入大自然,大自然也没入我,我和大自然打成一气,在一块生展，在一块震颤。”[1]这种物我同一的现象即是德国美学家所说的“移情作用”。

“移情作用”就是主体在观照外物时，把自己的情感也移到外物身上去，仿佛觉得外物也有同样的情感。但移情作用不只是一种情感的外射，外射作用由我及物，是单方面的；移情作用由我及物，也由物及我，是双方面的。在外射作用中，物我不必同一；在移情作用中，物我必须同一。所以，朱光潜先生说：“移情作用不单是由我及物的，同时也是由物及我的；它不仅把我的性格和情感移注于物，同时也把物的姿态吸收于我。所谓美感经验，其实不过是在聚精会神之中，我的情趣和物的情趣往复回流而已。”这样产生的作品才是有意境的作品，才具有感染人的魅力。他举例说，陶潜的“悠然见南山”、李白的“相看两不厌，惟有敬亭山”、辛弃疾的“我见青山多妩媚，青山见我应如是”、姜夔的“数峰清苦，商略黄昏雨”，之所以成为千古绝唱，流芳百世，都是作者面对物象，产生了移情作用。朱光潜说：“每人所见到的世界都是他自己所创造的”，陶潜、李白、辛弃疾、姜夔所见到的都是山，“在实际上却因所贯注的情趣不同，各是一种境界”，所以“物的意蕴深浅与人的性分情趣深浅成正比例，深入所见于物者亦深，浅入所见于物者亦浅。诗人与常人的分别就在于此”。这正是创作好诗的诀窍所在。好诗应是诗人的独特发现，应包蕴诗人的真挚情感。朱光潜的剖析在当时确振聋发聩，令人耳目一新。

朱光潜先生还用移情作用分析中国古代诗歌的欣赏。他举姜夔的“数峰清苦，商略黄昏雨”为例，说明“欣赏与创造并无分别”。诗人写这句诗，先就在观赏自然中见到这种境界，感到这种情趣，然后用这九个字把它传达出来，读者在读这句诗时，同样要用心灵综合作用，领略出姜夔原来所见到的境界，每个人所能领略到这诗的境界，完全取决于读者“各人性格和情趣的返照”，“各人在对象中取得多少，就看他在自我中能够付与多少，无所付与便不能有所取得”。也就是说，欣赏作品也需有移情过程。创作时，作者与所咏对象进行情感交流，达到物我同一；读者欣赏作品时，也只有与作品心

① 朱光潜：《文艺心理学》，载《朱光潜全集》(1)，合肥：安徽教育出版社，1987 年，第 214 页。

心相印，默契无间，产生情感交流，才能进入欣赏极致。朱光潜先生还指出，中国不少古诗有令读者常读常新的感觉，或者能百代流传、脍炙人口，就在于作品留下给读者再创造的空间，欣赏一首诗就是再造一首诗。"每次再造时，都要凭当时当境的整个的情趣和经验做基础，所以每时每境所再造的都必定是一首新鲜的诗"，"真正的诗的境界是无限的，永远新鲜的"。朱光潜也就用西方心理学的理论解释了中国古代优秀诗作百读不厌、历久弥新的原因。这里，还应引起我们关注的是，朱光潜先生的"欣赏也是在创造"的结论实际上启发了后人开启的接受美学的思想。

此外，《诗论》中，朱光潜先生还用西方的"游戏说"解释中国古代民歌的不朽价值，同样取得了令人瞩目的成就。朱光潜先生在《诗论》中说："艺术和游戏都象斯宾塞所说的，有几分是余力的流露，是富裕生命的表现。"其实，文学艺术起源于游戏，是西方较为普遍的观点之一。康德、弗洛伊德都曾谈论过文学艺术与游戏的关系。康德在《实用人类学》一书中提到心灵游戏的观点，曹俊峰在《康德美学引论》中指出："康德论述心灵的游戏和幻象时，透露出一种思想：艺术和审美活动就是对心灵特别是感性的欺骗，就是人为了欺骗自己的感性而人为创造出来的"，"心灵需要游戏，也需要欺骗，这就是艺术和一般审美活动的根源"。康德在《判断力批判》中进一步提出了"自由游戏"的概念，认为，审美活动的本质就是自由游戏。在人的认识活动和伦理活动中，想象力、知性和理性都不是自由的，都必须受到约束，而只有人的审美活动，想象力、知性和理性才能处于自由游戏之中，审美活动的每一过程，每一方面都是自由游戏的结果。弗洛伊德在揭示创作与梦的联系时，也认为，作家在创作中就像儿童在游戏中一样，都是在充满激情地创造一个幻想的世界，并在幻想世界中得到满足的乐趣。这就说明西方的游戏说，都强调艺术创作是自由的、非功利的，仅仅是满足人的审美愉悦、发泄旺盛的生命力或为力比多寻找出路。朱光潜先生用这样的观点分析中国民间歌谣，不仅说明了歌谣中一些手法产生的必然，还正确评价了歌谣的社会价值。朱光潜先生说："民间诗也有一种传统的技巧，最显而易见的是文字游戏。"民间诗的手法有三种："第一种是用文字开玩笑，通常叫做谐；第二种用文字捉迷藏，通常叫做谜或隐；第三种……通常无适当名称，就干脆地叫做文字游戏亦无不可。"在艺术中他举三棒鼓、拉戏胡琴、相声、口技、拳术之类，诗歌中特别指出民俗歌谣。他从《北平歌谣》举两首民谣为例，说明歌谣的这种搬砖弄瓦式的文字游戏，重点不在歌谣的内容意义，而在声音的滑稽凑合，深得民众的喜爱，“他们仿佛觉得这样圆转自如的声音凑合有一种说不出来的巧妙”。这种巧妙体现了人的本质力量、创造精神，显示了“限制中争得的自由”“规范中溢出的生气”的价值，这也是艺术使人留恋的所在。朱光潜先生用西方的理论高度评价了中国古代歌谣的艺术成就，有利于中国民间艺术的发展，也体现了比较文学的价值作用和这一时期中国比较文学研究的成果。

最后，也是重要之点，在于朱光潜先生最早尝试中西诗学的相互阐释与印证，纠正了早期“阐发研究”单向阐发的偏颇。

中国和西方文化传统的迥异及相对独立发展，以及各自民族偏爱的文学样式的差异，造成中西方文论有着显著不同。中国古代文论讲神韵、性灵、意境，重感悟，有着较多的直观性，不像西方重分析、重论辩，有着很强的系统性。中国古代文论的概念具有多义性、模糊性的特点，不如西方文论范畴的明晰与确定。中国古代的美学观点强调美与善的结合，而西方的美学观普遍认可美与真的一致。因而，中西诗学、美学的比较，可以互相印证，取长补短。由此建立更为科学、全面的诗学、美学理论。在这方面，朱光潜先生是有着重要贡献的。

朱光潜十分赞同王国维关于诗词的境界说，但他又折中了克罗齐的“直觉说”、里普斯的“移情说”、布洛的“距离说”及谷鲁斯的“内模仿说”，对王国维的境界说作了分析与发挥。朱光潜认为“每一首诗都自成一种境界”。正如王国维所说：“境，非独谓景物也。喜怒哀乐，亦人心中之一境界。”朱光潜对此作了进一步阐述，他说：“诗是人生世相的反映”，“诗对于人生世相必有取舍，有剪裁……必有作者的性格和情趣的浸润渗透”。境界就是情景合一的产物。朱光潜接着用西方的移情理论来说明“内在的情趣常和外来的意象相融合而互相影响”。他举例说，比如欣赏自然风景，一方面，心情随风景千变万化；另一方面，风景也随心情而变化生长。情景相生而且契合无间，“即景生情，因情生景”，这正是情景相融的好境界，也是移情产生的美好诗境。移情作用不仅仅是将主观的情感外射到物的身上，而且也由物及我，最后达到一切景语皆情语，物我同一的地步。好诗的境界就在于“在刹那间见终古,在微尘中显大千,在有限中寓无限",以小见大,给人浮想联翩,含不尽之意于言外的感受。朱光潜先生认为:"诗的境界是用直觉见出来的。"是观者直接对形象的感性认识,而非运用概念的理性认识。当然朱光潜先生并不否定思考和联想对于创作诗的重要,但"思索之后,一旦豁然贯通,全诗的境界于是象灵光一现的突现在眼前,使人心旷神怡,忘怀一切",朱光潜先生认为,这就是"想象",也就是"直觉"。朱光潜先生就是这样,在中西理论的互参中,将王国维的境界说上升到理论层面,给人心悦诚服的阐释。朱光潜先生还用西方象征派理论,对王国维关于诗的"隔"与"不隔"的理论提出不同看法。王国维在《人间词话》中,将诗的境界分为"隔"与"不隔"两种,"隔"与"不隔"的区别在于语言的运用,"语语都在目前"便是"不隔",否则就是"隔"。他举例说"池塘生春草""空梁落燕泥"便是不隔,而"酒祓清愁,花消英气"则隔矣。王国维是赞赏"不隔"的境界的。朱光潜先生不同意王国维的这一看法,他说:"王氏的语语都在目前的标准太偏重显",而"象征派则以过于明显为忌,他们的诗有可能正如王氏所谓雾里看花,迷离恍惚,如瓦格纳的音乐"。"不隔"的诗有可能太过于显,不见得是好诗;"隔"的诗也可能像瓦格纳的音乐,是好诗。朱光潜继续论道:"显,易流于粗浅,隐,易流于晦涩。……但是显也有不粗浅的,隐也有不晦涩的。"朱光潜还指出,由于人的生理与心理的不同,对诗的显与隐也各有偏爱。"有人接受诗偏重视觉器官,一切要能用眼睛看得见,所以要求诗须显,须如造型艺术。也有人接受诗偏重听觉与筋肉感觉,最易受音乐节奏的感动,所以要求诗须隐,须如音乐,才富于暗示性。"朱光潜先生用人的心理差异说明,不能简单地认为不隔的诗优于隔的诗,"隐"与"显"各有千秋,因人而异,不可一概而论。

朱光潜先生就是这样,立足于世界文学的高度,运用中西诗学比较的手法,一方面对王国维的诗歌境界说提供了西方相关理论的互参与阐释,使境界说具有坚实的理论支撑;另一方面也弥补了境界说囿于一国诗歌的理论缺憾,使这一理论更为科学与全面。朱光潜先生在中国比较文学理论上的贡献有目共睹而令人称道。

综上所述,朱光潜先生对比较文学中国学派的建立功莫大焉。

朱光潜先生不仅以平行研究的方法,积极开展中西文学的比较,拓展了比较文学的研究内涵,更是较早地运用西方理论阐释、分析中国文学作品,使中国文学作品获得全新的生命意义,给读者别开生面的启迪,从而揭示了

“阐释研究”不同凡响的理论价值，这就为“阐发研究”最终为中外学者接受，使之成为比较文学重要方法之一，奠定了坚实的学理基础。同时，他在中西诗学、美学双向阐发的卓有成效的努力，有力纠正了阐发研究单向阐发的偏颇，激活了中国古代诗学、美学的当代价值，向西方学者彰显了中国古代诗学、美学在阐释西方文学作品中不可替代的作用，促进了中国古代诗学、美学走向世界。正是由于朱光潜先生及一批学贯中西的大学者的共同努力，比较文学中国学派才得以创立并为学界认可。

20 世纪后半叶美国华人流散文学琐谈

一、美国华人流散文学的源起

20 世纪后半叶，美国华人流散文学异军突起，成为中国当代文学一道靓丽的风景线。

“流散”一词，希腊语的本义就是“散开”，后专指《圣经》的《出埃及记》中“犹太人在公元前 538 年被逐出故土后散居世界各地”而备受歧视的生存状况。所以，“流散”就是指犹太人流落各地、客居他国的散居现象。现在的“流散”则指所有国家的移民族群，与“移民”同义。由此，“流散”也一扫以往寄人篱下、悲凉无助的情绪，而赋予它跨国流通、顽强拼搏的新涵义。

第一批华人自 19 世纪从中国沿海地区到美国西海岸“淘金”筑路，至今已近两百年历史了。他们凭借吃苦耐劳精神，奋力开发美国的同时，也使自己艰难地生存下来。故而，早期华人的作品多叙述生活的艰辛，对主流社会歧视华人的抗议。20 世纪初，因庚子赔款而到国外的公派留学生，使中国移民加入了知识精英成分。新时期以来，随着改革开放的深入，中国国力的大增，国际地位的日益提高，海外华人凭着自己的勤苦耐劳的品质，博得当地人的交口称赞，也受到所在国政府的尊重。这一时期，我国为了加快人才培养，出国政策开始放宽，一大批中国青年走出国门、留学海外，其中一些人定居国外，特别是美国。他们与早期华人移民不一样，不再是劳力输出，而是智力加盟。据不完全统计，20 世纪 90 年代仅到美国的中国留学生就达 30 万之众，超过了中国历史上赴美留学生的人数总和。我们说的海外华人，就是指早期华人移民的后代以及在海外留学并最终定居海外的华人。他们中产生了一些优秀的华人作家，他们的作品被称为“海外华人流散文学”。海外华人流散文学以美国为最，成就也最为亮丽，故本文以美国华人流散文学为例，分析海外华人流散文学的特色与成就。

二、题材之一：展现华人对自身文化身份的困惑和探寻

美国华人的流散文学，通过对华人移民及其子女生活的描写，通过对自身留学他乡，饱受孤独而努力奋斗拼搏的求学史、求职史的讲述，展现了华人对自身文化身份的困惑和探寻，产生了对当下生存状态的思考。正如华人学者尹晓煌在《美国华裔文学史》书中说道：“美国多元文化的兴起，促使华人作家深入思考作为一名美国华人的意义所在。正是在这一美国文化思潮的影响下，华人才对自己的文化传统和民族价值更加欣赏。”

早期华人移民的后代作品，主要展现美国文化与中国文化的互动，寻求对美国华人身份的确认。比较知名的作家有谭恩美、汤亭亭、任碧莲等。

谭恩美的《喜福会》出版于 1989 年，获得 1990 年海湾地区小说评论奖等多项大奖，并选入《诺顿文学入门》教材。20 世纪 90 年代中期，该书在中国大陆产生了很大影响。小说塑造了四位性格命运不同，但经历心态相似的中国母亲形象。她们历尽艰辛为躲避战争，辗转来到美国，在美国成了白人眼中的“他者”，被排斥在主流文化之外。但她们都具有中国传统妇女知天乐命却又不屈从于命运的抗争精神，在“边缘化”生活的屈辱中，尽心培育自己的女儿，希望女儿成为她们为之骄傲的遗产，重塑华人形象。女儿的成就使她们自豪，女儿的叛逆又使她们异常痛苦。贯穿全书的主线，就是这种中国母亲与美国女儿之间既冲突又关爱的母女关系，由此展现中西文化的冲突，探寻华裔女性追寻主体身份的历程。母亲是中国传统文化的代表，女儿则是独立女性精神的化身。母亲作为中国传统文化的长辈，自认为在女儿面前具有说一不二的权威，她们处心积虑地为女儿设计“幸福人生”，要求女儿言听计从，而女儿受美国文化的熏陶，对母亲的安排常常不屑一顾，对她们的过分要求十分反感，她们更重视自己追求幸福的自由。两代人虽然共同面临西方主流文化的打压，但对如何抗争却因对中国传统文化认识的分歧而难以共融。

除了中西文化冲突与对自身文化身份归属的焦虑，美国华人流散文学

的又一主题是书写华人在他国遭受的歧视、融入当地群体的艰难。

汤亭亭的长篇小说《女勇士》，虽出版于1976年，但该书的中译本却是在1998年由漓江出版社出版而在大陆产生巨大反响。小说的开篇之语，是母亲的反复告诫："接下来我对你说的话，你不可以告诉任何人。"这句神秘的魔语十分精确地揭示了生活在异质文化环境中的华人女性的压抑之感。

小说积极探寻华裔美国女性的身份，展现了华人寻找自身价值，寻求文化沟通的艰难努力。书中，母亲勇兰、姨母月兰以及主人公"我"的经历，莫不渗透了华人沦陷为异质文化环境中"他者"的悲哀。母亲一再告诫女儿"沉默是因为我们是华人"。月兰阿姨在美国主流社会的排挤下，完全丧失了自我，最终悲惨地病死在疯人院。而主人公"我"，在东西方文化的碰撞中，也经历了无声与无语的阶段。但"我"不甘心永远消沉在异质文化中，她借助花木兰这一女勇士形象，发出了自己的声音。花木兰形象是"我"对母亲讲述的中国民间故事的重构，也是"我"幻想女性走出性别歧视的产物。美国版花木兰除了传统的中国女英雄的勇敢与坚韧，还具有追求男女平等、向往独立自由的新女性形象。小说反映了美国华裔追求既能融入美国主流文化，又能保持自己族裔文化传统，建立一个文化"第三空间"的努力。这种文化的"第三空间"，为全球化时代华裔美国人走出迷惘与困惑指明了道路，使他们看到了新的文化身份的希望。正如霍米巴巴指出的那样：族裔散居者的文化与宿主文化之间是一种"商榷"关系，移民文化有选择地适应宿主文化，融合、演化成一种新的文化，一个既同家园文化和宿主文化有关但又同他们截然不同的文化。

三、题材之二：留学生作品洋溢着自信的大气，四海为家的豪情

20世纪80年代后，反映海外留学生生活的作品日益引起国人的关注。为了让国人更好地了解海外作家的创作实绩，了解他们真实的社会生活及发自心声的感悟，1984年，上海《小说界》首次辟了"留学生文学"专栏。此后《文汇月刊》《上海文学》《花城》《收获》《钟山》《北京文学》《人民文学》《广州文艺》《天津文学》《当代》《十月》都相继发表留学生作品。第一部留学生小

说集是阿苍的《远行人》,1988 年由北京十月文艺出版社出版。[①] 留学生文学作为海外华人流散文学的一支终于跃上大陆文坛,成为 20 世纪 90 年代文学创作的一道靓丽的风景线。

当然,留学生作品良莠不齐,比较优秀的有《北京人在纽约》《曼哈顿的中国女人》等。

《北京人在纽约》写留学生王起明夫妇来到纽约后,为了生存干过饭馆里的洗碗工、公司的清洁员等工作,后来王起明进入制衣业,凭着自己的小聪明,用不光彩的手段,偷窃了美国公司客户的商业秘密,自己另起炉灶而发家致富。然而这个以前很淳朴的中国青年,在"金钱万能"的社会中,不但爱情走到了尽头,也逐渐良心泯灭。他开始游刃有余地在商场、情场逢场作戏,终至事业破产,又回到身无分文的潦倒境地。王起明在商界跌打滚爬一阵后,深有感慨地说道:这地方"满地陷阱、荆棘丛生,一不留神,你会全他妈玩儿完",即便成功,人也"变成这德性了"。[②] 作者以其真实的细节描写,令人震撼地展示了华人在美国的拼搏历程、生存经验。

周励女士的《曼哈顿的中国女人》也是一部"洋插队"的奋斗史。小说叙述了一位成功女人的发迹史:从上海滩到北大荒再到只身远渡美国,在各种挫折与苦难中,不屈不挠地顽强奋斗,终于在曼哈顿这个世界巨富中心打下自己的一片地盘。一个在异国他乡无亲无故的孤身女子,靠着身边仅有的 40 美元,闯进了纽约的商业社会。她凭着坚定的信念、坚韧不拔的精神以及恪守信誉的品质,终于被美国商界尊称为"曼哈顿的中国女人"。成功后,她没有让唯利是图的铜臭气腐蚀了灵魂。诚如她在书中说的那样:"我给自己定了一条原则:作为一个以美国商场为生活背景的人,头脑,应当是商人的头脑;但灵魂,不是商人的灵魂;也不能把自己的灵魂和时间都卖给那些灵魂也是商人的商人!"这是她恪守的道德底线,正是这条道德底线保证了她事业的成功,也向人们昭示了新一代华人白领所具有的商人的手腕、战士的魄力、政治家的眼光以及知识分子的涵养。她与前几代来北美淘金的华人

① 见《中国留学生文学大系·当代小说欧美卷》,上海:上海文艺出版社,2000 年,第 7 页。

② 曹桂林:《北京人在纽约》,北京:中国文联出版公司,1991 年,第 254 页。

迥然不同，不同之处在于她有知识、有魄力，同时有着执着的情操，坚定的信仰，身上还滋润着中华传统文化精华乳汁。美国海外华人作家，特别要提到的就是严歌苓。她出国前就出版了三部长篇小说，在美国定居后，陆续发表了《扶桑》《女房东》《少女小渔》《人寰》《无出路咖啡馆》等作品。她的作品题材广泛，主题多样。在《无出路咖啡馆》中，严歌苓严肃地探讨了中西文化的冲突带来的道德问题。而在《人寰》中，作者从心理分析的角度，透视政治因素如何进入少年人的潜意识而像紧箍咒一样影响人的一生。小说是在平等、商讨的语境中和读者一起探寻人的"自我"本质。

另一位美国华裔作家严力是个多面手作家。他既写诗、散文，也写小说，同时还兼画家、编辑家等多重身份。他的小说善于透过美国表面的繁荣，看到尖锐的社会问题，因而作品有着睿智的思辨性、厚重的哲理感。在形式上，他有意打破体裁的界限，信笔由缰，将小说、散文甚至诗歌融于一体。他的作品往往借中国留学生在纽约生活的视角，展现各种不同肤色职业人的生活困顿及后工业社会中人的可怕异化。作品《打赌》写主人公住在纽约闲极无聊，突然打赌要把年轻时代相识的 47 名女朋友重新相聚合影留念。事情虽然如愿，然而主人公的记忆方式却被破坏，他开始怀疑记忆的真实可信，这其实是对人是否在历史上一定存在，以及记忆中的生存状态是否可信提出质疑。由此也就否定了历史上曾经被认为真实的人和事件。这种颠覆生活的真实，将想象、梦境掺和在一起，并以哲学的反思支撑这看似荒诞的一切，就构成严力小说的最大特色。

留学生的"自我"定位，直接影响到作家的写作立场，影响到作品主题的开掘。20 世纪 80 年代后的留学生对中国文化的根并不留恋，他们普遍缺少前辈留学生深厚的传统文化底蕴，加上科技发达使地球迅速变小，从中国东部到美国西海岸只要十来个小时，来去自由，使他们很难有背井离乡的伤感，文化之家的意识也就很淡泊。同时，他们自信、乐观，充满朝气，有富强起来的中国作强大的精神支柱，敢于以"世界公民"自诩，既有数典忘祖之嫌，也有俯瞰世界的胸怀。严力的《我在散文的形式里》，主人公"我"有上海、北京、纽约三个家，这三个家在"我"眼中是合而为一的，他走在纽约曼哈顿街上，说他的家就在前面："走到大约第六街的时候就是华盛顿广场，从华盛顿广场往左拐，我家就可以看见了，我家的后面就是淮海中路，离国泰电影院不远……从国泰电影院往北就是锦江饭店和花园饭店，再往右拐就是伟大的长安街、复兴医院……”这是酒醉心明地介绍自己的家。显示了20世纪80年代后的留学生博大的自信情怀，他们不再像前辈华人作家那样泪洒异乡，作品流淌着思乡之苦、寄人篱下之悲、漂泊无根之痛，也不像20世纪五六十年代的华人作家仅仅抒写艰难求生的不易，或是小有成功后的自得。20世纪80年代的留学生作品洋溢着自信的大气，四海为家的豪情，而丝毫没有边缘人的悲哀。郁秀的《太阳鸟》中，主人公就说道：“从中国到美国，最大的不一样，就是以前用中文读，现在用英文读，别的，说实在的，真的差不多。”

四、海外华人流散文学的研究意义

梳理美国华人流散文学的发展脉络，我们不难看到，近一个世纪以来，美国华人流散文学由零星散篇逐渐蔚为壮观，日益受到海内外读者的欢迎和学者的重视。文学作品由单一的小说而发展到诗歌、散文、戏剧文学，几乎涉及文学的所有体裁，文学的质量也不断提高，艺术感染力大为增强，许多作品在海外获得大奖，发行数百万册，拥有众多读者，并被搬上影视屏幕。不少美国华人流散文学描写了令人向往的异域风情，并注意吸收美国的艺术养分，不仅给国内读者耳目一新的感觉，也使得国内文学获得有益的借鉴。当然，更重要的是，透过美国华人流散文学内容的变迁，我们强烈地感受到祖国的日益富强给华人带来的自信与自豪感在作品中的昂扬激荡。特别是20世纪90年代后的美国留学生作品，充盈着令人感奋的大国心态，作品中的华人不再为自己是中国人而感到压抑、羞愧甚至抬不起头来，整天在惴惴不安中屈辱而艰难地生活，而今他们活得是那么的潇洒、阳光，与外国人打交道也是不卑不亢，像曼哈顿的中国女人那样大气、率真，既有胆识又有魄力，受到居住国政府和人民的尊敬。美国华人流散文学也使得国内人民扬眉吐气、倍感振奋，国人从其作品塑造的华人身上，真正感到中国传统文化的优秀一面所具有的巨大的亲和力、包容性，以及中国人凭智慧与能力获取成功的喜悦与骄傲，由此激励国人更加意气风发地为实现中国梦而顽强拼搏。

美学园地漫步

美育是一种爱的教育

在一次全国美育学术研讨会上，我曾呼吁美育应为德、智、体、美四育之首。这不仅仅因为美育是德、智、体各类教育的精髓，美育的精神体现于各类教育之中，而且，美育的目标是提升人的精神品位，缩短人的“人化”进程，造就身心全面发展的现代化新人，其重要性当在各类教育之上。著名科学家爱因斯坦曾经深刻地指出：“用专业知识教育人是不够的。通过专业教育，他可以成为一种有用的机器，但是不能成为一个和谐发展的人。要使学生对价值有所理解并产生强烈的感情，那是最基本的。他必须对美和道德上的善有鲜明的辨别力。否则，他——连同他的专业知识——就更像一只受过很好训练的狗，而不像一个和谐发展的人。”①话说得虽然尖锐，但道理并不错。柏拉图在《理想国》中提出：我们“应该寻找一些有本领的艺术家，把自然的优美方面描绘出来，使我们的青年像住在风和日暖的地带一样，四周一切都对健康有益，天天耳濡目染于优美的作品，像从一种清幽境界呼吸一阵清风，来呼吸他们的好影响，使他们不知不觉地从小就培养起对于美的爱好，并且培养起融美于心灵的习惯”。这种培养青少年对美的爱好，培养他们融美于心灵的习惯，就是美育的使命与目的。我们提倡素质教育，素质教育离开了美育，就失去了灵魂，成了一句空话，剩下来的只是糟蹋时间的玩耍。

美育的内涵、手段、形式是多方面的。但我认为其一以贯之的核心当是爱的教育：爱祖国、爱人民、爱社会、爱集体、爱自然、爱生命，爱一切美好的

① 《爱因斯坦文集》第3卷，北京：商务印书馆，1979年，第671页。

人和事物。

人们在对当今社会居高不下的青少年犯罪率目瞪口呆时，更应反省其背后深刻的原因。不可否认，原因因人而异、各有不同，但缺少爱的美育熏陶，缺少爱的人文关怀不能不是最主要的原因。

我们在较长时期里，提倡的是与天斗、与地斗、与人斗的恨的教育、斗的哲学。试想，当我们把脉脉温情的爱当作资产阶级专利，拱手让给资产阶级时，留给无产阶级下一代的便只有仇与恨了。西方某些现代派哲学宣扬“他人是(我的)地狱”的思想，又给这种仇恨意识的泛化提供了理论依据。尤为重要的是，今天的网络时代造成人与人之间空前的隔膜，作为独生子女的青少年，更缺少与他人的情感沟通与交流。不少青少年将自我封闭在电视、网络中，成为情感异化、心灵病态的“网上瘾君子”。而我们的网络与电视大都充塞着暴力与凶杀的场面，加上虚情假意的网恋游戏骚扰，使他们在可塑性很强的年代便播下了恨与斗的种子。他们不相信人类有真诚的爱；信奉没有永久的朋友，只有永久的利益；稍有不平与不满便怒目相向、大打出手，扭曲的心灵渴望着嗜血的满足。清华大学学生用硫酸泼熊；云南大学的马加爵因为自身的贫穷受到同学的歧视、欺凌，一怒之下杀害同窗四年的学友。多么触目惊心的事例！青少年的同情心被遮蔽，爱的火苗被浇灭，洒向人间都是恨。正是这种仇恨意识导致了恶性事故的频频发生。英国哲学家罗素说得好：“我把爱看做是人生中最重要的事情之一，而且我认为凡是以不必要为理由干涉爱的自由发展的制度都是不好的。”①美国心理学家罗洛·梅说道：“爱欲，根据圣·奥古斯丁等权威人士的看法，乃是使人走向神的内在动力。”②主张痛打落水狗的鲁迅先生也说过：“无情未必真豪杰，怜子如何不丈夫。”有一首歌唱道：“只要人人都献上一点爱，世界将变成美好的人间。”可见，爱，于人生、于国家、于世界是怎样的重要。那么，如何培养人的爱心？我以为当务之急，便是加强青少年的审美教育，因为美育就是一种爱的教育。

首先，美育的目的是培养人的爱美之心，美是合规律性与合目的性的统一。生活中不缺少美而是缺少发现。美育就是要提升人辨别美、欣赏美、创

---

① 罗素：《真与爱——罗素散文集》，上海：上海三联书店，1988 年。

② 罗洛·梅：《爱与意志》，北京：国际文化出版公司，1987 年。

造美的能力，使心灵审美化、生活艺术化，进而培养人具有健全的心灵素质：坚毅力、耐受力、适应力、反应力，助人为乐的精神，豁达大度的胸怀，造就一代现代化新人。这一目标的实现，无疑须有爱的滋润、爱的关怀、爱的教育。爱美才能欣赏美，创造美更要以爱美为动力。同时，爱，能使人性格开朗，不至于为芥蒂之怨酿成杀人命案。爱，能使人心胸开阔，常常一笑泯恩仇，罗密欧与朱丽叶的爱就使世代仇家跨越了恨的屏障。爱，使人珍惜生命、热爱生活，处处感受到生活的美好与灿烂，不会为人生的微小挫折一蹶不起或者铤而走险。这既是爱的教育的力量，也是美育的目的。当然，这是所言说的爱，决不是自私的爱，而是一种辉映着高尚情操与人格力量的大爱，是由美育包孕着的爱。所以爱的教育，本质上和审美教育是交叉共融的，目的也大体一致。正所谓美育离不开爱，会爱才更美。

其次，美育的内涵充满着爱的汁液。康德说“美是道德的象征”。高尔基也说过，美学是未来的伦理学。美的本质是真与善的统一，而爱的本质也是真与善的一致。爱必须以真诚的善心对待人和事，具有博大爱心的人往往是最具道德心的人，也是最美的人。在审美教育中，离不开爱的浇灌，爱与被爱能点燃生命的火花，能给人无穷的力量，使人能在困境中崛起，在迷途中知返。这种博大的爱决不是自私的占有。正因为此，在审美教育中，不少内容都融入了爱的品格。我们教育青少年爱自然、爱祖国、爱人民、爱生活，植立他们远大的理想，培养他们高尚的品质，树立他们正确的世界观、人生观，激活他们追求美的信心以及创造美的能力。这其中的哪一方面都离不开爱的营养的滋润。美育是情感教育，这种情感教育只能是爱的情感教育，而决不是恨的情感教育。正如夏夫兹博里所说，审美教育使人“眼睛一看到形状，耳朵一听到声音，就立刻认识到美、优雅与和谐”。[①] 青少年流连在壮丽的大好河山中，内心便会涌动起对祖国、对自然真挚的热爱之情；看到为国捐躯的英雄影片，听到发奋图强的感人故事，他们会情不自禁地立下创立美好明天的誓言；他们为正义事业的胜利而欢呼，为美好事物的毁灭而落泪；他们沉浸在悦耳的音乐声中，迷恋于美的画幅前，为美所吸引，为人的智慧与才干所折服。审美教育唤起了他们爱的良知，爱的浇灌更激起他们

① 北京大学哲学系美学教研室编：《西方美学家论美和美感》，北京：商务印书馆，1980 年，第 89 页。

对美的追求。正是这种浸透着爱的审美教育，才能真正缩短人的“人化”进程，造就身心全面发展的一代新人。

最后，美育的手段与形式也无不与爱密切相连。美育不是强制性的被动教育。它既没有德育那种条文的规范性、理论的说教性、行为的强制性，也没有艺术教育那种实用的功利性、技能的操作性。它是以一种摄魂夺魄的魅力、潜移默化的渗透力、怡情悦性的感染力，让青少年在充满爱的人文环境里，如沐春风般的自由状态下，自愿进行的一种启发、互动教育。美育活动因令受教育者无比喜爱而能全身心地投入，进而使美育丰富的思想内涵能在尊重青少年人格的前提下，自觉地化为他们人格力量的组成部分。当然，审美教育不单纯是感官的审美享受，它既有感官上的审美享受，也有由感性到理性的审美意识活动；既有美的鉴赏，更有美的创造。然而，贯穿始终的却是以爱的手段，在爱的环境里，让他们获得美的熏陶，激起他们对美的追求和热爱。

或许有人会说，这不是在鼓吹超阶级的爱吗？我认为，美育中的爱是爱美而恶丑，是爱其当爱、憎其该憎。美育的一个重要目的在于提高人的美丑鉴别能力。有大爱的人，必定有爱美、护美的献身精神，也一定会对摧残美的丑行恶人深恶痛之，对倒行逆施、以丑为美、抱残守缺的没落阶级嗤之以鼻而扫而荡之。不能设想一个热爱祖国的人面对异族强盗的入侵能不拍案而起?！一个热爱自然的人目睹自然生态的破坏能不义愤填膺?！这种恨植根于深厚的爱之中不会受自私的功利所驱使，因而爱恨分明。当然，他们对于人民内部的矛盾，对缺少沟通的纷争，对不幸失足的亲人，必定以坦荡真诚的爱，动之以情，晓之以理，以促其醒悟而悔改。有大爱的人一定光明磊落、处事以公、待人以诚，即使自己的善行被误解、遭打击，也会处之泰然，而以真诚的爱化解误会，重新赢得别人的信任。他们不会放弃对美好理想的追求，不会动摇执着的人生信念，更不会以恶报恶。他们一身正气、大义凛然，无论爱与恨，都令人肃然起敬。这是真正懂得爱的人的恨，是懂得恨的人的爱，爱与恨有着深邃的思想根基、明确的是非观念，因而达到了大爱与大美的境界。而这正是美育巨大力量之所在，是美育中爱的教育的必然结果。

美育是爱的教育，当不为妄言。

（《美与时代》2004 年第 8 期）

美育：寓教育于游戏

美育的目的是全面提升人的精神素质，美育这一崇高目的实现往往借助于游戏的方式。游戏与教育的结合，是美育的一个重要特点。当然，这里“游戏”的概念较为宽泛，它包括一切娱乐、游览、观赏活动。

人类首先有审美意识、审美活动，然后有审美教育。游戏却比人类的产生更为久远。据观察，大部分动物之间都有游戏存在，当然，动物的游戏不能等同于人的游戏。但美育寓教育于游戏的特点，可能谁也否定不了。

游戏不受外在因素的强迫，也没有直接的功利目的。游戏者全凭个人兴趣自觉参与，由此获得身心愉悦的效果。古希腊哲学家亚里士多德说“人从孩提的时候起就有摹仿的本能”，[①]孩提时的摹仿就是孩子的游戏，孩子喜欢摹仿就是孩子喜欢游戏，亚里士多德说：“摹仿出于我们的天性”，所以某种程度上说游戏是人的天性。“人对于摹仿的作品总是感到快感”。[②] 人在游戏中能获得愉快，同时也能获得知识，尽管这种知识的获得是不经意的，不是直接的动机，但在潜移默化中的确可以获得某种知识。正如德谟克利特所说：“在许多重要的事情上，我们是摹仿禽兽，作禽兽的学生的。从蜘蛛我们学会了织布和缝补；从燕子学会了造房子；从天鹅和黄莺等歌唱的鸟学会了唱歌。”[③]成人的游戏有时是再现劳动(狩猎或种植)场面，这主要是为了

① 亚里士多德：《诗学》，载《诗学·诗艺》，北京：人民文学出版社，1982年，第11页。

② 亚里士多德：《诗学》，载《诗学·诗艺》，北京：人民文学出版社，1982年，第11页。

③ 转引自伍蠡甫：《西方文论选》上，上海：上海译文出版社，1979年，第4页。

再度体验获得劳动产品时的喜悦，但同时是否也是向未成年人，以及没直接参加劳动的人传授劳动技能与经验呢？我国《尚书·益稷》中描写的“百兽率午”，就是在欢庆狩猎成果的同时向未成年人传授狩猎知识。游戏是人的天性，也是人获得精神愉快的重要手段。所以人类是积极创造条件去游戏。游戏有一定的内容，这种内容最初总是与人的实践活动相联系，故游戏中也就必然包含着教育的内涵。游戏者在身心愉悦的同时，不知不觉获得教育的知识，这就导致后人萌发将游戏与教育结合的最初想法。受教育者在游戏中不知不觉地受到教育，教育中体现着游戏精神，以使教育获得更大成功。于是，古罗马的贺拉斯就提出了“寓教于乐”的著名观点，把审美愉悦看作实现“劝谕”目的的重要手段。被称为“近代教育之父”的捷克教育家夸美纽斯于16、17世纪之交出版了《大教学论》，同样认为实现教育企图的最好办法，就是把教育作为“一种愉快的艺术”，美育思想由此萌生。审美活动与游戏一样，是自由的无功利活动，美育也就具有教育与游戏结合的特点。“美育之父”席勒在其《审美教育书简》中就很好地论述了美育的这一特点及其作用。他指出，人在有限经验存在中，可分解为“人格”与“状态”两种因素，“人格”指主体、理性、形式等，“状态”指对象、感性、资料等。前者固定，后者变动，二者在有限存在的人身上殊难统一，由此形成人的两种自然冲动，即理性的“形式冲动”与“感性冲动”。形式冲动是理性自由人的冲动，它赋予感性存在的自然人以理性形式；感性冲动是感性必然人的冲动，它使抽象的理性形式获得感性定性。人的心灵世界不可能始终分裂，“人格”与“状态”也都不能脱离对方独立存在。“人格”离开感性材料，就只是形式和空洞的潜在功能，“状态”离开“人格”，只能使自然人转化为物质，不能实现自由人、理性人的价值。诚如席勒所言：“只有人的感性才能使它（人格）的功能成为活动力，但是只有它的人格才能使它的活动成为自己的。”[①]如何使二者统一？席勒便借助美来建立一个“审美的王国”。用审美去弥合人的处于感性与理性分裂的心灵世界。于是，他在形式冲动与感性冲动之外，提出了“游戏冲动”的概念。席勒所说的“游戏”，即谓“一切在主观和客观上都非偶然的但又既不从内在方面也不从外在方面进行强制的东西”。所以，游戏的本

① 席勒：《审美教育书简》，北京：北京大学出版社，1985年，第72页。

质是自由的。在游戏状态中,“心情处在法则与需要之间的一种恰到好处的中间位置,正因为分身于二者之间,所以它既脱开了法则的强迫,也脱开了需要的强迫”。即既摆脱了人格理性的法则强迫,也摆脱了状态感性的需要强迫,实现了人的自由本质。所以,席勒认为游戏冲动实现了对形式冲动与感性冲动的超越,结束了人性的分裂状态,分裂的人性在游戏状态中也即审美中得到弥合。相对于三种冲动,席勒还将人的存在分为感性的人(自然的人)、审美的人、理性的人。审美的人正是由自然人向理性人过渡的必然途径。于是,救赎人的任务就在于实现审美的人上面,审美人的完成只能在游戏能动地驱使下,通过审美教育的手段实现。席勒提倡美育在于建立他的理性的道德世界。不管这种设想有着怎样乌托邦性质,但美育作为实现人的“人化”手段,却为马克思首肯。马克思认为“只是由于人的本质的客观地展开的丰富性,主体的、人的感性的丰富性。如有音乐感的耳朵,能感受形式美的眼睛,总之,那些能成为人们的享受的感觉,即确证自己是人的本质力量的感觉,才一部分发展起来,一部分产生出来”。[①] 就是说,人的本质力量的感觉,不同于动物的感觉,它是有音乐感的耳朵,能感受形式美的眼睛。这种人的感觉只有通过审美活动才能实现。“钢琴演奏家生产了音乐”,一方面“满足了我们的听觉感受”,另一方面,“也是发展着我们这种感受能力”。[②] 钢琴欣赏活动就是一种审美活动,是美育的重要内涵之一。

总之,“完成自然向人生成”也好,“促进人自身的人化”也罢。这里重要的途径就是审美教育。审美教育融审美与教育为一体,游戏又是审美活动的源头之一,游戏冲动弥合了人性的分裂,超越了单纯形式冲动与感性冲动,实现了人的自由本质,故而审美与游戏有着必然的联系。这就规定着审美教育当有如下性质:

首先,美育是一种爱的情感教育。

美育寓教育于游戏。游戏是以情感为纽带、为动力的。故而,美育是情感教育,是以情动人的教育。蔡元培先生指出:“美育者,应用美学之理论于

① 马克思:《1844 年经济学哲学手稿》,北京:人民出版社,1979 年,第 261 页。

② 转引自柏拉威尔:《马克思和世界文学》,北京:生活·读书·新知三联书店,1980 年,第 86 页。

教育,以陶养感情为目的者也。”[1]真挚炽烈的情感能使人内心升腾起崇高的人生理想,鼓荡起追求美、捍卫美、创造美的热情。真挚炽烈的情感还能使人获得精神的满足、审美的享受、心灵的净化。车尔尼雪夫斯基说过:“美的事物在人的心中唤起的感觉,是类似我们当着亲爱的人面时,所洋溢于我们心中的那种愉悦。我们无私地爱它,我们欣赏它喜欢它,如同我们喜欢我们亲爱的人一样。”[2]人的心灵是知情意的统一,美学与情感的关系正如逻辑学与理智、伦理学与意志的关系一样,这是人所尽知的常识。情感包括生理的快感与高级的审美情感。美育要使人的心灵升华到美的境界,审美情感当然是积淀了理性内涵的高级情感,这种情感是充满了理性的爱的情感,爱一切美好的人和事物,爱一切值得爱的自然与生命。

美育的目的就是要提升人辨别美、欣赏美、创造美的能力,使人得到全面和谐的自由发展。这一目的的实现,无疑须有爱的滋润。爱与被爱能点燃生命的火花,能给人无穷的力量,使人能在困境中崛起,在迷途中知返。故而,美育是一种爱的情感教育不为虚言。爱美才能欣赏美、创造美,才能使人珍惜生命,热爱生活。当然,这里说的爱,是一种辉映着高尚情操和人格力量的大爱。只有这种充满情感的大爱教育,才能实现美育的目的。

其次,审美教育是具有鲜明独特形象的直观教育。

审美教育是爱的教育,也是美的教育,要成功进行美的教育,便要充分运用美的特点从事教育。凡是美的事物,都是具体可感的,有着鲜明独特的形象性。这种鲜明独特的感性形象,直接作用于审美主体的感官,使人置身于游戏中一样,感到悦目赏心,流连忘返而培养起爱美、护美、造美的心灵。人们获得美感总是从直观的形象入手。美育是情感教育,而人的情感是逼不出来的,只能通过优美感人的形象诱导出来。这正是美育不同于智育、德育之处。智育运用概念、推理、判断,培养人的思维能力,让人掌握外在事物的规律,认识其本质,更好地改造客观世界;德育则运用理论说教,传授道德观念,让人们遵纪守法,理性地处世待人,使社会成为井然有序的和谐集体。美育则是运用鲜明可视的形象,陶冶人的情感,培养人具有健全的心灵素

---

① 蔡元培:《蔡元培教育文选》,北京:人民教育出版社,1980年,第195页。

② 车尔尼雪夫斯基:《生活与美学》,北京:高等教育出版社,1992年,第126页。

质,即坚毅力、适应力、助人为乐的精神,豁达大度的胸怀,从而使人具有高尚的审美情操、崇高的审美理想。而要达此目的,就要在直观的形象感受中体验到美的真谛。车尔尼雪夫斯基精辟地指出:“我们不应忘记美感和感官有关,与科学无关。凡是感受不到的东西,对美感来说就不存在。”“形象在美的领域中占着统治地位”。① 鲁迅也说:“美底乐的特殊性,即在那直接性。”故而,柏拉图告诉我们“应该寻找一些有本领的艺术家,把自然的优美方面描绘出来,使我们的青年像住在风和日暖的地带一样,四周一切都对健康有益,天天耳濡目染于优美的作品,像从一种清幽境界呼吸一阵清风,来呼吸他们的好影响,使他们不知不觉中从小就培养起对于美的爱好,并且培养起融美于心灵的习惯”。② 融美于心灵习惯的培养,必得依靠有本领的艺术家,把自然的优美方面描绘出来,给人以形象的直观教育才能实现。所以,美育像游戏一样,最忌抽象概念的演绎,也忌枯燥的理论说教。那会使受教育者望而却步,退避三舍。美育只能通过生动形象的直观教育,用美的感性形象感染人、启迪人、打动人,使受教育者沉浸在美的氛围中,沉浸在游戏的氛围中,这样才能不知不觉地获得美的熏陶。由此,培育身心全面发展的一代新人。

最后,美育是潜移默化的自由教育。

美育寓教育于游戏,游戏是自觉自愿参与,自由自在的行为,来不得半点强迫。同时,美育也是美的教育,而美的重要品性便是自由。审美活动更是以人的自由为前提。黑格尔说:“审美带有令人解放的性质。”③审美是实现人的自由的途径。诚如席勒指出的那样,审美的人是由自然人向理性人过渡的必然中介,审美活动既摆脱了人格理性的法则强迫,也摆脱了状态感性的需要强迫。人在审美活动中充分自由,既无须考虑内在的理性约束、良心道德的规范,在不在乎急功近利的物质得失,实现了人的自由本质。正是在这个意义上,他提出了“让美走在自由之前”的著名论断。

① 车尔尼雪夫斯基:《生活与美学》,北京:高等教育出版社,1992年,第78页。

② 柏拉图:《柏拉图文艺对话集》,北京:人民出版社,1980年,第62页。

③ 黑格尔:《美学》第1卷,北京:商务印书馆,1984年,第27页。

斯托洛维奇说："审美享受能力，决定自由感。"①马克思也说："囿于粗陋的实际需要的感觉只具有有限的意义。"②这些论述都说明美育不是强制性的被动教育，美育能使人在审美活动中潜移默化地实现教育的目的，因而必然是自由的，人心向往之。它既没有德育那种条文的规范性、理论的说教性、行为的强制性，也没有艺术教育那种实用的功利性、技能的操作性。它是以一种摄魂夺魄的魅力，潜移默化的渗透力，怡情悦性的感染力，让青少年在充满爱的人文环境里，如沐春风般的自由状态下，自愿进行的一种启发、互动教育。当然，审美教育的"自由"是"随心所欲不逾矩"的自由，是遵循审美规律的自由，否则，无法进行美的欣赏与接受，更谈不上审美教育了。同时，美育也要传授美的理论，普及审美知识。但这种传授与普及决不是教条灌输的结果。美育的目的在于陶冶心灵世界、提升精神素质、完善健全人格，这决不能毕其功于一役。美育活动因令受教育者无比喜爱而能使他们长期自觉地参与、全身心地投入，进而使美育丰富的思想内涵能在尊重受教育者人格的前提下，润物细无声地化为他们人格力量的组成部分。审美教育也不单纯是感官的审美享受，它既有感官上的审美享受，也有由感性到理性的审美意识活动；既有美的鉴赏，更有美的创造。然而这一切都是在受教育者自觉自愿的前提下，以极大的兴趣、经过长期的潜移默化的爱的熏陶，才能达到爱与大美的境界。那种期望听一首美妙的音乐，看一幅俊美的图画，感受一次愉快的旅游，就能一蹴而就地实现美育的目的，是不切实际的。人的心灵的雕塑，当从点滴入手，日积月累，循序渐进，孕育而成。"十年树木，百年树人"，长期耳濡目染，滋润感化，最终积淀为人的一种潜意识的心理能量，才能化为人们爱美、护美、创造美的自觉行动。

当然，美育的性质不止以上三点，它还有主动性、娱乐性、个性化、社会实践性等特点，但上述三点无疑是最基本也是最重要的性质，舍此，就不是审美教育，而是别的教育了。总之，美育是一种以形象为对象的直观教育，一种爱的情感教育，一种潜移默化的自由教育，其对受教育者摄魂夺魄的魅

---

① 斯托洛维奇：《审美价值的本质》，北京：中国社会科学出版社，1984 年，第 183 页。

② 马克思：《1844 年经济学哲学手稿》，北京：人民出版社，1979 年，第 136 页。

力，怡情悦性的感染力是其他教育无可比拟的。人们在摆脱一切外在束缚的审美王国里，进行精神上的自由创造，获得个性的自由发展，培养融美于心灵的习惯，这无论在教育目的还是在教育效果上，都是其他各类教育难忘其项背的。

（《美与时代》2007 年第 3 期）

谈艺术的审美活动

审美就是主体人对审美对象的审视、观赏与接受。审美活动是美的消费过程,但美的消费不同于其他物品的消费,美的消费并不消灭美的对象,它是与他人共享的一种精神消费。故而,审美活动是人特有的社会实践活动,是人掌握世界的方式之一。广义的审美活动还包括审美批评,狭义的审美活动,即指审美欣赏。

审美活动处处存在,不论是自觉还是不自觉。当你漫步在乡野山道,扑入眼帘的红花绿丛,使你流连忘返;当你置身于琳琅满目的博物馆内,奇珍异宝让你爱不释手;当你陶醉在美妙的乐曲声中,驻足于齐白石、徐悲鸿的名画前;或是阅读一部缠绵悱恻的小说,观看一出揪心落泪的悲剧……审美活动都在主客体间悄悄进行。

审美活动未必都给人带来喜悦与轻松,它带给你的也可能是震惊与痛苦。你会为窦娥的冤屈而愤慨、为邓世昌的捐躯而扼腕、为林黛玉的焚稿而落泪。审美活动是一种人类才具有的审美情感体验活动。

本文谈的审美活动主要以对艺术美的鉴赏来展开,因为艺术美比现实美更为集中与典型。

一、审美活动的意义

审美活动的意义,首先在于它使美得到确证,使潜在的美成为实在的美。美,只有在人的观赏实践中才能实现美的价值。著名的捷克结构主义学者穆卡洛夫斯基把艺术品分为“人工制品”和“审美客体”两部分。认为未经观赏者观赏的艺术品只能是人工制品而非审美客体。只有经过观赏的人工制品，才能转化为真正的艺术品即审美客体。同样，史前的大自然，风景同样独好，但由于未经过人的本质确证，它无所谓美丑。

人在对美的观赏中，融入了主观能动性，在美的对象上烙下个人的情感印记，使同一的审美客体呈现出不同的情感色彩，从而使自在的美成为自觉的美。例如，同登岳阳楼，有人“满目萧然，感极而悲者矣”；有人则“心旷神怡”，“其喜洋洋者矣”。所以，人对美的观赏与接受，决不是消极的、被动的，而是充满着主体的创造精神。人工制品正是在主体创造精神的滋润下，才成为审美客体，体现出美的韵致，实现了美的价值。

其次，审美活动也创造了审美主体，使自然的人成为审美的人。恩格斯说：“手不仅是劳动的器官，它还是劳动的产物。”①马克思也指出：“艺术对象创造出懂得艺术和具有审美能力的大众。”②正是基于这样的观点，所以，“钢琴演奏家生产了音乐”，一方面“满足了我们的听觉感受”，另一方面，“也是发展着我们这种感受能力”。③ 人的审美能力是在观赏活动中发展起来的。“文革”中，一切高雅的审美活动被禁止，造成青年一代对美的无知，他们踏碎贝多芬唱片，砸坏维纳斯雕塑，却以疯狂的武斗，展现人性的丑陋。刘勰说：“操千曲而后晓声，观千剑而后识器。”④人正是在审美活动中，提升了自己的精神品性，陶冶了高尚的审美情趣，树立了崇高的审美理想，不断实现人自身的“人化”。

黑格尔在《美学》中举例说：“一个小男孩把石头抛在河水中，以惊奇的神色去看水中所现的圆圈，觉得这是一个作品，在这作品中，他看出他自己活动的结果。”⑤小男孩以惊奇的神色去看水中所现的圆圈，这就是审美活动。在小男孩的审美活动中，他在“观照自己，认识自己，思考自己”。⑥ 他感

---

① 恩格斯：《劳动在从猿到人转变过程中的作用》，载《马克思恩格斯选集》第3卷，北京：人民出版社，1995年，第509页。

② 马克思：《〈政治经济学批判〉导言》，载《马克思恩格斯选集》第2卷，北京：人民出版社，1995年，第10页。

③ 转引自柏拉威尔：《马克思和世界文学》，北京：生活·读书·新知三联书店，1980年，第121页。

④ 刘勰：《文心雕龙》。

⑤ 黑格尔：《美学》第1卷，北京：商务印书馆，1979年，第3页。

⑥ 黑格尔：《美学》第1卷，北京：商务印书馆，1979年，第38页。

到他的审美活动体现了人特有的“为自己而存在”，“这种自为的存在”，使他实现了自身的价值，感受到自我审美意识的获得。审美活动摆脱了外在直接功利性的束缚，使人真正发现了真实的、自由的、精神的自我。

最后，审美活动能激励作家努力创作人民大众喜闻乐见的优秀作品。马克思说：“没有生产，就没有消费；没有消费，也就没有生产，因为如果是这样，生产就没有目的。”[①]作为精神生产的艺术创作，与作为精神消费的审美欣赏是互为对象、互相促进的。满足群众审美欣赏的要求，是艺术创作的目的。欣赏者对艺术品的由衷肯定，更能使艺术家获得再创作的动力。别林斯基说道：“读者是文学的最高法庭，最高裁判。”[②]没有哪个艺术家的创作活动不顾及欣赏者的价值取向。欣赏者的审美活动直接影响到艺术家的艺术行为，艺术家在创造美的过程中必然会考虑到欣赏者的审美品位，以期使自己的艺术品能在欣赏者的欣赏中激起强烈反响、获得好评。为此，他就必然注意倾听欣赏者对自己艺术创造的评价，不断调整自己的创造思路，不断提高自己的创作水平。当然，艺术家的创作还担负着以自己的作品不断提升人民大众审美趣味、审美能力的使命。艺术家在满足人民大众审美需要的过程中，还应以积极健康的艺术作品引导人民大众正确评价与接受美，而不是以低俗作品迎合大众低级的生理需求，钝化大众的审美评判能力。审美活动的健康开展，能够也必然使艺术美的创造者与艺术美的欣赏者之间出现良性互动，促进优秀作品不断涌现，艺术家在满足人民大众日益增长的审美需要的同时，也就提高了自己的创作能力和水平。

二、审美活动的特征

审美活动不是简单的美的观赏与接受，而是人的生命的展开，是人的本质力量对象化的实现。因而，审美活动有着如下特征：

1. 审美活动是超功利的行为。

审美活动没有物质的直接功利性，不受制于直接的功利目的。

---

① 马克思：《〈政治经济学批判〉导言》，载《马克思恩格斯选集》第 2 卷，北京：人民出版社，1995 年，第 17 页。

② 别林斯基：《别林斯基选集》，上海：上海译文出版社，1979 年，第 26 页。

人脱胎于动物，动物的本能就是通过各种活动获取生存的条件。人的实践活动首先是满足衣食住行的需要，这就是人的直接功利活动。人在功利活动中按照预定的目的，使用一定的工具，改造客观对象，最终使客体为人的生存服务。

人从动物进化出来，逐渐成为社会群体。人在社会实践中，改造客观世界的同时也改造主观世界，从而使人逐渐摆脱了单纯的物质需要，发展了另一种精神需求的潜能，即审美需求。审美活动是满足人的审美需求的活动。审美活动不占有对象，也不消灭对象，它只是使人获得精神愉悦，并使这种愉悦为大家共享。马克思生动地举例说："例如，一个歌唱家为我提供的服务，满足了我的审美的需求；但是，我所享受的只是同歌唱家本身分不开的活动，他们劳动即歌唱一停止，我的享受也就结束；我所享受的是活动本身，是它引起我的听觉的反应。"[①]审美活动既不能占有歌唱家的歌声，也不能垄断歌唱家的歌声。在审美活动中，人们得到的是精神愉悦的满足，而没有直接的功利目的。正是从这个角度，黑格尔说："审美带有令人解放的性质。"[②]审美活动使人从自私的占有欲中解放出来，超越了物质功利的束缚，发展了人的精神追求，实现了人的本质力量对象化。人在审美活动中的愉悦，正是对自身本质力量肯定的愉悦，因而他乐于将这种愉悦与大家分享。这无疑促进了人的"人化"进程。

所以，真正的审美活动是不存在功利目的的。有些类于审美活动的行为，因带有强烈的功利性或丑陋性而当排除在审美活动之外。如盗画者为赢利目的盗走张大千的名画藏之秘处，再如怀着淫欲目的为刺激眼球，花高价观看黑剧团的脱衣舞等，都不能称作审美活动。

2.审美活动具有主体自由性的特点。

审美活动的自由性表现为两点：一是审美活动是审美主体的自由参与，它拒绝强迫，也没有功利的诱惑。二是在审美活动中，审美主体充分享受自由的愉悦，正是这种审美愉悦，导致审美主体的主动介入。

---

① 马克思：《剩余价值理论》，载《马克思恩格斯全集》，第26卷第1册，北京：人民出版社，1995年，第436页。

② 黑格尔：《美学》第1卷，北京：商务印书馆，1979年，第27页。

人的其他实践活动，比如生产活动、科学实验活动等，虽然活动的成果会给人一定的精神满足，但参与这类活动的出发点首先是出于生存的考虑，带有很大的强迫因素。有些实践活动甚至成了异化劳动。比如，人们为了养家糊口，不得不在恶劣的劳动条件下，冒着生命危险进行生产活动，人成了工具、金钱的异化物。人参与这类活动特别是异化劳动，完全违背了人的自由原则。而且，人在这类功利活动中，也感受到极大的不自由的痛苦。人不能违背老板的指令、工头的分派想干什么就干什么，即使在社会主义企业里，人也不能无视规章制度而随心所欲。所以马克思说："人作为自然的、肉体的、感性的、对象的和受限制的存在物。和动植物一样是受动的、受制约的和受限制的存在物。"[①]诚然，人可以通过认识客观对象，掌握事物规律，获取主观能动性的自由，但这种自由是有限度的。人的任何自由都不可能突破客观规律的藩篱。相对而言，审美活动受外在限制很少，审美主体甚至可以率性而为，充分享受审美自由的愉悦。《世说新语·任诞》记载王子猷一时心动，夜乘小舟，观雪景、往剡溪、访戴逵，天明方至，竟造门不入而返。别人问其缘故，他答道："吾本乘兴而行，兴尽而返，何必见戴。"乘兴而行，兴尽而返，这就是审美活动的自由性。审美活动一旦成为强迫的规范行为，就会索然无味。人们在实践活动中，受制于功利目的的导引，深感不自由的痛苦，甚至迫于外在压力，做到"脸上灭尽忧喜色，胸中消尽是非心"，不能将胸中块垒一吐为快，正所谓"避席畏闻文字狱，著书都为稻粱谋"。而在审美活动中，人们对审美对象的选择和评价都是充分自由的，"仁者乐山，智者乐水"，趣味无可争辩，说的正是审美活动的自由。而且面对美的对象，人们可以自由驰骋想象的空间，不受拘勒；可以忘却世俗的功名利禄，抛却人间的忧愁烦恼，自由地陶醉在忘我的审美愉悦中，恣意接受美的熏陶，一任美好情愫充溢心胸，这正是人们在功利活动之外需要审美活动的原因。审美活动使人的自由本性得到充分显现；对美的凝视，正是人对自身自由本质的凝视；审美活动的愉悦从某种角度说，也就是人的自由本质复归的愉悦。审美活动是人的主体自由性的活动，是人独享的精神自由的活动。

---

① 马克思、恩格斯：《马克思恩格斯全集》第 26 卷，北京：人民出版社，1995 年，第 436 页。

3. 审美活动是审美主客体间的情感交流活动。

审美活动中的主体面对美的对象决不可能无动于衷、冷眼漠视。我们会为黛玉葬花潸然泪下，为武松打虎慷慨击节，为哈姆雷特痛斥“神”的邪恶、赞美“人”的崇高而拍案叫绝。人在审美活动中，使自己炽烈的情感外射到对象物上，从而“赋予感觉和情欲于本无感觉的事物”。[①] 这就是“移情作用”。

当然，移情并不是主体单纯的“情感外射”，而是主客体双方互相对应生成的一种特殊的情感交流活动。移情产生的原因是，蕴含着普遍意义的客观对象在特定情境下，拨动了某些人的心弦，从而移化了人的情感，而同时，审美主体又以更多的关注、更大的热情投向客体对象，赋予对象生命的活力，客体随着主体情感的加深，又投向主体更多的深层意味，使审美主体在情感激荡中，把感知到的信息同以往的生活经验结合起来，浮想联翩，忽惊忽喜，最终到了物我两忘的境界而如醉如痴。诚如陆游诗说：“何方可化身千亿，一树梅花一放翁。”明代有一女子欣赏《牡丹亭》竟伤心落泪、痛彻心脾地哭道：“天下亦有痴如我，岂独伤心是小青。”

移情作用的发生，主客体都有深厚的内在原因。就客体来说，审美对象须是栩栩工如生、充满生命活力的具体形象，而且这类具体形象，积淀了人的某一方面的情感内容，成为特定情感的象征物，具有一种普遍的、客观的意蕴，能触发人的某种情感的生成。就主体来说，审美主体要有感同身受的想象力、理解力。这种想象力、理解力既有先天的因素，也有后天的经验积累，从而在人心中形成一定的心理定势，造成“我们倾向于看见我们以前看过的东西，以及看见最适合于我们当前对于世界所全神贯注的和定向的东西”。[②] 所以一个生活阅历丰富的人，他的大脑中一定储存了较多的内在图式，一旦外界某一事物触动了他的储存信息，便会迅速产生情感效应，打开情感的闸门，与审美客体产生情感交流而进入到审美活动中。

费尔巴哈说：“感情的对象就是对象的感情……那么，当音调抓住你的

① 鲁枢元：《创作心理研究》，郑州：黄河文艺出版社，1985 年，第 79 页。

② 鲁枢元：《创作心理研究》，郑州：黄河文艺出版社，1985 年，第 54 页。

时候……你在音调里听到了什么呢?难道听到的不是你自己心的声音吗?"[1]康德也指出:"对自然的崇高感就是对我们自己使命的崇敬,通过一种'偷换'的办法,我们把这崇敬移到自然事物上去。"[2]所以说穿了,人在审美活动中的情感交流,是自己内心深处的真实情感的流动,人通过审美活动,再度体验生命的情感激荡,由此获得审美愉悦。

(《美与时代》2017 年第 6 期下)

① 费尔巴哈:《西方十八世纪末—十九世纪初德国哲学》,载《西方美学家论美和美感》,北京:商务印书馆,1980 年,第 162 页。

② 康德:《判断力批判》上卷,北京:商务印书馆,1985 年,第 27 页。

议审美需要与审美价值

价值产生于外界物的有效性以及人对外界物的需求，审美价值也是如此。

人类的活动都基于人类的需要，“正是需要推动人以一定的方式在一定方面的活动”。① 人类的需要是在人的社会实践中，随着“人化”的进程不断丰富发展起来的。马斯洛在 1943 年提出了需要层次说。他从心理动力学理论出发，指出人的需要是循序递进的层次系统，它们依次为以食、色为基础的生理需要，自我保护的安全需要，爱及威望自尊的需要，自我实现的需要，审美的需要。审美需要是人所独有的高层次的需要，它建立在生理需要满足的基础上。所谓“食必常饱，然后求美；衣必常暖，然后求丽；居必常安，然后求乐”。② 马斯洛同时指出，虽然高级需要必待低级需要满足后才产生，但“人们在满足了高级需要，并获得了价值和体验之后，高级需要会变得具有自治能力，不再依赖低级需要的满足”。③ 这就是心理学上的“功能自主”原理。“饥者歌其食、劳者歌其事”现象的产生正说明审美需要具有相对独立的功能自主性质。

审美需要是人的高级需要之一，它在实用需要的基础上产生，经过巫术

---

① 彼德罗夫斯基主编：《普通心理学》，北京：人民教育出版社，1981 年，第 111—112 页。

② 北京大学哲学系美学教研室编：《中国美学史资料选编》“附录 · 墨子佚文”，北京：中华书局，1980 年，第 22 页。

③ 转引自弗兰克 · 戈布尔：《第三思潮：马斯洛心理学》，上海：上海译文出版社，1987 年，第 45 页。

礼仪的洗礼，伴随着“人化”的进程，逐渐剥离为相对独立而又十分重要的精神需求。

审美需要的原动力是什么？美学史上众说纷纭。其中的弗洛伊德的性本能说影响最大。弗洛伊德把美的对象看作性的对象，故而认为审美需要就是基于“力比多”宣泄的需要。

弗洛伊德主要以无意识和性本能为研究对象。他认为人的精神世界可分为意识与无意识，意识是心灵的外表，无意识才是心灵的核心。“精神过程本身都是无意识的，而那些有意识的精神过程，只不过是一些孤立的活动”。无意识不仅是精神病的病因所在，也是人的人格主宰。无意识里躁动着人的各种原始冲动和本能，最主要是性本能。性本能不仅仅是生殖活动，还包括一切欲望冲动。它是人的一切行为的动机和基础，是人的基本的心理能源，是人的心理需求的原动力，它常驱使人去追求自我实现。弗洛伊德明确指出：“正是这些性的冲动，对人类精神的最高的文化艺术和社会成就做出了其价值不可被估计过高的贡献。”[①]他给这种内在的本能潜力起名为“力比多”。由于人的精神受无意识、性本能主宰，所以人性是恶的，人天生是自私的，本质是卑劣的。弗洛伊德由此进一步提出了“三部人格结构”的理论。他认为人格由伊底、自我与超我三部分构成。伊底是最原始的，与生俱来的无意识部分，它毫无理性，不知廉耻与道德，只按照“快乐原则”行事。它像一锅沸腾的水急切地寻找出路，但伊底不直接同外界接触。唯一的出路是通过自我。自我是全部心灵的感觉器官，处于伊底和外界之间，它按照“现实原则”、根据外部世界的要求来活动。它一方面执行“超我”的命令，一方面又对“伊底”加以控制或压抑。“超我”即“道德化了的自我”，它按照“自善原则”行动，是习俗教育的产物。它包括“良心”和“自我理想”。在弗洛伊德看来，如果三者保持平衡，则人格得以正常发展。不过超我是冷酷无情的，它只按规定的行为常规办事，监督自我执行，而不管伊底的需要与冲动；伊底也是强有力的，它要不顾一切地得到满足，于是自我被逼得过紧的时候，就发展焦虑来对待。这就导致精神病或人格异常。弗洛伊德发现，那些不见容于社会道德、习俗、法律的本能欲望常常受到“压抑”，这是十分痛苦

① 弗洛伊德：《精神分析引论》，北京：商务印书馆，1984年，第79页。

的事。因为这些受到压抑的欲望并没有因此而消失，它们仍然留在无意识中，并“固着”在不恰当的对象上，从而造成精神失常。当然压抑的情绪经验可以转移到更适宜的境界，如审美活动或其他有益的工作，这种作用就叫作“升华”。通过“升华”，本能欲望便能得到变相的发泄，由此导致审美需要的产生。审美需求就是要给过剩的力比多寻求改道发泄的途径，使积压的性欲能量既能为外界现实所允许，又能得到宣泄而满足。弗洛伊德特别以作家的创作与读者的欣赏过程，说明审美需求产生的动因。他指出，正因为文学艺术能使人的本能欲望得到宣泄，才导致审美活动卓有成效地进行。他分析道：对于作家来说，整个创作过程，作家、艺术家同样有着迫于现实环境的压力，本能欲望，尤其是性本能不能直接满足的痛苦。于是他们借助于文学创作，以隐蔽的或伪装的形式，使自己生活在一个虚幻的世界里，让性欲和雄心勃勃的欲望充分地发泄。这样，他既间接地满足了自己的本能欲望，又巧妙地躲过了法律的制裁、良心的谴责。同样，读者欣赏作品也是为了满足不能见容于社会习俗的欲望，艺术作品对读者的作用同样是为使其本能欲望得到替代性满足。这样，整个艺术活动就成了作者与读者各自本能欲望变相满足的过程。再扩大到整个审美活动都是如此，人需要借助审美活动使本能欲望以隐蔽的方式得到变相的满足。这就是一切审美活动产生的终极原因，也是人的审美需求的原动力。

以弗洛伊德为代表的性欲望满足是审美需求原动力的说法显然是错误的。他完全剥离了人的社会属性，把人仅仅看作生物学上的人。从动物本能需要来寻找人的精神需求的深厚原因，这就必然陷入审美需求的唯性论泥坑。

人由动物进化而来，人是自然界的一部分，他必然具有一定的自然属性。但人不同于动物的根本之处在于，人是在一定社会环境中生活的，人是社会关系的总和，是有理性的高级动物。人性作为区别于动物的根本特性，就在于他的社会性、他的理性。因而人的需求决不等同于动物的需求，特别是人的审美需求。人是高度化社会化的动物，具有理想性和文明性。人的一切行为都不仅仅受本能驱动，更是按照人的理想与道德，即按照理性、按照改造主客观世界的需要进行的。

审美需要是人的精神需要，是在社会实践中丰富发展的。它不是认知与功利需要，而是内在情感的需要。内在情感的需要，是人的“人化”必然结果，而人的“人化”只能在社会实践中进行。马克思说：“对于没有音乐感的耳朵来说，最美的音乐也毫无意义。”[①]音乐感的耳朵是人化的耳朵，正如马克思所说：“人的感觉，感觉人性，都只是由于它的对象的存在，由于人化的自然界，才产生出来的”，[②]所以审美需要与动物性无涉。

审美需要是内在情感的需要，内在情感决不等于生理的快感，而是积淀了理性内容的高级审美情感。它摆脱低级的性欲的束缚，经过理性的洗礼，辉映着审美理想的光彩。而且，审美情感也是自由观照的情感，因而审美需要不同于功利欲望的需要，也不是科学理智的需要。它不是如物质功利方式那样，对对象起直接的实用欲望，并通过利用对象的客体存在来实现功利目的，也不是如科学理论方式那样，把“感性的具体东西转化为一种抽象的思考的东西”。审美需要就是在对感性对象的自由观照中，获得身心愉悦的审美享乐。审美情感是一种无私的、自由的、积淀人的理性内容的高级情感，正是从这个意义上，我们也可以说，审美需要是对人自由本质肯定的需要。

审美需要不仅是一种审美情感的需要，还是一种只对对象形式观照的需要。黑格尔说：“艺术观照和科学理智的认识性的探讨之所以不同，在于艺术对于对象的个体存在感到兴趣，不把它转化为普遍的思想和概念。”[③]这就说明审美需要是与对象的形式进行直接感情交流的需要，是人们对客体形式结构、秩序、规律的情感交流活动。它不占有对象，也不对对象的功能、性质、本质感兴趣，而是在对对象形式的观赏中，获得审美快乐。正像朱光潜指出，人们对松树大致有三种态度：一是商人的功利态度，一是科学家的认识态度，一是画家的观照态度。这就生动地区分了审美需要与认知、功利需要的不同。

世界上能引起人的审美需要，成为人的自由观照对象的事物都必然是

① 马克思：《1844年经济学哲学手稿》，载《马克思恩格斯全集》第42卷，北京：人民出版社，1963年，第125页。

② 马克思：《1844年经济学哲学手稿》，载《马克思恩格斯全集》第42卷，北京：人民出版社，1963年，第126页。

③ 黑格尔：《美学》第1卷，北京：商务印书馆，1979年，第39页。

个别的、具体的、体现了人的本质力量的事物。车尔尼雪夫斯基精辟地指出了这一点，他说："我们不应忘记，美感和感官有关，与科学无关，凡是感受不到的东西，对美感来说就不存在。""美是个别的、活生生的事物，而不是抽象的思想"。① 审美需要是对对象形式观照的需要，这里的观照必须引起人们的审美愉悦，因而对象的形式必然是有意味的形式，体现了人的本质力量，积淀了人的理性精神。对象的秩序、匀称、规律无不体现了人的蓬勃向上的生命意志，体现了人对自身本质力量的自信态度，因而人在对形式的审美观照中，就会获得由肯定自身本质力量而引发的审美愉悦。

审美需要以审美价值存在的前提为基础，是一种情感交流的需要，是一种对形式自由观照、获得审美愉悦的需要。因而审美价值必然摒除了实用功利的直接目的，具有无私观照的意义。

审美趣味、审美理想与审美价值有着怎样的关系呢?

人的审美趣味和审美理想是评价审美价值的基础，是人们审美观的重要依据。审美趣味是否高尚，审美理想是否正确，往往决定着一个人的审美观是先进还是落后，制约着他对美的发现、认识，以及对审美价值的追求。

同时，审美趣味和审美理想又受制于人的审美需要。日益丰富的审美需要刺激人积极投身于有益人们健康与发展的审美活动中去，由此增强人的审美能力，提升人的审美水平。正所谓"观千剑而后识器，操千曲而后晓声"。② 人们审美能力增强，审美水平提升也就会净化人的审美趣味，纯洁人的审美理想，使人的审美趣味与审美理想自觉地与人的"人化"过程相结合而同步。

(《美与时代》2016 年第 5 期下)

① 车尔尼雪夫斯基：《生活与美学》，北京：高等教育出版社，1992 年，第 97 页。

② 刘勰：《文心雕龙》。

博克、康德崇高说之比较

虽说,西方美学史上第一个提出"崇高"概念的人是罗马时代的朗吉弩斯,但由于他的崇高说主要是就作品的风格而言,对崇高的探讨基本限于修辞学范围,没能将崇高和美作真正的区分。因而,崇高这一审美范畴缺乏应有的独立品性,它的丰富的美学意蕴远没有揭示出来。真正奠基了崇高的理论柱石,使崇高获得美学范畴意义的人当推英国的博克和德国的康德。

18 世纪,英国经验主义美学家爱德蒙·博克的《论崇高与美》一书的问世,标志着崇高理论研究的突破性进展。在这部著名的美学著作中,博克首先将崇高作为美的对应物,从形成根源上对二者加以区分。他认为崇高与美分别产生于人类两种基本情欲:自体保存和社会交往。生命受到威胁时,就会在情绪上产生惊异或恐惧,而"凡是能以某种方式宜于引起痛苦或危险观念的事物……就是崇高的一个来源"。美则来源于人与人之间的社交群居要求,美的事物能在人的心灵中引起"爱或类似的感情"。这样,崇高与美在来源上的不同就必然导致性质的相异:"前者以痛苦为基础,而后者以快适为基础。"当然,博克也正确地看到,崇高的对象所引发的不是单纯的痛感,而是由于"处在一定距离之外,或是受到某种缓和"使得痛感夹杂快感。然而,尽管如此,二者起因的不同"仍然使他们保持着永恒的区别"。这种区别具体体现于二者的感性品质:崇高在体积上是巨大的,而美则是较小的;伟大的东西凹凸不平,美的东西则平滑光亮;崇高的东西喜欢采用直线条,偏离直线条时角度较大,而美则是缓慢地偏离直线的;崇高的东西往往是阴暗朦胧的,美则不能是朦胧模糊的;崇高的东西坚实而笨重,美则是轻巧娇柔的。博克对崇高的这些分析尽管失之表面,甚至十分牵强,但他明确地将崇高看作一种外在于美的东西，指出崇高无论从根源上、性质上，还是从观照者所产生的心理效应上都与美不同，从而使崇高获得了独立审美范畴的意义。也只有这样，才能对崇高这一具有独立品性的美学概念加以明确界定，这无疑开掘了美学更为丰富的内涵，拓展了人们审美欣赏范围。博克没有把崇高的根源完全归诸人的心灵，而是大胆地采用了经验归纳法，从自然领域及艺术领域的许多崇高对象中，归纳出了普遍地存在于这些对象上的具体的感性性质。因而，博克的崇高说不仅在现实世界有着广阔的范围，而且，他着重从崇高事物的性质入手分析崇高的特征，其美学思想建立在唯物主义基石上，也就有着一定的进步性和科学性。博克还运用主观心理分析的方法，从主体审美经验方面对崇高性质进行探索，以人类两种基本情欲解释崇高感与美感形成的主观原因，这种重视主体心理基础研究的态度是可取的，它对康德也有所影响。但毋庸讳言，博克的失误也正从这里开始。博克的美学观根源于培根的经验主义和洛克的感觉主义而接近于霍布斯，因此，他对美感的分析也就偏重于人的本能和情绪。他从人的主观感觉出发界定崇高与美，认为崇高就是"能以某种方式适宜于引起苦痛和危险观念的事物，即能以某种方式令人恐怖的，涉及可怖对象的、或是类似恐怖那样发挥作用的事物"，而美则是"物体中能引起爱或类似感情的一种或几种品质"，使美和崇高带有明显的主观随意性。而且，他对崇高的分析完全脱离社会实践，忽视了崇高感与社会道德内容的必然联系，而以纯生物学的观点，将心理基础的研究简化为生理基础的研究，将崇高感及美感与一般的感官快感相混淆，将审美活动中的情绪与实际生活中的情绪相等同，这就片面地强调了感性而忽视了理性的作用，不能揭示出美与崇高的本质特征。他把由感觉、知觉、联想、想象和理解等要素组成的主体审美过程看作一个简单的生理上的刺激—反映过程，即事物感性方面的性质机械地、直接地打动人类某种基本情欲，因而产生崇高感或美感。把人与一般的动物等量齐观地看作都是追求生理本能的满足，抽去了人的社会本质的规定性，丝毫没有认识到社会实践和历史发展对审美趣味产生决定性作用，于是博克也就从经验主义走向机械唯物主义。

博克的《论崇高与美》出版几十年后，晚年的康德写成了他的《判断力批判》，建构起他自己的崇高理论。康德的崇高说受到了博克的深刻影响，但又表现出卓越的独创性。

首先,康德揭示了美与崇高的共同点,即二者都是审美判断的一种形式,“二者都是自身令人愉快的”。且这种愉快,“就量来说是普遍有效的,就质来说是无利害感的,就关系来说是主观合目的性的,就情状来说须表象为必然的”。

其次,康德更深刻地分析了美与崇高的不同点。这种不同点就对象来说,美的对象在形式,“崇高却是也能在对象的无形式中发见”。这无形式指人凭借感官无法把握,它具有无限大的特点。就性质而言,美是一种积极的愉快,崇高则是消极的愉快,美给人的是单纯的快感,崇高却是由痛感转化成的快感。从主体心理反应来说,美与想象力的游戏有关,崇高则是“想象力严肃认真的工作”。从根源上看,“美可在对象形式中找到,崇高只能在主观心灵中找到”。总之,崇高与美深层的差异在于:美的直观与形式的合目的性有关,它必须以与我们判断能力的相符合、和谐为前提,而崇高的直观则与客体和我们的判断能力之间的矛盾、不相符合有关。

最后,康德也明确地对崇高进行了分类。博克指出过具有不同感性特征的崇高对象在人心中所造成的印象是各不相同的。这曾给康德以启发,康德把崇高分为两种:“数学的崇高”和“力学的崇高”,前者属于认识能力的范围,后者属于愿望能力的范围。康德在谈及“数学的崇高”时说:“假如我们把某物不仅称为大,并且从任何角度都绝对地称为大,这就是崇高。”事物巨大的体积超出了人的感性认识能力,但人的理性又要求见出对象的整体,这就引起了想象力与理性的矛盾,只能通过唤醒“超感性功能的感觉”加以解决。这是一种超越感官尺度的功能,是一种理性的观念,是“不确定的”,因而崇高感只能是一种没有具体内容的抽象感觉。而“力学的崇高”康德认为“在审美判断中,当自然被当作是对我们没有支配力的威力时,它就是力学的崇高”。“因为它们提高了我们的精神力量越过平常的尺度,而让我们在内心里发现另一种类的抵抗的能力,这赋予我们勇气来和自然界的全能的威力假象较量一下”。因而,力学的崇高与数学的崇高一样,其根源不在于对象本身,而主要在于主体心灵。就其本质而论,“对自然的崇高感就是对自己使命的崇敬”。

由上可见,康德对崇高的论述更具系统性,也更富哲学意味。他高度评价博克的成就，但认为那只是一个起着收集材料作用的开端，最重要的还必须对审美判断作先验的探讨，以发现所谓“先天原理”。确实，他对崇高的分析是他整个哲学体系中一个不可分割的部分。康德写《判断力批判》的目的是要沟通前两个批判分别建构的两个对立的世界，也即要使判断力在知解力与理性之中、审美的活动在自然界的必然与精神界的自由之间起桥梁作用。如果说，美的分析偏重于自然界的必然向精神界的自由过渡的一端，那么，崇高的分析则偏重于由精神界的自由向自然界的必然过渡的另一端。二者都隶属于审美判断力批判，共同论证了审美判断力既略带知解力的性质，又略带理性的性质；情感既略带认识的性质，又略带意志（欲念）的性质。这就终于在自然世界和自由世界之间架起了桥梁，使似乎不可逾越的鸿沟成了坦途。康德对崇高本身的论述同样具有体系性。像对美的分析一样，他也从质、量、关系、情状四个方面对崇高进行考察，得出“崇高与美是审美判断之下的两个对立面”的正确结论。并由依存美的崇高的具体特点，引发出美与人的内在道德精神联系的必然性，展开了对天才、审美意象和艺术创作等一系列问题极富启发性、极有价值的阐述。康德理论框架的内在逻辑性使崇高转向艺术问题的探讨成为必然。他认识到艺术是道德精神的象征，也是这种美学理论体系合理展开的必然结论。

此外，康德摒弃了博克对“崇高”的基础所作的“生理学的解释”而代之以“先验的解释”。康德认为，若对象只是通过感官刺激直接引起主体的愉悦，则审美判断就不可能具有普遍和必然性。康德在谈及崇高感的发生时说道，在观照崇高对象时，“由于心中固有的观念而激起一种情感”，即为崇高感。“因为这时心灵受到激发，抛开感性机能而去体会更高的合目的性的观念”。这种“目的性”就是指造物主创造世界时所设计安排的目的，也就是一种“先天原理”。正是由于崇高判断能“使一个先天原理显示出来”，崇高才必然具有普遍意义。同时，康德又强调：“心意对于崇高的情调要求着心意有一对于诸观念的感受性。”也就是对于崇高的感受要有一定的心理基础，这种心理基础是社会性的，因为“事实上，若是没有道德诸观念的演进发展，那么，我们受过文化陶冶的人所称为崇高的对象，对于粗陋的人只现得可怖”。康德的这些论述一方面揭示了美感、崇高感与一般快感的区别，使崇高感摆脱了动物性的纯生理的刺激反应而赋予积极的社会意义。另一方面，他的“先验的解释”，用人心中先验存在的“超感性功能的感觉”来解释崇高的本质，一再说明崇高“只涉及理性的观念”，“只能在我们的观念里寻找”，这就使康德由博克的唯物主义退回到唯心主义。

最后，康德的崇高理论也是对他自己关于美的理论的重要补充和发展。他在较早写成的《美的分析》中认为，只有形式美才是纯粹美。即美只表现在形式上，不涉及概念、目的与利益计较，与内容无关。而在《崇高的分析》中，他转而谈及依存美，认为崇高是无形式的，自然事物以其无限大的数量和惊人的力量，引起人的恐惧与崇敬。而所谓崇敬归根结底又是对自己使命的崇敬，源于人的尊严感，所以崇高感起因于崇高对象所隐含的道德观念和理性内容。这样，康德对崇高的研究，纠正了他在美的分析中形式主义的偏颇，由原来的美在形式转变为“美是道德的象征”，美的基本要素是内容。这种转变，对于他后来深入研究艺术天才、艺术创作、艺术分类，有着十分重要的意义。

总之，康德以自己的《判断力批判》开始了对崇高本质的哲学层面上的探讨，在博克崇高说的基础上作出了全新的突破。康德的崇高力图唤起人“对自己使命的崇敬”，大大弘扬了人的精神力量，顺应了当时资产阶级个性发展的要求，促进了当时方兴未艾的浪漫主义文艺运动的发展，有着进步的历史作用。同时，康德卓有成效的研究，使崇高成了美学上的重要范畴，并为后来者研究崇高奠定了坚实的理论基础。康德的崇高说在美学史上的重要地位是无可置疑的。

（《学语文》1992 年第 3 期）

创作论著评议

把世界涂抹上更丰富的色彩

——评戴厚英的《归去》

小说,有的以精巧的艺术构思见长,有的以曲折动人的情节取胜。戴厚英的小说《归去》(载《大江》1985 年第一期)却以耐人寻味的思想深度、行云流水似的散文笔调扣人心弦。

这篇小说,情节很简单。一个年轻妇女,受不住现代化城市的喧嚣,无法忍受“社会上那种说不明、理不清的矛盾纠纷”,为了躲开“千头万绪、千丝万缕、千奇百怪,不知从哪里牵出的线”,孑然一身来到这临海靠山的偏僻小村。刚到这儿,“她简直陶醉了”。早上,“她很早就爬起来,往山上奔去。专拣枝叶茂盛而又僻静的小路走”。傍晚,“便在海边消磨,远远地避开嬉戏的人们,坐在一块黑色的礁石上,倾听大海歌唱”。她很满意这里的一切,她愿这样长期住下去。

然而,这是一个 20 世纪 80 年代的青年应该追求的生活吗?青春的生命默默地消耗在孤寂的山村,整日担风袖月,与花鸟为伴,生命的价值何在?!人生的意义又是什么呢?!这位女主人公的心震颤了,痛苦了,她仿佛感到自己是一个晶莹肥嫩的海蜇,“颤颤巍巍地伏在沙滩上”,“直到化为一摊清水”。仿佛自己是一个被人们杀死了活跃生命的贝螺,只“留下可供赏玩的躯壳”。她开始万分羡慕大海,“大海唱的是生命之歌”。“它骄傲地生生息息,奔腾不止,无边无际”。而自己“却是一潭死水”。慢慢地,她感到“这里的一切都变得不能忍受了”,她“再也不想上山去唱歌跳舞了,对花鸟和山猫也失去了兴趣。空间和绿色的诱惑渐渐消退,她需要在同类的社会中留有一席之地”。于是,她毅然决定:回去!“回到无穷无尽的烦恼中去”。像大海一样拥抱生活,“把这个世界涂抹上更丰富的色彩”。

《归去》是有积极的现实意义的。恩格斯说,主要人物的动机"不是从琐碎的个人欲望中,而正是从他们所处的历史潮流中得来的",他们"是时代的一定的思想的代表"。当前,改革浪潮方兴未艾,人们的生活习惯、思想观念都在急剧地变化,几千年的固有传统打破了,陈陈相因的生活秩序也受到冲击。面对这眼花缭乱的一切,一些人由不适应、不理解转为怅惘、恐惧。他们瞪着困惑的眼,焦虑地注视着这形形色色的变化。虽然大多数人都为这扭转乾坤的巨变欢欣鼓舞,自觉投身到时代变革的浪潮中去。然而也毕竟有一些人经受不住时代风暴的冲击,意气消沉,颓废伤感,幻想着离群索居,过隐士般的生活。特别是一些涉世不深的青年,往往从书本上把生活想象得过于美好、过于浪漫,缺少拼搏的思想准备,一旦在现实中碰壁,便一蹶不振、灰心丧气,甚至失去生活的勇气。小说的积极意义,在于力图回答:人,应该怎样对待生活,怎样活着才有意义。作品并没有回避生活矛盾,而是真实地、客观地承认生活中有痛苦、有斗争、有对手、有怨敌、有污泥浊水,也有无穷无尽的烦恼。然而,怎样对待这一切呢?《归去》通过对女主人公内心细腻情感的真实描摹,通过各种诗意场景映衬下的人物心境的细致变化,令人信服地告诉我们:应该正视现实,做时代的主人,勇敢地驾驭生活!小说的主人公在度过了一段世外桃源生活之后,万分感慨地想道:和那些形形色色的对手、怨敌争吵多么有趣!"他们叫你不停地思索、奔跑,跌倒了又爬起,爬起又跌倒。他们使你的生命史无限延长,记录了那么多值得记忆的事情,他们使你感到自己生命的意义,有那么多需要你回答的问题和挑战,为什么要躲开他们呢?"小说深刻的思想内涵就是这样通过女主人公思想感情的变化表现出来,它发人深省地启迪读者:应该做搏击长空的海燕,热情地拥抱生活,让改革的暴风雨来得更猛烈些!

小说的题材远非重大,但它却实实在在地触及现代生活中一根极为敏感的神经,从一个侧面生动地反映了改革浪潮对人们心理的影响。

作品情酣墨饱,语言清丽动人,其中不乏哲理性的警语,启人心窍。此外,自然风光的描写与人物内心情感变化,十分和谐贴切,相得益彰。特别是小说的开头结尾,更是别具匠心。开篇,作者即作紧扣题意地呼喊:"无论如何,她要回去了,回到人群中去,回到喧闹中去,甚至回到污泥浊水中去。"猛地把读者的胃口吊起,向读者抛出一连串的悬念:她为什么要回去?她究竟是怎么来的？她要回到什么地方去？回去的心情为何如此急迫？从而引起读者深思、遐想、阅读的兴趣。结尾，作者又以深沉而富有哲理的语言作结："存在不是虚无。它是由无数脚印组成的。沉重的脚印，深深浅浅，歪歪扭扭。但是，她必须这样走……"不仅与篇首呼应，且给人余味无穷。

作品中对比手法的运用也颇为突出。女主人公来时的舒适感、满意感与去时的急迫感适成鲜明对照，有力说明了人不能脱离集体而生活。此外，城市的喧嚣与乡村的宁静，花鸟的漠然与儿童的依依深情，自然的空寂与人世的欢乐和烦恼，这些色彩强烈的对比为女主人公思想感情的变化，作了很好的铺垫，使作品更加入情入理。

（《大江》1985 年第 4 期）

《人种》印象谈

许辉是从淮北大地上走出来的汉子，广袤丰腴的淮北平原养育了他，赋予了他灵气与智慧，也给了他不事张扬、善于思索的品性。许辉和他的作品就像淮北平原那样大气、朴实而又浑厚、深沉。这种风格特色集中体现在他的中短篇小说选《人种》中。

《人种》是他近年来创作精品的汇集。全书收录短篇小说 20 篇、中篇小说 10 篇。书中大部分作品主人公都是在地里刨食的庄稼汉、玩杂耍的漂泊者、小城镇的寻常百姓、一些基层干部。他们既不是高大全的英雄，也没有轰轰烈烈的壮举。许辉用饱蘸着不露声色的情感之笔，向人们倾诉着平常人的平常人生。在吃喝拉撒、生老病死的日常生活中，展示着底层人的人生之旅的艰辛，他们吃苦耐劳的品质，及其易于满足、安贫乐道的情怀。

该书以其中一篇中篇小说之名冠名全书。作者透露的信息是：从猿到人的进化过程就是一部不畏艰辛、历尽困苦的拼搏历史。这种类似于西方原罪意识的拼搏精神，血液样流淌在国人的血脉中，成为国人的精神积淀。只有不畏艰辛的拼搏，才能加速人化的进程。

该书的叙事手法颇类于余华的苦难叙事。然而，余华的苦难叙事更多地带着血腥气，一些情节恐怖得令人难以卒读。余华仿佛一个铁血魔头，展览式地铺写血腥场面，微笑着欣赏各种血淋淋的罪恶，并用“叙事和声”的精彩手法，在语言美与事实残酷的极大反差中，嘲弄着恐怖者的恐怖。许辉则是冷静的客观叙述者，他在用曲笔书写苦难时，透着温情，包含着对寻常百姓苦难与艰辛的同情与关切，并赞美他们抗拒灾难的坚强毅力与乐观情怀。作者有着廓大的心胸，就像他笔下的淮北平原那样，虽单调、灰色却不失深邃、丰厚。作品富含沉甸甸的果味，耐人咀嚼。

作者有着敏锐的观察力，善于把握不同人物的身份感，善于在看似漫不经心的细节描写中，在人物举手投足中，活现出人物的独特的个性特点，给人极深的印象。如领养女婴的老顺、开手扶拖拉机的叫大赖的光棍汉，强暴了茂华大娘，又讨好地大献殷勤。这就是地地道道土著的农民。作品中一些基层干部的描写也极有身份感，像《幸福的王仁》中的王仁，不同于大城市某些官员处心积虑地往上爬，而处处设绊、阴险毒辣地落井下石，但他在农民式的憨厚中，也透着农民的狡黠，朴实中透着几份谋算与得意。

《人种》在看似漫不经心的叙述中，透露着作者不着痕迹的匠心独运，在看似浑然天成的情节安排上，显示出作者独特的叙事技巧与视角。如小说《碑》，作者没有用更多的笔墨叙述罗永才的妻女因何而死，也没有大肆渲染罗永才伤妻失女的悲痛。作者仅仅选取他要为妻女立碑的情节，从一个独特的视角写出了罗永才真挚的思念亲人之情，写出了一个男子汉刚毅而又实在的表述情感的方式。罗永才五次进山，找麻脸匠人为亡妻亡女刻碑，以及拉碑、栽碑之事，通过他的不多的言语、凝视的眼神，看出这个铁打汉子内心涌动的怎样的思念之情，真是感人至深。作者设置的悬念毫不做作，但却是任是无情也动人。

《人种》的语言干净、利落。他的文字仿佛不是用手写的，也不是用键盘敲的，而是用锤子一字一字钉上去的，嘎嘣嘎嘣的，动人心魄，耐人咀嚼。文章没一句废话、空话、大话，平实、精练的语言蕴含着丰富的思想容量。

总之，许辉是以自己纯真的诗心，努力在《人种》中营造着一种淡定的诗境。作者运用新写实主义手法，在抖落一地鸡毛的琐事中，展现生活在底层中的人和事，作品给人一种淡淡的意绪，一种说不明道不尽的诗的意境。

（刊载于《许辉研究》黄山书社 2013 年）

蒯群其人其诗

——读蒯群诗集有感

蒯群是我2005级美学研究生，她读研没多久，就悄悄地递给我一本书，我一看原来是她刚刚与另两人合作出版的诗集《弦歌》，我翻翻诗集，特别注意浏览蒯群写的诗。她的诗清新中透着一股灵气，我不禁暗暗称奇，从此记住了她的名字。她的硕士毕业论文是《荷尔德林美学思想研究》，其中在“荷尔德林美学思想及其对中国现代诗歌的启示”这节文字中，她对中国现代诗歌的发展作了发散性的思考，认为“现代诗歌只有把握诗歌自身的特点，在中国传统与西方现代之间取长补短，汲取有益的营养而后才能健康发展”，由此足见她对中国现代诗的关心，对诗论的情有独钟。

蒯群毕业后，在安徽医科大学第二附属医院做管理工作，仍然常和我联系，可以说，她是毕业后与我联系较多的研究生之一。她工作单位不错，待遇也挺好。可她心心念念不忘清贫的教师工作，有几次萌生考博的念头——因为这是现在唯一踏入高校教师岗位的途径。限于家庭、孩子，她最终选择了放弃。业余时间写诗作文便成了她最大的爱好。博客上一篇篇佳作令人赞叹。现在她将她的诗文汇集出版，嘱我写序，我当不能推辞。

文如其人！蒯群并非天生丽质，但她那文静、娴雅的气质中，常常透露出一丝淡淡的忧郁，给人谜一样的困惑；一双明澈如水、灵动的眼睛，很少露笑意，似乎蕴藏着深深的人生感叹。她的诗文也是这样，乍读，似乎明白如水；再读，又觉深不可测；反复咀嚼，更觉回味无穷，很具意境美。请看：

啊，戈朵！我终于，站在了你的身旁。

戈朵，你像是前生从我的心中走失，在今世等待我们石破天惊般的相认。

啊，戈朵！

你眼眸轻轻的一转，已将我的身变成了一座石像；

你靥面微微的一笑，已将我的心变作了一只铜铃。

戈朵，你那么信赖那么安然地向我仰着——你纯真无邪的面庞；

喜悦！……将我深深、深深地一再埋藏。

按捺住，按捺住。

我屏气、凝神，惶恐我这样急促而浊重的喜悦会将你熏染。

我的心迫不及待地伸出了双臂，可我的头颅却立即抛出绳索，将它们捆绑。

刹那间，什么人夺去了我的喜悦，又撒下了惆怅的网？

这是诗，是诗人生命意识的流淌。诗中的戈朵正是诗人日夜萦绕心中、挥之不去的理想。然而，她终生无悔的等待，换来的却是世俗的捆绑，只能留下惆怅的网。楚楚动人的诗句，让人感叹唏嘘。

还有这样的诗句，也令人揪心不已：

西西弗斯呵！西西弗斯，推着巨石上山的西西弗斯！

几多叹息，几多困惑，俊朗的西西弗斯，推着巨石的西西弗斯?!

西西弗斯呵！为什么不撤身走开，任巨石隆隆滚下，逢树毁林，逢泉塞源？

西西弗斯呵！为什么不直身而起，任巨石隆隆滚开，听夜莺娇啼，看孔雀展屏？

西西弗斯呵！西西弗斯！山泉可载有你的哽咽，清溪可盛有你的泪珠？

西西弗斯正是诗人心目中的英雄，诗歌表达了她对理想矢志不渝追求的誓言。读这样的诗，必须了解蒯群心中的追求；反之，只有了解她心中的追求，才能为她的诗句深深感动。蒯群的诗，总体看冷色居多，基调是沉郁冷峻的，但也有例外：

四月的春天，如期绽放出最甜美的笑容。风，是四月在忽闪着毛茸茸的眼睫；风，调皮而又温柔地抚过我们的面颊，让我们由不得地想要笑起来。雨呢？雨是四月手执柳条斜倚在瑶池的阶台上，拍打琼浆溅落在人间吧？雨啊，落得那样的轻俏那样的甘甜……

四月的春天，桃花装点着门脸，桃红涂满了腮。四月的春天，长上蝴蝶的翅膀，扇动了单瓣的桃花后又飞上复瓣的桃花。

四月的春天，穿上浅紫的花裙，摇曳在梧桐树的枝头，摇啊摇啊，遥想着童年的外婆桥……

四月的春天，睁开一只只蒲公英的眼睛，在田间路边张望着张望着，直等到一阵阵春风过后，将日渐迷离的目光带向远方……

但即使是这首略显高昂、充满激情的诗，靓丽中也难掩带泪的欢笑，留给人的是一丝苦涩的喜悦。当然，忧郁并不是蒯群的刻意追求，更不是她要以伪装的忧郁，博取读者的青睐。这不，她决然地唱道：

将悲伤轻轻地吹开
如一朵白菊
绽放在秋日的胸怀

将悲伤轻轻地吹开
如一缕青烟
娉婷在冬日的暮霭

将悲伤轻轻地吹开
如一支蒲公英的花瓣
四处飞散着
迎接春的到来

应该说，我们现在的时代不是悠闲地写诗、品诗的时代。喧嚣、浮躁，转瞬即去的荣华，名利追逐的疯狂，加上被物欲扭曲的心态，很少有人能停下匆匆而过的脚步，倾听诗人的心声。蒯群却任性地不管这一切。她的诗似乎与时代不那么合拍,可她倔犟地走自己的路,孤芳自赏地一任笔端流淌着自己的喜怒哀乐,任是无情也动人。写诗成了她生命的一部分,她为诗而活着,她就是诗的化身。

蒯群的诗率性而为,但朗朗上口,极富韵律美。郭沫若曾说过"诗之精神在其内在的韵律",内在的韵律便是"情绪的自然消涨",他进一步解释说:"情绪的进行有它一种波状的形式,它有长有短,有升有降,有强烈有舒缓;或者先抑而后扬,或者先扬而后抑,或者抑扬相间。顺着情感的自由抒发便会形成一定的节律,也便成了诗的节奏。人的情感是相通的,合乎这种节律的诗就能一唱三叹、回环复沓,以情感动人之情感,使读者为之共鸣。这诗便有了一定的形式。这种形式是合乎内在感情起伏运动的形式。"我想,蒯群对此是深有领悟的。她深知,时代的发展、人的情感的日趋丰富,诗的言辞、格律也必将更趋宽泛而利于丰富情感的表达。下面这首诗的韵律正是与思念情感起伏的自然涌动而合拍:

广袤的天空与大地呵
我待你们
如待我牵挂的他

我的欢乐与忧伤
是一条条纵横的河流
在你们体内纯净地流淌
我的希望与失望
是一片片飘逸的云彩
在你们眼前安静地变化

我难道不是幸福的吗
这样渗透于你们的心脏
存在于他的身旁

诗中,回环复沓的韵律,合上诗句情感跃动的节奏,给读者强烈的美感共鸣。

蒯群的诗，常常让你心中泛起爱的涟漪，涓涓细流能鼓起你自觉地用爱，一种对人类、自然的大爱，温暖被金钱玷污的冷酷的心扉。

我真的如此爱你吗
这问题　是我心底盛开的一朵蓝花
我的你呵
你在哪儿
你与我的幸福可是同一个回答

我的幸福的手臂呵
已经高高扬起
握住了远山与近川
我的幸福的眼泪呵
正在滚滚流下
要将这移不走的蓝花
慢慢溶化
这嘈杂　这匆忙
哪一样都能扬起弥天大雾
隔断我对你的张望
我的神
我虚空的怀抱
总是将孤独越抱越紧

为何你的面庞不在人群里
向我显现
我的神
我生就一只臂膀一只翅膀
不能向你飞近
却也不能将他们抱紧

她的诗明朗、纯洁，不夸张、不做作，读她的诗完全是一种精神的享受。

我不想再多举她的诗为证了。还是让读者自己去品味吧，我相信读完她的诗文集，大家都会有同感。

如果要说蒯群的诗有什么不足，那就是过于小家碧玉，丝毫感受不到中国梦的时代脉搏，基调未免低沉一些，色彩晦暗多于靓丽；再就是形式也太过单一，个别诗长于直白而缺少蕴藉。蒯群还年轻，她对诗的执着追求，一定会有辉煌的未来。我期待着。是为序。

一曲弘扬爱国豪情的颂歌

——《孤臣碧血记》评

晚清小说著名者多为连载的中、长篇小说。然而，也有一些短篇小说以其内容的凝炼集中、表现手法的独到新颖而给读者留下深刻的印象。

天僇生的《孤臣碧血记》是其中一篇。

天僇生(1880－1913)，安徽歙县人。原名王钟麒，字毓仁，一字玉仁，号无生。天僇生是他的别号。他曾先后主编《神州日报》《民呼报》等，是晚清重要小说理论家之一。天僇生对小说的见解主要见于《论小说与改良社会之关系》《中国历代小说史论》(均发表于 1907 年)、《中国三大家小说论赞》(1908 年)等。他像晚清其他改良派小说理论家一样，十分重视小说启迪民众、治世救国的政治功能。天僇生指出“夫若救亡图存，非仅恃一二才士所能为也，必使爱国思想普及于最大多数之国民而后可。求其能普及而收速效者，莫小说若”。[①] 他认为作小说，应当是“有所不能言、不敢言，而又不忍不言者”。[②] 他把正确的小说创作动机归为三类：“一曰愤政治之压制”“二曰痛社会之混浊”“三曰哀婚姻之不自由[③]”。

天谬生创作《孤臣碧血记》显然是愤政治之压制。晚清政治昏暗到了极点。清政府对外卖国求荣，屈膝于洋人的淫威之下，不惜割地赔款以求苟延

---

① 天无生:《论小说与改良社会之关系》，载《中国近代文论选》，北京：人民文学出版社，1959 年，第 225 页。

② 天无生:《中国历代小说史论》，载《中国近代文论选》，北京：人民文学出版社，1959 年，第 227 页。

③ 天无生:《中国历代小说史论》，载《中国近代文论选》，北京：人民文学出版社，1959 年，第 227 页。

残喘,完全置国家大业于不顾;对内横征暴敛,拼命搜刮民脂民膏,供奉洋人并满足自已骄奢淫逸的需要;而对那些抗洋爱国的大臣、将领则百般忌恨、打击;对高举灭洋扶清大旗的义和团也是恨入骨髓,滥施剿捕,必欲灭之而后快。弄得国势衰微、洋人横行、民不聊生。长期下去,五千年文明古国必将毁于一旦。由是,天僇生愤而作《孤臣碧血记》。

这篇小说叙英军灭缅甸后,亡缅副将马六派不甘当亡国奴,聚义兵于野人山中与英军浴血奋战、誓图复国之事。马六派英勇善战,他凭借地势险峻、山民拥护,屡克英军。英人闻之丧胆,围剿不就,遂施以毒计。诈许缅甸皇太子额里华达复位,使他赚入马六派营中,利用马六派对缅王室的忠诚,乘其不备,手刃马六派首级于狩猎之中,致使一代名将丧于不测,复国壮举化为泡影,而皇太子亦遭英人流放于南非洲。

天僇生创作小说,完全着眼于政治目的,故而对小说的选材十分重视。他明白说道:"宜选择事实之于国事有关者而译之著之。"[①]他之所以选用缅甸爱国将领马六派抗英事迹作此小说,正在于要借缅甸亡国之惨痛教训,揭露清廷卖国求荣的卑劣伎俩,弘扬民族豪情,以图唤醒人民丢掉对清政府的幻想,起而反清灭洋、卫我中华。《孤臣碧血记》很好地实现了他这一创作动机。

小说情节并不复杂,字数不足六千,读后,却给人荡气回肠的精神震撼。究其原因,除全书洋溢着炽烈的爱国之情外,不能不归于作家精湛的对比技巧的运用。

小说给人鲜明的对比约有五处:

一是前后战事的对比。初时,英军屡战皆败。特别是马六派粉碎提督鲁西围攻城堡一战,写得惊心动魄:"马六派大呼驰入敌阵,劲剽如风,挡者立为糜。""内外夹攻,英军遂大溃,骨骼遍野不收,鲁西帅残兵急遁去"。而当马六派被皇太子谋害后,鲁西"令将率兵往,聚而歼其人,并堡夷为平地矣"。只此一句,足见战败之速、之惨。前后对比,鲜明地突出了马六派的骁勇善战及其作为统帅的巨大作用。

---

① 天无生:《论小说与改良社会之关系》,载《中国近代文论选》,北京:人民文学出版社,1959年,第224页。

二是马六派对皇太子忠贞不二，而皇太子却报以残杀的对比。

皇太子至马六派营中，“马六派喜极而泣涕不可仰，觉胸际为乐趣胀满，肺肝欲裂腹而出”，“乐极竟忘年迈人，一举步辄作瓦雀跃”。并高兴地说：“今而后英人莫予毒，吾有君矣！”忠顺之情，溢于言表，然对此忠心耿耿的大臣，皇太子却轻信英人的诈许，乘马六派狩猎之际，将其诱至无人处，手刃其首级，急向英人邀功。卑劣之举，令人愤慨。

三是英军对皇太子前恭后倨的对比。

英军提督鲁西围马六派山堡，久攻不下，为要利用皇太子谋杀马六派，许其复位，对皇太子“索恭谨”。到马六派身死，山堡已破，便一改往昔之态。“至是忽大怒，面铁色，拍案叱之曰：‘亡国贼，尔犹思作缅皇耶？’命士兵将其拘入一空屋中”，“英兵手巨练若繘，絷其足而加梏焉”，“身少动，守者辄巨鞭扑无算”。由此可见英人的狡诈，以及皇太子的自私卑劣、咎由自取。

四是马六派对皇太子恭顺与对部下严厉的对比。

皇太子来，马六派“命隶人陈氈席，自行庖，出精馔奉额里华达，别以旁席犒从亡者，马六派躬饲于后”。并对皇太子说：“此地绝秽隘，非贵人所宜，老臣当别设帐居殿下。”“乃传命工程队于己帐外另壁一华美之帐，穷极侈丽，沿紫绢为障，植矛于阈，上复轻绡，帐中陈设尤备，四周均垂缞幔，帐顶结波斯锦成一巨缴，下置锦被为皇太子坐朝处。帐外列卫卒备巡徼，凡五日工竣。马六派清晨易朝服，请额里华达入帐，鼓乐前导行，众军欢如雷动。额里华达徐行升帐受朝，马六派率各官并摩而忒以下行跪拜礼。由是额里华达遂居堡中。每夕，马六派必亲帅兵一视太子帐外。如是者又四阅月”。真是恭敬至极。马六派的心腹爱将、屡立战功的摩而忒，闻悉皇太子欲举事的阴谋，密报于马六派，嘱早为备。不想马六派竟大怒曰：“若乃敢离间我君臣耶？”“举所佩剑遥掷摩而忒，摩而忒急遁去，未为所中”。

所有对比中，最为突出也至为重要的当是马六派的爱国凛然正气与皇太子置国家于不顾、乞保王位的卑劣心迹之对比。

马六派不屈英人，立志复国，耿介之气，光同日月。“英既夷缅，马六派不屈，率众入山与英抗”。英人屡征不下，“尝使之谕马六派降，马六派斩来使、火其书，卒不应，则益日夕粒士储糗，为复仇计”。其将士也都誓死为英仇。及至获大捷，“使使求故主踪迹，不可行，常太息曰：‘吾誓救得吾君或吾君子，以复国耻，苟不得者，毋宁死！'"皇太子到，他大喜过望，且行且语曰："今而后英人莫予毒，吾有君矣！"相比之下，皇太子却卑劣无比，轻信英提督的复位诈许，竟将如此忠心耿耿的名将斩于荒野，轻易地断送了轰轰烈烈的复国大业，做出亲痛仇快、令人不齿之事。皇太子对追杀他的摩而忒招供道："英人既以是命吾，吾心欲富贵，极不暇他择而出此途也。"为图一己富贵，竟为虎作伥，诛杀复国英雄，真乃遗臭万世之举。诚如摩而忒骂曰："汝一贼囮耳！夫贼而为贼囮，其可耻孰甚？而汝竟敢为之，忘夙世之仇，为狗彘不食之举。"皇太子送马六派首级至英提督邀功，一再询问自己何日即位，及至被英人押往南非洲，始有所悔。卖国贼下场如是，不亦悲乎？

作者就在这一连串精心设置的对比中，烘云托月般地揭示了马六派光彩照人的高风亮节，浓墨重彩地歌颂了他爱国抗英的英勇事迹，同时也神肖毕现地勾勒出皇太子的鬼魅伎俩、卑鄙用心，无情鞭笞了他为一己私利、谋害忠良、断送抗英大业的滔天罪行。全书激荡着高亢激越的爱国主义的赤诚之情。

技巧的运用服务于内容表达的需要。《孤臣碧血记》中鲜明的对比、巨大的反差，不仅使这篇小说传达的爱国内容凝炼集中，更使主要人物性格浮雕般地凸现出来，加之全书笔墨干净、线索清楚，没有什么横杈枝蔓，从而使读者强烈地感受到马六派那光明磊落、一心为国的坦荡胸怀，更加痛恨皇太子那卑劣的心迹、无耻的行径。作品中回荡的高亢的爱国激情，给人强烈的精神震撼，使人们在深沉的愤慨与叹息中，留下回味不尽的思索和启迪。这在晚清短篇小说中实属不多见。当然，在这篇篇幅有限的小说中，对比手法的过多运用，也难免给人斧凿之嫌，这当然是瑕不掩瑜了。

（《明清小说研究》1996 年第 2 期）

颠覆与回归

——读姚文放教授的《从形式主义到历史主义：晚近文学理论“向外转”的深层机理探究》

读罢姚文放教授的力作《从形式主义到历史主义:晚近文学理论“向外转”的深层机理探究》,很是震撼。该书是姚文放教授申报的国家社科基金重点项目的结项成果,收入国家哲学社会科学成果文库。大家都知道,收入文库的成果都代表了“当前相关领域学术研究的前沿水平,体现我国哲学社会科学界的学术创造力”。在这部 42 万字的著作中,姚文放教授以一人之力,几乎将西方 20 世纪 70 年代末至今的一切“向外转”的文论及文论家作了鞭辟入里的剖析和切中肯綮的评价。作者指出:文艺理论的向外转有其历史的必然。长期以来,形式主义在文学理论领域雄霸了大半个世纪(从 20 世纪初到 20 世纪 70 年代末)。然而,日益严重的社会问题,包括意识形态的严峻对立,宗教、民族问题引发的战乱、贫富差距的增大导致的阶级对立,道德沦丧造成的社会矛盾群发,乃至反恐、气候、生态问题的日趋严重,几乎危及地球人的生存。而我们的文学却在自恋性的向内转理论的导引下孤芳自赏、“与世隔绝”。这不能不引起关心社会的有识之士对文学的焦虑、对向内转理论的隐忧。一味沉浸于将文学性“归结为不断延续的语言形式创新问题”,日益显得保守、僵化而与世无补。此时“后学”理论异军突起,“文化研究日渐挤占了文学研究地盘”,特别是“拉康式的女权主义、新马克思主义、福柯主义等新潮理论则以前所未有的强大感召力改造了人们的文学观念”。加之网络、手机等新科技普及给人们带来思维的剧变,文学理论终于与时俱进,发生了从形式主义向历史主义的转向、“从文学的内部研究转向外部研究”,这一适应时代要求的理论转向立刻受到作家、评论家的欢迎,成为锐不可当的时代潮流。当然这种转向并非简单的回归，而是在更高层次上的前行，因为，谁也抹杀不了，它是在经历形式主义向内转后的向外转，它洞悉以往简单外转的一切弊病，那种只强调内容不顾形式、味同嚼蜡的非艺术作品是无论如何没有市场的。

姚文放教授在这部厚重的力作中，并非简单地逐一介绍、评价诸文论家的理论观点，而是通过"向外转"文论发展趋势，总结出这一变化给晚近文学理论带来的九个方面的变化，这就是：问题、观念、概念、论争、理论、方法、基础、动向、宗旨等。由此揭示出由"向内转"到"向外转"的转变轨迹，总结出转向的标志性的内涵变化，令人信服地感受到无处不在的转向留下的理论思索。例如在"问题"中，姚文放教授重点谈"文学性的变异"，要言不烦地使读者清晰地感受到转向的特点。他指出："当年俄国形式主义提出文学性的问题，旨在扭转俄国历史文化学派将文学淹没在非文学之中的偏至，从而将文学研究的对象限定在文本、语言、形式之中；如今，解构主义重提'文学性'，亦即叙事、描述、想象、虚构、修辞等语言形式在哲学、历史、政论、法律文书、新闻写作中的运用了。"同样讲"文学性"，前者强调的是文学作品的艺术特征与艺术手法，是文学之为文学的根本特性，以此区别文学与一切非文学的根本特点。后者则重视文学的这些手法如何自觉地渗透、运用于一些非文学的文章中，而使这类文章有一定可读性，从而更具有说服力和宣传效果。这就十分精辟地道出了"文学性"这一概念在20世纪初俄国形式主义学者与今天解构主义学者中指向的南辕北辙，有力说明了向外转理论与向内转理论的分野，向内转的理论用"文学性"这柄利剑无情地斩断了文学作品与外界的一切联系，包括作者；向外转的理论指出"文学性"已非文学作品独有，正像日常生活审美化一样，要求今天的理论家不应再画地为牢，将文学作品局限于文学性之中。随着一大批新型文学的出现，固守文艺学精英主义立场越发显得僵化而不可能。文化研究热的出现正是对向内转文学研究局限性的纠偏，它要提供一种"另类"非文学性的思路。这里，姚文放教授仅仅以"文学性"为例，剖析向外转理论与向内转理论的不同，确令人醍醐灌顶。

读罢全书，你会为姚文放教授开阔的学术视野、扎实的理论功力深深折服。在"'批判'话语的谱系学研究"一章中，姚文放教授受福柯谱系学影响，对“批判”的谱系学研究就足见一斑。他首先指出,谱系学研究,是“在寻绎历史语境和权力关系对于话语的形成、演变所起的规定和制约作用”。接着,他就“批判”一词作了谱系学分析。他认为“批判”概念源自希腊文,但作为哲学话语的确立当归功康德,康德最早赋予“批判”为一种重要的哲学方法论。在康德那里,“批判”是个中性词,“意为对事物进行区别、分析、评判”。由此可知,康德的“三大批判”“旨在辨析人的心理功能,考察人的理智、意志、情感有多大能力、多大范围,思考获取知识是否可能以及如何成为可能的问题”。如果说康德的批判是对人的心理能力划定范围界限,那么,黑格尔则在思维方式上考量“批判”概念。姚文放认为在黑格尔看来,“批判必须达到反思的水准,否则它不能到达哲学理念的本真事实”。由此黑格尔提出了“反思性批判”的概念,并把它与“否定的辩证法”联系起来。其实,康德在《判断力批判》导论中就提出“反思判断”,但这里的“反思判断”,意在寻找普遍原理的活动,反思判断原理是超验的,不是经验的,这是整个判断力批判的逻辑起点。他要通过反思判断,对判断力进行批判,从而找出先天原理。而黑格尔的“反思性批判”,则是作为哲学的认识方式提出来的。一切判断须在反思之后。这种反思,“即对于思想的思想、思想之后的思想,这是一种反躬自省的思想、一种回溯以往的思想”,“可以达到真理的思想”。姚文放教授认为:“批判必须达到这样的思维水平才是合格的。”由此可见,黑格尔的“反思性批判”说明工具的批判不等于批判的工具。黑格尔指出,“康德运用批判这一思维方法来审核形而上学的思维活动时……是在理性的法庭上运用理性来审核理性,尽管批判的思维方法是以至高无上的理性原则的名义来进行裁决,但它自身恰恰是没有经过审核的,因而它的合法性是值得怀疑的”。这也就从根本上动摇了康德批判概念的合法性。姚文放教授指出:“黑格尔在其逻辑学研究中对于康德的批评旨在为确立自己的辩证逻辑开道”,黑格尔认为自己确立的“否定的辩证法”才是“真正的哲学方法”,“因为这个方法就是关于逻辑内容的内在自身运动的形式的意识”。姚文放教授肯定黑格尔的这一分析是很有见地的。在接下一节中,姚文放教授把“批判”的谱系学研究投放到马克思那里,他深刻地指出,马克思的“批判”话语既继承了康德的概念,又借鉴了黑格尔的逻辑,将二者加以重铸。马克思不同于康德、黑格尔之处在于“他是将批判概念运用于社会历史场域,成为反对资本主义剥削和封建专制制度、变革现存社会关系的利器”。姚文放教授清晰地认识到，马克思是在反对、拒绝、排斥、消解等负面意涵而非中性意涵上使用“批判”这个概念的，正如马克思自己所言“批判已经不再是目的本身，而只是一种手段。它的主要情感是愤怒，它的主要工作是揭露”。[①] 姚文放教授高度评价了马克思提倡的“批判”，认为这“不仅意味着扬弃现存的学说以谋求理论的变革，而且也意味着否定现存的社会现实以推动社会的变革”。由此，姚文放教授将“批判”概念的谱系学分析，进一步由蹈虚凌空的理论演绎转向变革社会的人文关怀。而在法兰克福学派手中，“批判”话语是与“批判理论”“大众文化批判”联系在一起的。正如姚文放教授指出的那样：“批判理论并不仅仅关注现存的生活方式已经制定的目标，而且还关注人类的所有潜能，它的目的绝非是增长知识本身，更在于把人类从奴役中解放出来。”法兰克福学派眼中的大众文化实则是流行文化，流行文化是文化工业的产物，在文化工业的操纵下，使一切艺术日益丧失个性化、唯一性而趋于标准化、同一性，由此造成一种单面思想和单面行为，“最终推助了极权、专制和独裁”。法兰克福学派的“大众文化批判”就是提倡“回归双面文化”，从而对于当下现实既加以肯定，又保持批判、否定和超越的立场。该书继续将“批判”的谱系延续到20世纪中国。姚文放教授认为“批判”话语在中国的政治化转向始于20世纪20年代具有旅日背景的文化社团，如创造社、太阳社中人，到左联时期“批判”概念不仅使用频率高，且更具否定性、政治性色彩，最后在“文革”十年，“批判”概念作为否定性、政治性话语走到登峰造极地步。物极必反，“批判”话语最终在20世纪80年代的中国开始向学理性回归。而到了21世纪，中国重建“大众文化批判”话语，不再对大众文化一味批判，而是在批判中留下肯定、认同的立场。作者正确地指出：“将发达资本主义社会条件下形成的大众文化统统当作法西斯主义文化来批判，那就阐释过度、有失分寸了，如果再将这一理论照搬到正在经历社会经济体制转型的中国，用以衡量中国当代方兴未艾的大众文化，那就更是圆凿方枘、龃龉难合了。”所论极当。通过作者在本章中对“批判”概念的谱系学研究，我

① 马克思：《〈黑格尔法哲学批判〉导言》，载《马克思恩格斯文集》第1卷，北京：人民出版社，2009年，第6页。

们可以见出姚文放教授学术视野是何等开阔、学术素养是何等厚实，理论驾驭能力又是何等自如娴熟。还有更重要的一点，姚文放教授的本章研究，提供了很好的典范："那就是回到中国问题。这也正是本书的立意所在和着力之处。"

姚文放教授对向外转的各种理论的把握是极其精准的，他对理论领悟的穿透力是相当惊人的，尤其是他往往用极其传神的寥寥几个字，就能高度概括一些理论的精髓，给人难以忘怀的深刻印象。他在"前现代、现代、后现代审美文化的逻辑走向"一章中，用"是""非""去"概括这三个阶段的审美文化特点，就非常贴切到位。后现代审美文化对文学理论向外转有着至关重要的影响，然而什么是"前现代"、什么是"现代"、什么是"后现代"，三者有怎样的区别？一些人很难说清楚，以至有人否定后现代的存在。姚文放在这章中，首先指出将人类文化分为前现代、现代、后现代在西方较为普遍，并归纳出三者的主要特征，如英国社会学家 S. 拉什就将人类文化的发展分为"未开化社会""现代化""后现代主义"三个阶段；特里·伊格尔顿则将从古希腊城邦制到资本主义兴起再到后现代这一漫长历史时期的文化划分为"合——分——合"三阶段；大卫·雷·格里芬也说过类似的话。由此，姚文放教授结论道："人类的历史发展经历了前现代、现代、后现代三个阶段，前现代文化处于未分化状态，现代文化走向了分化，后现代文化则显示了去分化的趋势。"当然，他也指出："虽然在局部、细节中可能会有例外和偶然，但其主流、概况却不出这一基本框架。"姚文放教授创造性地将这三个阶段文化状况的特点概括为"是""非""去"，并特别强调若把这三个字概括的特点放在三个历史阶段中，考察其审美文化就更加贴切清晰。姚文放教授接着就分别论述之。他说，前现代审美文化特点主要为"是"，他们对于审美文化的判断往往使用"是……也是……也是……"的句式。古希腊人就认为真善美天然未分、浑然一体。"不真则不善，不真也不美，真、善、美三者不可截然分开"。现代审美文化特点主要为"非"，最常用的句式为"非……""无……""不……"，这在鲍姆加通、康德的论著中体现得十分充分。姚文放教授说，美学的诞生就是要把自身从逻辑学中分隔开来，以取得相对独立的学科意义。康德的三大批判就是考察不同精神领域与人类主体功能之间的关系。以后谢林、席勒、黑格尔等人都在廓清审美与其他精神领域的区分上，与康德如出一辙。审美的非功利、非实用、非欲念、非逻辑、非概念的观点也为包括中国人在内的当世人接纳。后现代审美文化特点主要为“去”，也就是消解、祛除、突破，“去”成为流行句式。这一阶段，“人类审美文化从分化走向去分化”，“打破了以往那种彼此隔绝、各自为政的格局”，“推动了不同事物的渗透、交叉和融通”。姚文放教授特地以康德的审美是“无目的的合目的性”与后来霍克海默和阿多诺说审美是“有目的的无目的性”作鲜明对比，二者语序的颠倒生动地说明现代与后现代的经典差异。以后，“日常生活审美化”及新的美学原则的出现，造成美学进入不分雅俗文野、无论尊卑贵贱的“混搭”时代。应该说，姚文放教授独具慧眼地随手拈出“是、非、去”三个字，逼真形象地概括了前现代、现代、后现代三个阶段的审美文化特征，可谓一字中的，给人印象深刻，发人深省。诸如此类的精彩论述，书中比比皆是，这里就不一一赘述了。

总之，这是一部深得文理、颇多创见、博大精深的理论论著。它不是文论史著作，却有着史的环环相扣，由此严丝合缝地展示了 20 世纪 70 年代至今的理论风采；它也不是一系列文论观点的简单罗列与评说，而是围绕一个中心议题，旁征博引、引经据典地揭示出晚近文学理论向外转的发展脉络及深层机理。当然这部著作也有值得商榷的地方。如我以为，完全将接受美学归于“向内转”理论似乎欠妥。发生在 20 世纪 60 年代中期的接受美学又称“文学的接受和作用论”，从文学的接受这一点来看，接受美学高度重视读者在文学活动中的主体地位，强调读者在阅读中的主观能动性价值，因而为使作品能调动读者的阅读热情和参与再创造的积极性，接受美学的主将尧斯也就十分赞同俄国形式主义的观点，认为“‘文学演变’的形式主义理论无疑是文学史革新中最有意义的尝试”。接受美学同样把作品文本看作一个多层次的结构，要求结构中充满许多不确定的点，留下空白或空缺，目的在于调动读者阅读中的创造性能量，共同完成作品的再创作；他们强调作品要具有“召唤结构”，目的也是要尽可能满足读者的期待视界，增加读者的阅读兴趣；接受美学提出文本中有“暗含的读者”即理想的读者的观点，就是尊重读者的选择性理解与批评。但另一方面，从文学的作用论这一点来看，接受美学尊重读者的主体性地位，重视读者对文学作品的接受，正是要通过读者的接受，使作品的思想内容潜移默化地影响读者的行为方式，从而反作用于社会的变革。诚如朱立元先生在《接受美学导论》中说:“走向读者,这还意味着文学研究在文学与社会、美学与历史之间长期被人为分割造成的鸿沟上架起了一座桥梁。”故我以为倘把接受美学看作由“向内转”理论到“向外转”理论的过渡,或者把接受美学看作晚近文学“向外转”的前奏,可能更妥帖一点。

当然,这一白璧微瑕丝毫无损该论著彪炳显赫的理论价值。该书道人之所未道,第一次全面系统而又令人信服地揭示出 20 世纪 70 年代至今,文学理论的走向及其深层次的内在机制,让我们清醒地看到“向外转”理论如何在社会需要与高科技涌现的推动下,日益强盛,终于逼去了“向内转”理论的一统天下,占据这一审美阶段的主流地位。著作中闪现出来的睿智思想、迭现的理论新见,将永远昭示后学者在姚文放教授构建的这一煌煌理论大厦中汲取思想、理论养分而不断前行。

(《美与时代》2007 年第 8 期)

原创性的理论建构

——评曹顺庆教授的《比较文学教程》

曹顺庆教授主编的《比较文学教程》于 2006 年 5 月由高等教育出版社出版。这堪称一部换代的比较文学教材。

一、论述结构上的重大突破

大陆比较文学的最早教材是 1984 年卢康华、孙景尧合著的《比较文学导论》，以后陆续出版并有一定影响的教材有：乐黛云主编的《中西比较文学教程》，陈惇、孙景尧、谢天振主编的《比较文学》，朱维之主编的《中外比较文学》，孟昭毅编著的《比较文学通论》，杨乃乔主编的《比较文学概论》，曹顺庆等著的《比较文学论》等。这些教材结构上大同小异，变化不大。一般都以比较文学四大流派（法国学派、美国学派、前苏联学派、中国学派）和四大研究类型（影响研究、平行研究、接受研究、阐发研究）等来谋篇布局。以孟昭毅《比较文学通论》为例，该书除开始两章即一、二章论述比较文学定义、性质及可比性，最后两章即九、十章分别介绍比较文学研究在国外、中国的情况外，中间六章就是讲述比较文学四个学派和五种研究类型（外加跨学科研究）。曹顺庆等著《比较文学论》第一章论述比较文学的定义、学派，以下三章分别介绍三种主要研究类型，即法国倡导的影响研究，美国倡导的平行研究以及中国倡导的跨文明研究。当然也有一些教材如乐黛云的《中西比较文学教程》，将属于影响研究、平行研究下的媒介学、主题学、文类学单独列为一章讲述，并用比较文学研究方法具体论述中西诗歌、中西小说、中西文论的比较，彰显了比较文学中国学派重在让世界了解中国文学，中国文学走向世界的历史使命和研究特色。杨乃乔的《比较文学概论》前九章名称不同,但论述的内容也还是比较文学性质、学派特点及其研究类型、方法,增加了一些范例论与思潮论,通过具体范例之剖析帮助读者运用比较文学方法研究文学现象,也使大家了解比较文学在当今瞬息万变的文学态势下它与古代文学思潮的互动互进、丰富自身的生存之路。至于方汉文教授的《比较文学高等原理》则虽增加了一些中外哲学知识及西方现代现象学、语义学、修辞学内容,但比较文学的基本知识介绍也无大的突破,都"形成一个三位一体的学科理论框架",即以法国学派的影响研究、美国学派的平行研究、中国学派的跨文化或跨文明研究来结构比较文学教材的理论体系。

以上教材对普及文学知识,帮助人们了解比较文学学科的性质、意义,自觉运用比较文学理论分析文学现象,审视中外文学发展格局及规律,并将国别文学放在世界文学背景下重新检阅其优缺点,无疑具有重要学术价值及方法论意义上的突破。教材的广泛应用使比较文学这一新的学科在大陆日渐成为一门显学。但诚如曹顺庆在《比较文学教程》中指出:"这种以学派来构成理论板块的体系仍有着一些先天不足,有着一些不够完善之处,甚至是重大缺陷,需要我们进一步将它完善。"这种缺陷之一容易造成比较文学研究方法的割裂。似乎每一个学派就是一种研究方法,而排斥其他研究方法。其实,美国比较文学学者既运用平行研究方法,也运用影响研究方法研究比较文学,法国学派也如此。而且即便在一篇比较文学论文中,也有同时运用影响研究、平行研究方法的,即既研究某一作品对另一民族作品的影响,也将二者进行平行比较。其次,按照学派产生的顺序将其理论观点进行功能性的阐述,就会使一些理论问题难以在某一学派内完全解决。例如,大陆第一部比教文学教材卢康华、孙景尧撰写的《比较文学导论》,与后来孟昭毅编著的《比较文学通论》都将主题学、文类学归于平行研究名下。这显然不准确。主题学既可进行不同国家主题史、题材史的影响流变研究,也可将不同国家的相似主题作平行研究,以探求主题同异的历史文化原因。同样,文类学既可用平行研究的方法研究"缺类"现象,也可就一种文学体裁在他国的流传进行影响考察。

曹顺庆的《比较文学教程》是一部真正具有创新精神的中国化比较文学教材。它概括了一个新的学科理论范式,明确提出了比较文学学科理论的一个基本特征与四大研究领域。一个基本特征即"跨越性",这包括跨国、跨学科与跨文明。四大研究领域即“实证性影响研究”“变异研究”“平行研究”与“总体文学研究”。因而,这本教材“在整体章节和结构布局上,开创了具有中国特色的比较文学学科理论教材的一个新体系”。这四大研究领域主要分别介绍各自的研究方式、研究特点、研究步骤。如第一章实证性的影响研究,编著者简单介绍了影响研究的定义、产生的缘起,它的特点“注重的是被比较对象之间的实证性和‘同源性’的关系”,由此逐步确立了流传学、渊源学、媒介学等具体的研究内涵。即既可从施以影响的放送者为起点,探究一国文学在他国的命运与成就,也可从接受者一方为基点,研究该国作家、作品对他国作家、作品的接受情况,还可以从影响产生的过程、传递的途径、媒介的手段来研究中间路线。在第三章“平行研究”中,作者同样首先介绍平行研究的定义、特点及要求,指出它既是对没有事实联系的不同国家的作家、作品、文学现象进行的比较研究,也是对文学与其他学科,包括艺术、哲学、历史、宗教、自然科学等之间进行的比较研究。告诫人们运用这一研究类型时的注意事项,“两者的比较必须具有可比性,比较的结果是总结出文学作品的美学价值及文学发展具有的规律性的东西”。然后通过对中西方类型、主题、文体等平行比较的具体阐述,探究平行研究的价值、意义。在这里,他虽然以主题学为例剖析平行研究的具体做法,得出理论结论,但曹顺庆教授并不认为主题学的内在要素只能用平行研究的方法分析。他在第二节主题学的开头就明确告诉我们“主题学既属于实证性影响研究,也是对并无事实联系的不同文学之间的相同主题进行平行比较研究”。在第三节文体学中,他则干脆既谈文体的平行研究,也谈文体的影响研究,这就使我们知晓用平行研究、影响研究都可以进行不同民族间的文体比较。让我们明确作者在本教材中虽然将不同民族文学的类型、主题、文体等比较放在平行研究的章节下,但不等于说,这些内容只能用平行研究来阐述。

二、理论上的新拓展

1. 跨文明研究

“跨文明研究”是曹顺庆比较文学研究中最具亮点的原创性提法。

为什么会提出跨文明研究的观点,曹顺庆在《比较文学教程》一书的“后记”中说:“由于我们一直沿用西方的比较文学学科理论,基本上没有深思中西文学比较(或东西文学比较)之中文明的巨大差异性和变异性问题,因而导致了大量的浅度的某某与某某(或曰'x+y'式)的比附式研究论著的产生,形成了当代中国比较文学研究的'危机'。"

西方的比较文学从创立之初就是在同一文化源中进行国与国之间的文学比较。西方文化主要根源于古希腊文化,正如恩格斯所说:"没有希腊和罗马帝国所奠定的基础,也就没有现代的欧洲。"[①]因而,西方国与国之间的文学比较无论是用影响研究还是平行研究都体现不出巨大的文化冲突造成的触目惊心的变异现象,也不可能让西方学者了解到巨大的文化差异导致的必不可免的文学转换中的信息落差。他们无须思考不同文化体系中文学现象不同的深层次原因,看不到两种文学事实体现出的不同文化价值对文学影响、接受的制约,更不可能了解比较文学平行研究中孕育的对推动人类文化发展的世界性意义。西方学者无法解释中国悲剧与西方悲剧的差异,只能袭用西方的悲剧理论衡量中国的悲剧创作,由此得出中国无悲剧的错误结论。再如,用西方叙事文学发达形成的典型理论解释中国的抒情作品,会将许多优秀之作如李白的《静夜思》、李煜的《虞美人》(春花秋月何时了)、张若虚的《春江花月夜》等打入艺术的冷宫。因而跨文化的比较往往具有更高的理论价值,对于推动世界文学时代的到来有着更大的意义。注重比较文学中跨文化研究的重任历史地落在中国比较文学学者的身上。

曹顺庆教授由研究中国古文论起步,进而扩大到中西文论的比较,他在中西文论比较中,独具慧眼地发现中西文化的巨大差异使中西诗学的互证、互参、互补、互释有着巨大的理论空间,这对于建设更为科学、全面,具有世界格局的文论大厦,促进世界文学的创作繁荣有着不可低估的意义。而这一比较文学领域的开拓,曹顺庆无疑有着得天独厚的条件。他的博士论文《中西诗学比较》填补了这一领域系统研究的空缺。曹顺庆在中西文论的比较中深刻认识到中西文化背景的不同,以及由此形成中西两大民族文化心态、生活习惯、审美风尚的差异,造成中西文论各具特色而又有相通之处。他的《中西文论比较》无论是在宏观上还是在微观的阐释上都有着真知灼见,正源于他对中西文化差异的深刻把握。他觉得,不仅中西文论的比较折

① 《马克思恩格斯选集》,第3卷,北京:人民出版社,1972年,第220页。

射出文化的差异，在中西文学作品、流派、思潮的比较上，也无不因为中西文化的不同而使中西文学现象的比较有着更高的学术内涵。由此，曹顺庆教授最先总结出比较文学跨文化的性质。他在 1995 年第 1 期《中国比较文学》上发表了《比较文学中国学派基本理论特征及其方法论体系》一文，第一个明确提出了“跨文化研究”理论。该文指出：“总而言之，比较文学中国学派的基础和基本特色是跨文化研究，是在跨中西异质文化中探讨中西文学的碰撞、渗透和文学的误读、变异，寻求这种跨越异质文化的文学特色以及文学对话、文学沟通和文学观念的整合与重建。”以后，1997 年陈惇、孙景尧、谢天振主编的《比较文学》，2001 年陈惇、刘象愚合著的《比较文学概论》修订本，都把“跨文化”作为比较文学的主要性质予以肯定。

然而，又是曹顺庆第一个放弃比较文学的跨文化性而改提跨文明性。他先将跨文化性改为“跨异质文化”，他认为跨异质文化与跨文化是有区别的。“跨异质文化更注重中西文化系统之间差异性”。以后他又将跨异质文化改为跨文明性，这不仅因为“文明”是文化差异的最大包容点，而且因为“文化”一词过于滥用而易造成歧义与误解。确实，当今社会，人们往往将什么都冠以文化之名，如饮食文化、女性文化、茶文化、酒文化、校园文化、企业文化等。再就是如曹顺庆所说中国也有许多地区文化，如巴蜀文化、齐鲁文化、吴越文化、楚文化等。这就使跨文化难以与比较文学连在一起，因为一国之中的地域文化比较仍然是在国别文学的范围内。“文明则是指具有相同文化传承（包括信仰体系、价值观念、思维方式等）的共同体”。故而“与‘文化’相比较而言，‘文明’更简略而明晰，更有利于比较研究的明晰性”。曹顺庆认为“用‘跨文明’替代‘跨文化’，不仅能够消除误解，而且也更能彰显当前比较文学研究实践以及新学科理论建构的重大转折的基本特征”。我们认为曹顺庆提出的“跨文明研究”确实是比较文学中国学派的一个重要理论内涵，它揭示了跨文化性的异质性特点而消除了跨文化性的歧义。同时，它也使中西文明导致的差异能引起比较文学学者的高度重视而作深入研究，对一些中西文学现象的不同，能自觉站在跨文明的理论高度，剖析其原因，从而对推动世界文学时代的到来有着重要意义。

虽然，跨文明研究早在曹顺庆以前的教材如《比较文学论》中就已提出，但他在这本书中继续坚持这一理论的同时，深刻阐述了这一提法的价值、意义、要求，并在“总体文学”一章中还作了具体论述，使这一提法有了研究的理论依据性与操作性，这不能不是这本教程的贡献之一。

2.变异学研究

曹顺庆教授在该书后记中指出：“在具体观点上，本教材的‘变异研究’是最富创新性的一章，‘变异研究’的提出，拓展和更新了比较文学学科理论体系，解决了比较文学研究中不少令人困惑的问题。”

变异研究是曹顺庆教授对比较文学中国学派的又一重大理论贡献。曹顺庆教授于2005年在中国比较文学学会第八届年会上首次提出“变异学研究”这一理论命题。他基于中西文明的巨大差异，认识到当一国文学或理论进入另一文明圈的国家时，无论是译者、译作还是读者的创造性理解，都能使原有的信息在异质文明的过滤下，发生失落、变异与误读。这与翻译的错误、理解的片面、有意的歪曲不同，它是一种必不可免的规律性的现象，正像阳光经过三棱镜必然发生折射、析出不同光谱一样。

曹顺庆教授在进行跨异质文明研究中，深深感到“跨越东西方异质文化这堵巨大的墙，必将穿透这数千年文化凝成的厚厚屏障，沟通东西方文学，重构世界文学观念”。于是他在《比较文学教程》中专设第二章“变异研究”，“将变异性和文学性作为自己的学科支点，通过研究不同国家不同文明之间交流的变异状态，来探究文学变异的内在规律”。在这一章里，曹顺庆教授具体论述了“文学变异与文化过滤”“译介学”“形象学”“接受学”“文学的他国化研究”等问题。这是一个全新的理论课题，是《比较文学教程》最富创新性的一章。

比较文学理所当然地具有“跨越性”与“文学性”的特点。文学性、跨越性(无论是跨国家、跨学科还是跨文明)的比较，都必将产生文学比较的审美变异因素，都会使原有的文学信息在跨越过程中，受到美学因素、心理学因素和文化因素的制约，而在一定程度上发生变异。这种变异首先是语言层面的变异，这就是曹顺庆教授将译介学从媒介学中剥离出来，放在“变异研究”名下的原因。译介学的变异，某种程度上就是谢天振教授指出的翻译中的“创造性叛逆”。其次就是民族国家形象变异的研究，即形象学。形象学主要研究一国文学中表现出来的他国形象，这种他国形象是所在国作家受传统文化心理影响想象的产物，与真实的他国形象必然有着文化的距离，打上了不同文化背景的烙印，变异也就成为必然。《比较文学教程》由此来探讨他国形象变异的原因及内在规律。再次就是文本变异的研究，它研究一个国家的作家、作品为他国社会与读者的接受状况，也即接受研究。在文学接受过程中，受众的社会心理、审美文化、审美心态等因素对接受的变异影响很大。此外，主题、文类在他国的传播、接受与缺类，也与所在国的文化传统、民族心理造成的变异有着密切关系。这种文本之间主题与文类的变异研究，“可以更为有效地展开不同文明体系间的文学对话，从而更为有效地总结人类的文学规律”。[①] 最后则是文化变异的研究。文学在不同民族间流传产生的变异性归根到底是由文化过滤引起的，文化过滤造成变异最突出的就是文学误读现象。研究文化变异就能很好解决文学变异产生的深刻原因及内在规律，这也就是本章的第四节内容“文学的他国化研究”。

变异研究提出的意义决不仅仅局限于比较文学领域，它还对当今文论界热烈探讨的西方文论中国化、古代文论的现代转换，产生连锁反响，使长期争论、悬而未决的问题寻找到理论的突破口。我们的文论界长期对西方文论概念、范畴的翻译乃至运用歧义迭现、莫衷一是，经常进行旷日持久、徒劳无益的“正名”争论。这影响到中国现代文论的发展与体系化建设。殊不知汉语中的西方文论本来就与西方人研究的西方文论有所不同，它经过时空文化的转型，必然发生了变异。问题的争论不在于恢复西方文论的原意，而在于变异后的西方理论能否在特定的中国当下文化背景下发生应有的作用与启示。对西方文论研究不了解文化过滤导致的变异的必然性，这种“唯真”而永远不能实现“唯真”的理论移植，只会产生生搬硬套、削足适履的悲哀。中国古代文论的现代转换也如此，任何传统理论的转换都是在一定时空中进行的，脱离了文化转型的特定语境，为复活而复活都是痴人说梦、毫无价值。印度教传入中国，只有经过中国传统文化的洗礼而变异成禅宗，才融合到中国文化中去，对中国文化的发展产生了持续影响。同样，只有当《赵氏孤儿》变成《中国孤儿》后，18 世纪启蒙时代的法国人才大为欢迎。变异研究的提出对于我们正确对待西方文论的移植、古代文论的转换有着不

① 曹顺庆、李卫涛：《比较文学学科中的文学变异学研究》，载《复旦学报》，2006 年第 1 期。

可低估的意义。

三、旧论点中的新见解

《比较文学教程》除以上重大理论贡献外，还在其他方面的论述上有着令人耳目一新的见解。首先是总体文学研究。总体文学由法国学派提出后曾遭到美国学派的非议与否定。虽然法国学者在解释总体文学时有着机械论的偏颇，但总体文学这一提法却是否定不了的，它是“探讨全世界各民族文学共同存在的最普遍的根本规律”。[①] 它与比较文学的区别不是在比较国家数量上不同，而是要总结出各民族文学的共同规律。以前大陆的比较文学教材虽都谈到了总体文学，但总体文学研究什么、怎么研究都语焉不详，缺少总体文学研究的具体内涵。曹顺庆教授主编的《比较文学教程》则专列一章谈“总体文学研究”。他首先说明了总体文学与比较文学的区别，“比较文学侧重的是两点之间的文学比较……而总体文学则侧重于对一个文学平面的研究，即对在许多国家的文学中共同存在的某一文学现象进行全面的研究”。又指出二者的联系：“总体文学又是比较文学很自然的延伸，二者很多时候是结合在一起的，比较文学的跨国度、跨学科、跨文明的学科特色，正是在多元的总体文学研究中实现的。”确实如此，比较文学研究离开了“总体文学”的框架与背景，就会造成一叶障目的偏见。比较文学中的国别文学研究之所以区别于民族文学研究，就是它强调从多国的联系中确定本国的文学传统。《比较文学教程》接着探讨了总体文学的概念沿革、现实意义及批评实践。把总体文学的研究视角从西方中心扩展到“跨文明”的全球范围内，“在不同文明、文学研究的平等对话中，努力寻求不同文化、不同国家文学之间的共同点与差异性，以此促进异质文明之间全面、深入的对话与交流，实现相互间的理解与沟通”。这就大大提升了总体文学研究在全球化语境中的价值，使总体文学研究有了实质性的、不可替代的意义。它对促进中国文学走向世界，推动世界文学时代的到来无疑十分重要。《比较文学教程》将跨文明异质性对比和互补、跨文明阐发研究、跨文明对话研究、比较诗

---

① 《中国大百科全书·外国文学》，北京：中国大百科全书出版社，1982 年，第 1251 页。

学与文学人类学纳入总体文学的研究范围，总体文学不再是游离于比较文学之外的单纯术语，它成了比较文学研究的一个重要分支而有了具体内容。特别是总体文学中“文学人类学”研究，更凸现出总体文学研究的不可忽视的价值，给人很大的理论启迪。

其次，《比较文学教程》还清楚地揭示了法国学派成就与不足的时代因素，及其深厚的内在原因。一般比较文学教材都把法国学派称为最早产生的古典式的学派，对它的一些过于偏激的理论如反对平行研究等，往往归咎于它产生较早，比较文学学科不够成熟使然。其实，早在法国学派产生以前，比较文学就在欧洲大陆兴起、繁荣。第一本直接以比较文学命名的学术著作是英国学者波斯奈特于 1886 年出版的《比较文学》，最早出版的比较文学刊物《比较文学报》是匈牙利学者梅茨尔在 1877 年 1 月创办的，但该杂志以翻译为主，具有严格意义上的比较文学杂志则是由德国人科赫在 1887 年创办的《比较文学杂志》，以后他又创办了《比较文学研究》杂志。而且，早期的比较文学理论既包括影响研究，也包括平行研究，还包括跨学科研究。波斯奈特的《比较文学》一书分为“引论”“氏族文学”“城邦”“世界文学”和“国别文学”五部分，他在书中指出：“民族文学从外部受到影响，但却从内部获得发展。比较研究中这种内部发展并不是一种模仿，而是基于社会和物质原因的一种进化。”他还指出：“文学发展的内在特征和外在特征都是比较研究的目标”，这实际上开启了比较文学影响研究与平行研究的新思维。但为什么迟至 19 世纪末 20 世纪初产生的法国学派却无情摒除了平行研究、跨学科研究而只谈影响研究，使比较文学走向“不比较”的窄路呢？美国学者攻击法国学派使比较文学成了“文学的外贸”，它只研究来源和影响、原因和结果，甚至不可能完整地研究一部艺术品。造成这种现象的原因何在？法国学派为什么将比较文学约束在影响研究的范围内，又将比较文学看作文学史的一支呢？以前的比较文学教材指出了这一现象的存在，却没有深究背后的原因。于是对比较文学法国学派的成就与不足的论述也就难以令人信服。曹顺庆教授主编的《比较文学教程》却为我们拨开了迷津。他认为法国学派将比较文学的范围缩小为只关注各国文学之间的“关系”，以“关系”取代“比较”，既有当时圈外人对比较文学学科合理性的挑战，又有圈内人对比较文学学科科学性的反思与追寻的结果。法国学者为使比较文学摆脱文学比附的泛化，使之成为一门具有严谨理论约束的独立学科，便以“比较文学不是文学比较”的说法，挡住了克罗齐等学者对比较文学的攻击。而且由于法国学派的观点取得了文学史家的合作与信任，也使比较文学的影响研究取得了令人瞩目的成就。当然毋庸讳言，法国学派的理论局限大大限制了比较文学的发展，造成了比较文学的危机。然而，这不是法国学派的过错，而是他们的不幸。

曹顺庆教授主编的《比较文学教程》就是这样，既提出了自己深思熟虑的理论新见解，又令人信服地阐述了比较文学中一些令人困惑而又为诸家绕道而走、避而不谈的理论现象。全书具有严密的逻辑性、无可辩驳的理论说服力，许多论述都具有别开生面的意义。这确是一本换代的比较文学教材。

当然，该教材也并非无懈可击。例如，“变异研究”不仅仅体现在译介学、形象学、接受学、文学的他国化研究之中，即使是影响研究、平行研究乃至总体文学研究都存在变异现象。所以，变异研究不如总结为“变异性”更为确切，它是比较文学跨越性之外的又一重要特性。此外，该书“总体文学研究”中的某些内容也与前几章有重复交叉现象，如何理顺，还须作进一步的归纳整理。但这些不过是白璧微瑕罢了。

列宁指出：“评价历史的功绩，不是根据历史活动家没有提供现代所要求的东西，而是根据他们比他们的前辈提供了更新的东西。”①《比较文学教程》探讨了以前大陆比较文学教材没有涉及的一些理论问题，在许多问题的阐发上有着自己的真知灼见，振聋发聩，启人心迪。《比较文学教程》随着时间的流逝、中国比较文学的发展，必将日益彰显其不可忽视的理论价值。

（《中外文化与文论》2008年总第15辑）

---

① 列宁：《评经济浪漫主义》，载《列宁全集》第2卷，北京：人民出版社，1978年，第150页。

寻求中西文化的熔点

——评钱念孙教授的《朱光潜与中西文化》

曾以《文学横向发展论》(上海文艺出版社 1989 年出版)一书饮誉学界的钱念孙研究员，最近又推出一部长达 38 万字的力作《朱光潜与中西文化》(安徽教育出版社 1995 年出版)。

朱光潜先生博古通今，学贯中西，其学养之丰厚、思想之深邃、见识之精湛，当今学术界能与之比肩者，寥若晨星。研究他与中西文化的关系，诚如作者所言:“无论从哪方面说，都不啻面临一场挑战和考验。”这不仅要求研究者具备相应的学识，切实理解朱光潜先生学术的深广蕴蓄，还要求研究者具有穷根究源的本领，揭示出朱光潜先生学术创造的来龙去脉，并对其成果作出恰当的评价。《朱光潜与中西文化》一书很好地达到了这一既定目的。该书以详实的史料、透辟的析理，深刻论述朱光潜与中国文化的学术联系，弥补了朱光潜研究中的薄弱环节，并在更高学术层次上总结百余年来中西文化冲突的经验和教训，为寻求中西文化结合的熔点，提供了可贵的借鉴之资。

作者对朱光潜的生平经历着墨不多，相比之下，却对朱光潜童年、少年乃至整个求学时期的活动极为关注，并以不少篇幅详加介绍。这不仅因为朱光潜的早年生活鲜为人知，更重要的是作者意在寻求朱光潜之所以能成为融汇中西、沟通古今大学问家的根由，探究出影响一个伟大学者学术态度和创作风格的内在基因。这是该书与其他研究朱光潜论著的明显不同之处，也是该书一个独特的贡献。

作者开宗明义地指出:“研究一个成年人如何走上特定的人生道路、形成特定的思想倾向和行为方式，最早的甚至有时是最重要的影响，往往发生在童年——少年时期。"循着这样的思路,作者饶有兴趣地勾画朱光潜的出生地——安徽桐城——这个文化之乡的人文景观,情浓墨饱地介绍了对朱光潜一生学术风貌产生极大影响的人物。朱光潜六岁随父进私塾,到二十岁桐城中学毕业,不仅习读了各种经义诗文,打下了扎实的国学根基,而且孔孟的进取精神、老庄的超脱态度、魏晋人恬淡自守的人生趣味等,培育了他"以出世的精神,做入世的事业"的人生信条。另一方面,由于朱光潜毕竟生在半封建、半殖民地的旧中国,西学之风渐长,欧美各国的新思想、新学说蜂拥而至,打破了中国传统文化的一统天下。朱光潜正于此时走出家乡的狭小空间,来到武昌高等师范学校读了一年书,并意外地获得了去香港大学深造的机会。这一人生重大转折,使朱光潜的思想洞开了一个新的天地。他不仅系统地接受了西方文化知识,而且在港大学术自由的气氛中,接受了"容忍'异样'的教育",使他形成了宽容平达的眼界和兼容并蓄、择善而从的学术态度。此后,朱光潜又考取官费留学英法,在欧洲辗转八年,为他成为学贯中西的一代大学者奠定了更为坚实的基础。《朱光潜与中西文化》一书就是这样发微探幽,在娓娓动人的叙述中,鞭辟入里地揭示了形成朱光潜特定思想倾向和学术风貌的内在缘由。

《朱光潜与中西文化》的另一个显著特点,是以朱光潜一生的主要经历为线索,展示了他多方面的学术成果,而不仅仅囿于美学成就的评价。

朱光潜一生著述甚丰,在哲学、文学、教育学、心理学等领域也撒网垂钓,颇多建树。世人往往为其在美学和文艺理论方面的耀眼光芒而眩目,对其多方面成果重视不够、评价失当,该书很好地弥补了这方面的缺憾。拿心理学来说,该书指出 20 世纪 20 年代向国人介绍欧美心理学知识,朱光潜一度与高觉敷同唱主角,甚至在许多时候,他的介绍比高觉敷更多、更精彩。他是国内第一个评价弗洛伊德学说的人,也是介绍行为主义心理学,评述完形心理学的第一人。他对各种心理学派不仅评述准确、系统完整,而且文字晓畅,为心理学在中国的传播和推广作出了突出贡献。这个结论较为新颖,但由于它是建立在丰厚的学术资料的分析上,因而很让人信服。

《朱光潜与中西文化》全书七章,有三章篇幅直接评述朱光潜作为"中国比较文学事业的开拓者",在比较文学上的巨大学术贡献。这也是该书最精彩的部分之一。

作为一位学贯中西的学者,其所思考和研究的任何一个课题,都会自觉不自觉地运用比较的方法,在中西文化的广阔背景上建构自己的学术大厦。难能可贵的是,朱光潜不仅对中外文艺现象和美学理论进行了大量的实际比较,提出许多较为精湛的学术见解,还对比较方法本身,进行许多有益的探讨,发表了不少真知灼见。作者独具慧眼地发现,朱光潜早在20世纪二三十年代就认识到比较文学的意义与价值:"广泛参较东、西各类文艺现象","才能准确把握不同文艺的不同特征和共同规律"。作者指出,朱光潜深切地体会到运用比较方法时,切忌简单地泛泛比较,"简单表面地谈论东西优劣,不仅没有真正的价值,而且容易导致对比较对象产生误解"。这的确抓住了比较文学的精神实质。比较文学中的比较,是一种研究精神的概括,是在学术研究中对不同事物之间联系或关系的强调,目的在于准确地把握不同民族文艺的不同特征和共同规律,导出对文学发展的有益结论。

《朱光潜与中西文化》一书还以无可辩驳的史料指出,朱光潜实为最早提出阐发研究的学者。一些比较文学原理教材都把"阐发研究"的发明权让给海外学者。有的书称这种方法是台湾学者古添洪于20世纪70年代中期提出的,有的则认为是由在美执教的学者余国藩于1973年11月2日向美国现代语言学会年会比较文学小组提交的一篇论文中提出的,还有的则说是1975年台湾召开第二届东西方文学关系国际比较文学会议时,台湾大学朱立民教授首先提出这种方法。然而事实却是:"朱光潜早在三十年代就着了先鞭。"这结论虽有异议,但朱光潜先生确实是较早尝试用阐发研究的方法研究异国文学现象的人之一。更有价值的是,20世纪70年代海外学者提出阐发研究的思路时,仅仅主张"利用西方有系统的文学批评来阐发中国文学现象"。这种轻视中国古代文论价值的单向阐发法,理所当然地受到国人批评。朱光潜却在20世纪30年代的有关研究中,采用双向阐发法:"就是既运用从西方文学总结出来的理论阐发中国文学,也要运用从中国文学总结出来的理论阐发西方文学,使两者在对比互照中见出各自的特点,也显出共同的文学规律。"这正是朱光潜先生高人一筹之处,它体现了朱光潜先生对西方诗学的精湛了解和对中国诗学传统的透辟体认。钱念孙还透辟而具体地分析了朱光潜在《文艺心理学》中运用中国诗学来说明克罗齐"直觉说"、里普斯"移情说"、布洛"距离说"所取得的成就,高度评价了《诗论》"用西方诗论来解释中国古典诗歌、用中国诗来说明西方著名诗论”，在两者融会贯通的互相阐发中，深入讨论中国诗歌各方面问题的巨大成就。朱光潜的这些理论探索和研究实践，实际上开创了比较文学中国学派的先河。

《朱光潜与中西文化》一书，还注意展示朱光潜学术思想的演变轨迹，对朱光潜在人生某一阶段侧重某方面的学术研究，以及几次进行学术方向调整的主观动因和社会缘由进行深刻剖析、准确把握，从而让读者窥视到朱光潜的学术全貌及其发展变化的内部和外部的原因。

20世纪20年代，朱光潜受弥漫于中国的科学主义思潮的影响，一度沉浸于心理学研究并取得令人瞩目的成就。然而20世纪30年代后，他突然在心理学舞台上消失了。钱念孙并没有满足于朱光潜在《文艺心理学》“作者自白”中的解释，而是仔细地审读了朱光潜当时一系列论著后，发现他这次学术方向转移的真正原因，在于此时朱光潜对心理学能否成为一门科学学科的深刻怀疑。朱光潜认为心理学各派理论都含有许多主观臆测的成分，互相矛盾，彼此对立而难以确证。“正是对心理学学科本身有这种深深怀疑甚至否定的认识，才导致他最终痛下决心，完全放弃心理学研究”。钱念孙的结论持之有故，言之成理，是有充分说服力的。

至于朱光潜先生第二次学术思想的转向，钱念孙的论述更见功力。20世纪50年代初期，朱光潜逐步摈弃过去的唯心主义观点而转向接受马克思主义。《朱光潜与中西文化》一书深刻地揭示出这一转向的原因既有外界的环境压力，又有其解决自身学术矛盾的内在需求。客观上，不断掀起的声势浩大并深入人心的思想改造运动使朱光潜别无选择，只有放弃原来唯心主义而转向马克思主义。主观上，朱光潜本身那种在兼容并包的基础上批判综合的治学态度，使他接受马克思主义有着潜在的可能；同时他原来倾其心力所倡导的人的全面发展的人生理想，本来就与马克思学说中造就“共产主义新人”的崇高目标相一致；更为重要的是，虽然他原来的美学研究卓有成就，却陷入了唯心主义“心物二元论”的迷径里，马克思主义的历史唯物论正可帮助他解决矛盾走出迷径。凡此种种原因，最终合力导致了朱光潜放弃唯心主义而走向马克思主义。这种独到而切中肯綮的分析，足见出作者不同凡响的学术造诣。

当然，作者也指出，朱光潜是以自己原已形成的思想背景来选择性地接受马克思主义的，他所吸纳并加以阐发的马克思主义，主要集中在唯物史观的哲学原理、辩证地看问题的方法、人道主义的情怀和实践观点的美学思想等方面，这种看法也很有见地并符合实情。《朱光潜与中西文化》清晰地梳理出朱光潜如何从一个马克思主义的怀疑者和抵触者，逐步转变成一个马克思主义的信仰者和推崇者的过程，显示了像朱光潜这样老一辈知识分子步入新社会后改造旧意识、接受新观念的思想历程，因而有着重要的理论价值和现实意义。

最后，《朱光潜与中西文化》注意从中外学术史的背景上探讨朱光潜学术的成就与不足，视点较高，新意迭出。作者敏于思考，对许多复杂问题提出自己见解，给人耳目一新的启迪。

例如，该书对朱光潜先生超脱观念产生原因的分析就很中肯和深刻。作者指出，除"五四"以后中国知识界消沉苦闷的时代气氛促使朱光潜思考解脱的办法外，还有中西文化两方面的影响。朱光潜超脱观念的产生一是受到弗洛伊德学说的启发，二是与道家所标举的隐逸趣味、出世态度、独享静观与玄想乐趣的思想，有着内在的精神契合。作者又进一步分析了朱光潜先生的超脱观念与道家隐逸思想的差异，指出朱光潜先生的超脱只是暂时回避现实，目的仍是"入世"，从而又显示了儒家思想的影响。并且，这种超脱态度使朱光潜先生最终形成了偏重于采取综合各家各派观点，兼容各种理论之长的学术方法，从而使他的理论成果呈现出一种中西兼融、古今贯通的阔大气象，具有一种容纳百川、吞吐各派的大家风格。这种层层递进、见微知著的分析确实不同凡响。

对于朱光潜先生来说，被误解最厉害的莫过于他的文艺功利观了。对此作者也作了筚路蓝缕的辨析。不仅人们普遍认为，就是朱光潜本人也承认他是个强调文艺超现实的艺术至上论者。然而钱念孙细读他的全部著作后认为这并不确切。朱光潜的前期思想虽然突出了文艺活动"超现实""超功利"的观点，但在许多地方又阐发了文艺与现实、与社会、与道德的紧密联系。而在 1933 年出版的英文著作《悲剧心理学》和 1936 年出版的《文艺心理学》里，他的观点更发生了重要转变，即开始批评"为艺术而艺术"的观点，并更加重视文艺与道德、文艺与整个人生的联系。

该书对朱光潜与克罗齐学术渊源关系的阐述，尤见出作者不是简单地依从于一说，而是坚持独立思考，敢于标新立异的学术品格。朱光潜与克罗齐之间究竟是怎样一种学术关系，人言人殊、分歧极大。有人认为朱光潜的《文艺心理学》是克罗齐《美学原理》的翻版，有的则说朱光潜歪曲了克罗齐的本意。钱念孙根据朱光潜不同时期对克罗齐学术的不同态度，正确指出朱光潜对克罗齐学术经历了推崇、怀疑、批判三个阶段。1948 年出版的《克罗齐哲学述评》，朱光潜对克罗齐的学术提出十大诘难，从哲学、美学、历史学诸方面作出了较全面的批评。1958 年，朱光潜又写出长文《克罗齐美学批判》，用马克思主义的观点对克罗齐学术进行了更为深刻的剖析，标志着朱光潜的哲学、美学观点逐渐与克罗齐分道扬镳。《文艺心理学》一书的写作，历经四个春秋，跨越了朱光潜对克罗齐学术由推崇到怀疑两个时期，因而给全书留下了前后论点时有矛盾、相互抵牾的缺憾，造成中外学者聚讼纷纭的现象。钱念孙对《文艺心理学》一书缺少统一观点，“对同一问题的论述过于分散且观点有时相互矛盾”的批评，一语中的、切中肯綮。

总之，《朱光潜与中西文化》确实是一部资料翔实、卓具新意，有多方面开拓的学术专著。如果要从更高的水平去苛求的话，若能把朱光潜人生旅程和学术道路当作 20 世纪中国知识分子的一个缩影，从中深刻透析出现代中国知识分子的命运和特点，则会使该书显示出更大的学术价值和现实意义。

（《中外文化与文论》1997 年总第 4 辑）

后记

《思忆流芳》是我的一本文艺随笔集，但收在本书中的文章我以为又并非全是文艺随笔。因为到底什么是文艺随笔，我这一生学中文、教中文的人到现在也没完全弄明白。我想大约是那些短小精干而又有文采，从一点开掘、举两三文坛佳话，说明文艺现象或文艺理论问题类文章算为文艺随笔最为贴切吧，当然，还可以包括记述文人逸事、读书感言等。按此要求，我检视我发表的160余篇文章标题，估摸有40来篇能算此类文章，于是就报了本书的出版选题。当得知书稿获批后，我才仔细审读上述文章，发现一些写在新时期初，为配合拨乱反正而批驳极“左”文论的即兴之作，虽在当时还有价值，今天看来已时过境迁，未免浅陋而令人汗颜了，不得不割爱了一部分。补充了一些学术论文，设在“理论争鸣我见”栏中。好在文艺随笔文体本身就较为模糊宽泛。

我在高校中文学科任教30多年，发表文章虽为谋生，但都是自己学术思考的理论结晶，彰显了自我价值的存在，自有敝帚自珍的喜好。我也偏爱自己科研之余兴之所至的涂鸦作品。因为涂鸦作品往往留有真情在，而能勾起我当时境遇、心态的怀想。这类文章不多，有的甚至未能终稿，现在也无法续完，因为少了那时的心境与情怀。收在本集中的文章两类都有，作品绝大部分都作为单篇发表过，这次能结集出版我十分高兴。书中，既有对老师蒋孔阳先生、祖保泉先生、王明居先生怀念并追述其治学之文，也有对一些作家如戴厚英、许辉，文论家姚文放、曹顺庆、钱念孙等作品的感悟之言，既有我早期研读中国古代文论的随想，也有以后对当下文艺现象的思考，还有一些是自己对美学问题的一得之见等。这些文章都有共同特点，即意不甚深、文不甚艰，有一定的可读性。我想，读罢本书，倘能让读者窥豹一斑，看到改革开放后，中国文论、创作与时俱进的艰难跋涉与可喜成绩，也就遂了心愿。

书出版，我真心感谢安徽大学出版社，感谢安徽大学出版社的陈来社长、朱丽琴副总编及责任编辑姜萍女士、马晓波女士。在出书唯利的今天，欣然免费接受这本注定要赔本的书稿，该有怎样的责任担当啊！

本书的插页图片均由安徽大学外语学院张明教授提供，在此一并作谢。

吴家荣

2018 年 4 月